KB064359

우리는 언제나

희망하고 있지 않나요

버지니아 울프 지음
박신현 엮고 옮김

우리는 언제나 희망하고 있지 않나요

나로 살아갈 용기를 주는 울프의 편지들

※ 일러두기

- 이 책에 실린 버지니아 울프의 편지는 《The Letters of Virginia Woolf》, Vol.1~Vol.6(Ed. Nigel Nicolson and Joanne Trautmann, Harcourt Brace, 1980)과 《Congenial Spirits: The Selected Letters of Virginia Woolf》(Ed. Joan Trautmann Banks, Harvest Books, 1991)에서 옮긴이가 선별해 번역했다.
- 인명, 지명 등은 표준국어대사전 외래어표기법에 근거했으나 일부 굳어진 표현은 예외를 두었고, 작품명의 경우 국내 출간되지 않은 작품에 한해 영문을 병기했다.
- 이 책의 각주는 옮긴이가 원문의 주석과 그 외 다양한 자료들을 참고해 정리한 내용이다.

"자기 자신에 대해
진실을 말하는 것,
바로 가까이에 있는
자기 자신을 발견하는 일은
쉬운 게 아니다."

- 버지니아 울프

차례

1부 자유

나는 결혼하지 않는 공동체를 설립할 거야 21
언젠가 정말 훌륭한 책을 쓸 수 있을까요 23
당신에게 보낸 글들은 단지 실험일 뿐이었어요 25
살림과 글쓰기 사이의 경계가 어디인지 모르겠어요 28
살아 있는 남자들과 여자들의 흔들림을 끌어내고 싶어요 30
스물아홉인데 결혼도 안 했고, 아직 작가도 아니지 35
나를 열정적으로 만들어 줄 누군가와 결혼할 거야 37
결혼을 직업으로 여기지는 않을 거야 40
그는 내 글쓰기가 나의 가장 좋은 부분이라고 생각해요 45
우리는 아기를 갖지 않으려고 하지만 한 명 갖고 싶어요 47
제럴드가 내 책《출항》을 받아 줬어요 50
삶의 광대한 격동의 느낌을 주고 싶었어요 52
인쇄에 비하면 쓰는 건 아무것도 아냐 54
서평이 미국인들을 끌어당긴 것 같아요 56
가능한 한 교정하고 싶어요 59
남성과의 비교는 나를 전혀 자살로 이끌지 않아요 61
여성들은 향상돼 왔고 여전히 향상될 수 있습니다 65

어째서 내가 글을 쓰는 법을 아는
유일한 여성이 될 수 없는 거야 73
프루스트는 표현에 대한 나의 욕망을 너무 자극해요 78
《제이콥의 방》 표지 디자인 수정해 줄 수 있어? 80
글쓰기의 기술에 관해 당신과 토론하고 싶어요 82
사실주의 없이 인물을 어디까지 전달할 수 있을까요 87
나를 격려해 주는 당신의 편지를 간직할 거예요 89
당신이 그렇게 생각한다면 완전히 틀렸어요 91
이 책은 업적이라기보다는 실험입니다 94
나는 소설 쓰기를 지금도 앞으로도 포기할 수 없습니다 96

2부 상상력

믿을 수 없이 소중한 런던의 모든 영광을 바라봅니다 115
사랑은 질병이자 일시적 착란이에요 117
두 책을 모두 봄에 출간하려고 합니다 121
그녀는 순결하고 야만적이며 귀족적이에요 123
같은 성별을 사랑하는 것에 대해 어떻게 생각하세요? 125

동정심의 결여에 관해서는 당신이 옳을 거예요 129
지금은 다양한 의견들이 쌓이도록 놔두고 있어요 131
자주 만나는 사람들에 관해서는 글을 쓰지 않습니다 134
스스로가 느끼는 즐거움만이 유일한 길잡이예요 137
형식은 무엇일까? 소설은 무엇일까? 141
글을 빠르게 순식간에 쓰고 있어요 144
당신과 함께 헤브리디스 제도에 있으면 좋겠어요 148
내가 어떻게 자라 왔는지 생각해 보세요 150
여성이 남성보다 훨씬 친절한 것 같아요 153
사물이 스스로 보이게 만들 수 있을 때까지 기다리기 155
위험을 감수하는 게 옳았을 거예요 157
로마가 내가 죽으러 올 도시라고 확신해 159
언니는 내 안의 문학적 감각을 자극하는 것 같아 162
저녁 식사 장면은 지금까지 내가 쓴 것 중에 최고예요 169
그들 정신의 완전한 오만함과 비현실성이 좋아 172
어떤 게 무엇을 의미한다는 말을 직접 들으면
나는 몹시 싫어져요 177
이걸 쓰자마자 내 몸은 황홀함으로 넘쳐흘렀죠 180
사진 몇 장을 고르려면 당신을 만나야 해요 183
내가 당신을 만들어 냈나요? 186
언어로는 건널 수 없는 만의 머나먼 저편 188

완전히 새로운 종류의 책을 쓸 거야 190
표지를 위해 신선한 디자인을 만들어야만 해 192
이건 단지 젊은 여성들에게 했던 강연이에요 194
말해질 수도 있는 것, 말해지지 않은 것이 아주 많습니다 196
젊은 여성들을 위해 읽기 쉽게 쓰고
온건하게 절제하고 싶었어요 198
당신이 그 안에서 진실한 무언가를
발견했다니 기쁩니다 200
우리는 1만에서 1만 1,000부 정도 판매됐어요 202
사람들은 내가 글을 아름답게 쓴다고 말하죠 204
우리 출판사 판매량이 꾸준히 줄었어요 206
젊은이들이 두뇌를 작동시키길 원했어요 208
나는 정말 다양하다니까요 210
오직 여성들만 내 상상력을 불러일으켜요 215
내 어려움은 플롯이 아니라
리듬에 따라 글을 쓴다는 점이에요 218
당신의 방을 독서하는 곳으로 사용하고 있다니 기뻐요 220
레너드가 《파도》를 마음에 들어 해요 222
캐릭터들이 여러 명이면서 오직 한 명이어야만 해요 224
나 자신을 모아 한 명의 버지니아로 만드는 일이
점점 더 어려워요 227

우리 이걸 토론해야겠어요 230
그래서 나는 내 다음번 낙타의 등에 오릅니다 232

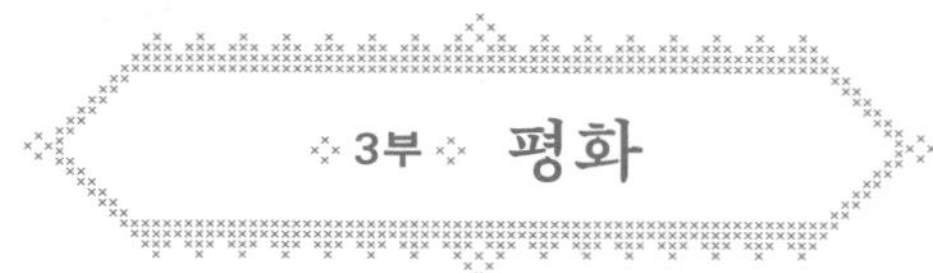

3부 평화

그때 문득 이게 끝이라는 생각이 들었어요 243
나는 정말 속물이야! 248
심하게 질투가 나요 250
정치가 여전히 빠르고 맹렬하게 휘몰아치고 있어 252
사회 전체의 모습을 그리고 싶었어요 254
성별의 차이가 다른 견해를 만드는 것 같아요 257
멍청한 분노와 절망 외에 느낄 수 있는 게 없어요 260
이 책을 혐오하며 각 페이지에서 깊은 상처를 보게 돼요 262
그 아웃사이더 아이디어로 뭘 할 수 있을지 궁금합니다 264
평화주의가 커지고 있는 걸 목격해요 266
아마 그건 단지 단어들의 모닥불이 되진 않을 거예요 270
전혀 언급하지 않은 게 후회가 됩니다 272
아웃사이더가 우리가 될 수 있는 유일한 것입니다 274

내 피가 끓어서 평소와 같은
잉크 방울들이 되게 만들었어요 276

모두 전쟁이 확실하다고 말했고,
또한 전쟁은 없을 거라고도 말했대 278

다소 냉소적이 됐고 불명예스러운 평화를 확신했어 286

나는 그 간소함을, 불순물이 없는 발가벗음을 숭배해 292

내 작가적 허영심이 으쓱해졌다고 감히 이야기할 수 있어요 294

전투기들이 머리 위로 찾아왔어 296

내 인생의 열정인 도시 런던이 완전히 파괴된 걸 보았어요 302

비가 오고 또 오고, 나는 걷고 또 걸었어요 307

왜 그때 내가 수치심을 느껴야 했을까요? 310

당신이 결정권을 행사해 주길 바라요 313

다시 돌아오기엔 내가 너무 멀리 가 버렸다고 느껴 315

너무 어리석고 하찮아서요 317

내가 당신의 삶을 낭비하고 있죠 319

부록: 에세이

몽테뉴: 영혼의 자유 324

여성의 직업 345

평화에 관한 생각들 358

옮긴이의 말

자유, 우리 존재의 본질 369

1부

자유

1882~1922년

애들린 버지니아 스티븐은 1882년 영국 켄싱턴의 중상류층 가정에서 태어났다. 저명한 비평가이자 철학자인 아버지 레슬리 스티븐과 아름다운 어머니 줄리아 프린셉은 각자 첫 배우자를 잃은 슬픔을 딛고 1878년 재혼했다. 당시 레슬리에게는 이전 결혼에서 얻은 딸 로라가 있었고, 줄리아에게는 첫 번째 남편 허버트 더크워스와의 사이에서 낳은 조지, 스텔라, 제럴드 세 아이가 있었다. 이후 줄리아가 스티븐과의 사이에서 바네사, 토비, 버지니아, 아드리안까지 네 자녀를 더 낳으면서 대가족이 형성됐다. 남자 형제들은 모두 학교에 갔지만 버지니아와 언니 바네사는 집에서 교육을 받아야 했다. 버지니아는 아버지의 서재에서 책을 읽으며 어린 시절을 보냈고 바네사는 집에서 드로잉 수업을 받다가 이후 로열 아카데미에 들어가 회화 공부를 했다.

버지니아가 열세 살 되던 해인 1895년, 어머니 줄리아가 갑자기 세상을 떠났고 2년 뒤에는 이부 언니 스텔라도 세상을 떠났다. 버지니아는 평생 몇 차례 신경 쇠약을 앓았는데 처음 신경 쇠약을 겪은 게 이 무렵이었다. 다행히 버지니아는 언니 바네사, 그리고 친구 바이올렛 디킨슨으로부터 위안을 얻었다.

1892년경, 가족사진. 뒷줄 제럴드, 버지니아, 토비, 바네사, 조지,
앞줄 아드리안, 줄리아, 레슬리(왼쪽부터)

1894년,
버지니아와 언니 바네사(왼쪽부터)

이 시기 버지니아와 가장 많은 편지를 주고받았던 사람도 바이올렛이었다. 스텔라의 친구였던 바이올렛은 버지니아보다 열일곱 살이나 많아 언니처럼 버지니아를 돌봤고, 잡지 《가디언》의 편집자를 소개해 주는 등 버지니아의 글쓰기를 격려했다. 버지니아에게 있어 바이올렛은 가족 외 여성과 맺은 첫 번째 친밀한 관계였다.

버지니아는 어린 시절부터 글을 쓰고 싶어 했지만 1904년 아버지가 세상을 떠나기 전까지는 진지하게 습작을 한 적이 없었다. 그런 버지니아에게 아버지의 죽음은 양면적인 사건이었다. 깊은 슬픔으로 고통을 받았지만, 슬픔이 어느 정도 회복된 뒤로는 자유롭게 글쓰기에 집중할 수 있었기 때문이다. 그때부터 1906년까지 50편이 넘는 서평과 산문을 왕성하게 발표했다.

버지니아가 태어나고 자란 곳은 런던 중심부의 하이드 파크 게이트 22였지만, 아버지가 죽은 뒤 언니 바네사는 친동생들인 토비, 버지니아, 아드리안을 데리고 런던의 블룸즈버리 지역으로 이사했다. 오빠 토비가 케임브리지 대학교에 입학한 후 버지니아는 케임브리지 대학교 출신의 지식인들, 예술가

1902년, 바이올렛 디킨슨과 버지니아 울프
(왼쪽부터)

1912년 7월 23일,
버지니아와 레너드 울프의 언약식

들과 자연스럽게 어울리며 풍성하게 교류했고, 작가 리튼 스트레이치, 예술비평가 클라이브 벨, 화가 던컨 그랜트, 경제학자 존 메이너드 케인스 등과 함께 '블룸즈버리 그룹'을 결성했다. 1907년 바네사는 클라이브 벨과 결혼했고, 버지니아도 서른 되던 해인 1912년 토비의 트리니티 칼리지 친구이자 블룸즈버리 그룹의 일원인 레너드 울프와 결혼했다. 이후 레너드는 좌파 성향의 정치 사상가이자 작가, 그리고 출판인으로서 버지니아의 창작과 출판을 지지하고 크게 도왔다.

1915년 버지니아의 첫 장편소설 《출항》이 이부 오빠 제럴드 더크워스가 경영하는 출판사에서 출간됐다. 《출항》은 어린 나이에 어머니를 여의고 두 고모와 리치먼드에서 편안히 살아온 스물네 살의 젊은 여성 레이첼 빈레이스가 해상무역업자인 아버지가 소유한 상선 에우프로시네 호를 타고 남미로 향하는 여정을 그린다. 레이첼이 항해하면서 경험하는 주변 인물들과의 관계는 당시 가부장적인 사회가 젊은 여성에게 가하는 다양한 형태의 억압을 함축적으로 보여 준다. 레이첼의 내면 탐색과 자아 발견 과정은 이 시기에 작가로서의 출항을 앞둔 버지니아의 의식과 삶을 잘 투영하고 있다.

울프 부부는 1917년에 수동식 인쇄기 한 대를 구입해 자신들이 살았던 리치먼드의 호가스 하우스 거실에 설치했다. 이것이 레너드와 버지니아가 경영한 호가스 출판사의 시작이었다. 이후 호가스 출판사는 버지니아의 작품뿐만 아니라 T. S. 엘리엇, E. M. 포스터, 지크문트 프로이트, 캐서린 맨스필드, 그리고 거트루드 스타인의 저작 같은 20세기 초 문학사와 지성사에서 중요한 책들을 펴냈다.

1919년 울프 부부는 서섹스 주 로드멜 마을에 자리한 시골집 '몽크스 하우스'를 구매해 이곳에서 블룸즈버리 그룹과 연관된 여러 방문객을 맞이했다. 1919년은 버지니아의 두 번째 장편소설 《밤과 낮》이 출간된 해이기도 하다. 이 소설은 위대한 시인 외할아버지를 둔 명문가의 딸이지만 몰래 수학과 천문학을 좋아하는 캐서린 힐비, 시골 목사의 딸로 여성 참정권 운동을 위해 일하는 메리 대치트 등 에드워드 시대 런던의 젊은이들을 통해 사랑과 결혼, 행복, 여성 참정권, 가사노동, 천문학 등 폭넓은 주제를 탐색한다. 외견상 두 쌍의 남녀가 적절한 배우자를 찾아가는 플롯이지만 그 안에서 전통 사회 규범에 대한 저항, 그리고 개인의 취향과 자유에 대한 존중 같은 새로운 가능성이 제시된다.

1922년 버지니아는 마흔이 됐다. 이 시기 프랑스 화가 자크 라베라트에게 보낸 버지니아의 편지들은 매우 빼어나다. 그녀는 시인 T. S. 엘리엇이 은행 일을 그만두고 전업으로 글을 쓸 수 있도록 그를 재정적으로 돕는 일에 앞장서기도 했다. 이 해에 버지니아는 세 번째 장편소설《제이콥의 방》을 발표했다. 이 책부터 호가스 출판사에서 직접 버지니아의 소설을 출간했다. 이 소설은 앞선 두 소설보다 형식과 내용 면에서 훨씬 실험적이었다. 이러한 글쓰기 스타일은 이후 버지니아의 작품들에서 더욱 만개하게 된다. 이 소설의 중심은 제이콥 플랜더스라는 청년이지만 제이콥은 여러 여성이 각자 그에 대해 지니는 다양한 인상과 기억으로서 제시될 뿐이다. 어린 소년이던 제이콥은 케임브리지 대학생이 되고 졸업 후 런던에서 고대 역사와 철학에 심취하다가 1차 세계 대전이 일어나자 영국 군대에 입대해 전투 중 사망한다. 이 작품은 1914~1918년에 있었던 1차 세계 대전의 희생자와 살아남은 자들에 대한 애도를 담고 있다.

엠마 본*에게

S.W., 하이드 파크 게이트 22
1901년 4월 23일

나는 결혼하지 않는 공동체를 설립할 거야

나의 친애하는 두꺼비,

(…) 이 세상에 유일한 건 음악뿐. 음악과 책들과 그림 한두 점. 나는 결혼하지 않는 공동체를 설립할 거야. 네가 어쩌다 베토벤의 교향곡과 사랑에 빠지

* 버지니아의 사촌. 후에 드레스덴에서 음악을 공부했으며 결혼하지 않고 자선활동에 힘썼다. 엠마의 오빠인 윌리엄 본은 여행작가 마거릿(매지) 시몬즈와 결혼했다. 버지니아는 매지에게 반해 있었기 때문에 윌리엄과 매지 본 부부를 최근 만나고는 속상해했다.

지 않는다면 말이지. 예술을 거쳐 나온 걸 제외하고는 어떤 인간적인 요소도 전혀 없고 오직 이상적인 평화와 끝없는 명상만 있는 곳. 이 인간들의 세계는 너무 복잡해지고 있어. 그래서 내 유일한 의문은 왜 더 많은 정신병원이 가득 차지 않느냐 거야. 인생에 대한 제정신 아닌 관점은 그것에 대해 해야 할 말이 많지. 어쩌면 결국 그게 제정신인 관점일 수도 있어. 그리고 우리, 슬프고 정신이 멀쩡하며 존경할 만한 시민들은 우리 삶의 모든 순간마다 헛소리를 하니까 영원히 입을 다물고 있어야 마땅하겠지. 내 봄의 우울증이 이 더운 날들 동안 여름의 광기로 발전하고 있구나. (…)

안녕 친애하는 두꺼비,
소중하고 사랑스럽고 매력적이며
재능 있는 두꺼비!!

바이올렛 디킨슨*에게

콘월, 트레보스 뷰
1905년 10월 1일

언젠가 정말 훌륭한 책을 쓸 수 있을까요

우리에겐 지난 4주 동안 방문객들이 있었어요. 하숙하는 키티와 레오, 그리고 제럴드, 이머전 부스, 실비아 밀먼, 잭, 게다가 이제 두 케임브리지 젊은이들까지. 이 케임브리지 학생들은 성가셔요. 그들은 늘 조용히, 완전 조용히 앉아 있다가 가끔 구석으로 도망

* 버지니아보다 거의 스무 살 연상이지만 버지니아가 가족 바깥에서 처음으로 친밀하게 지냈던 여성이다.

가 라틴어 농담을 하며 낄낄거리죠. 아마도 바네사에게 사랑에 빠진 것 같아요. 누가 알겠어요? 그게 조용히 많은 걸 배우는 과정이 되겠죠. 하지만 내 생각에 그들은 아주 많은 걸 느낄 만큼 충분히 원기 왕성하지는 않은 것 같아요. 아, 나와 맞는 건 여성들이지 이런 생기 없는 생명체들은 아니에요. (…)

나는 무척 많은 글을 써 왔어요. 언제나 당신의 엄격한 시선이 세상 어디에서나 나를 찾아내는 가운데요. 당신이 여기에서 격려해 주면 좋겠어요. 내가 끄적이는 글에 아무도 진심으로 관심을 갖지 않아요. 그들이 왜 관심을 갖겠어요? 당신 생각에는 내가 언젠가 정말 훌륭한 책을 쓸 수 있을 것 같나요? 어쨌든 나는 전보다는 더 잘 해낼 수 있어요. 비록 여전히 끔찍이 헐벗고 불모인 조각들이지만요. 또 독서를 많이 했어요. 주로 18세기 작품들이에요. 그게 내 약점이었죠. 글쓰기는 신성한 예술이에요. 내가 더 많이 쓰고 읽을수록 글쓰기를 더 많이 사랑하게 돼요.

당신의 사랑하는 VS

매지 본에게

블룸즈버리, 고든 스퀘어 46
1906년 7월

당신에게 보낸 글들은 단지 실험일 뿐이었어요

나의 친애하는 매지,

내가 당신을 다른 모든 일들 가운데 그토록 많이 쓰고 많이 읽게 만든 데 대해 죄책감이 듭니다. 하지만 나는 무척 감사하고 있고 당신이 그걸 믿어 주길 바라요. 나는 당신이 말하는 모든 말마다 동의하고 당신의 뜻을 이해합니다.

내 유일한 변론은 내가 사물들을 보는 그대로 그

것들에 대해 글을 쓴다는 사실입니다. 그리고 그게 무척 편협하고 혈기 없는 관점이란 걸 늘 굉장히 의식하고 있습니다. 내가 왜 이런 건지는 외부적인 이유들로 조금은 설명할 수 있습니다. 교육과 생활방식 같은 것들이요. 그러니 어쩌면 내가 나이가 들면서 더 나은 무언가를 얻을지도 모르겠습니다. 조지 엘리엇이 그녀의 첫 소설《성직자 생활의 풍경Scenes of Clerical Life》을 썼을 때, 그녀는 마흔 살에 가까웠던 것 같습니다.

하지만 내 현재의 느낌은 사랑이나 마음, 또는 열정이나 성이 없는 이 모호하고 꿈같은 세계가 내가 정말 관심 있고 흥미롭다고 여기는 세계라는 것입니다. 왜냐하면 비록 그것들이 당신에게는 꿈이고 내가 그것들을 전혀 적절하게 표현하지는 못 하더라도 이런 것들이 내게는 완벽하게 현실이기 때문입니다. 하지만 제발 내가 만족스러워하거나 내 견해가 어떤 전체를 포함한다고는 한순간도 생각하지 말아주세요. 다만 내가 정말 느끼는 것들에 대해 글을 쓰는 게 솔직히 내가 조금도 이해하지 못 하는 것들 속에서 흙투성이가 되는 것보다는 나은 것 같습니다. 내게는 그게 문학에서 무시무시하고 용납할 수 없어 보이는 어리석은 실수 중 하나입니다. 이는 감정을 이해하지 못 한 채 그것에 젖어 있는 사람들을 뜻합니다. 그래서 그건 그저 동물적이고 흉측하죠. 하지만 물론 어떤 위대한 작가는 그들을 다루어 아름다워지게 만들고 조각상을 남자와 여자로 변화시킵니다. 당신이 나의 까다롭고 미성숙한 정신을 이해하는지 궁금합니다. 내가 당신에게 보낸 글들은 단지 실험일 뿐이었어요. 그래서 그 글들은 결코 내 완성된 작품으로서 내세우지 않으려고 해요. 그것들은 책상 위에 놓여 있다가 불태워질 거예요! 그러나 당신이 무척 솔직해서 나는 매우 기쁩니다. 왜냐하면 나는 내 작품에 대한 비평이 너무 적어서 내가 어떤 인상을 주는지 정말 모르겠거든요. 하지만 제발 기억해 주세요. 만약 내가 글을 쓸 때 무정하다면, 실제로는 내가 무척 감상적이며 그걸 표현할 방법을 알지 못 할 뿐이라는 것을요. 그리고 당신과 아기들에게 헌신적이며, 단지 착한 어린아이처럼 취급받고 싶을 뿐이라는 것을요.

당신의 사랑하는 AVS

바이올렛 디킨슨에게

햄프셔, 린드허스트, 레인 엔드
1906년 12월 28일

살림과 글쓰기 사이의 경계가 어디인지 모르겠어요

나의 바이올렛,

(…) 집안을 돌보는 일이 내가 가장 잘하는 일 같아요. 나는 매우 놀랄 만한 방향으로 우리 집을 운영하려고 해요. 당신은 살림에는 전혀 관심이 없나요? 나는 살림살이가 정말로 글 쓰는 것만큼 훌륭해야 한다고 생각해요. 며칠 전에 내가 바네사와 논쟁했듯이, 나는 살림과 글쓰기 사이의 경계가 어디인지

전혀 모르겠어요. 만약 당신이 책들을 한쪽에 놓고 생활은 다른 쪽에 놓아야 한다면 둘 다 빈약하고 생기 없을 거예요. 그러니까 내 이론은 이 둘이 구분할 수 없이 섞인다는 거예요. (…)

당신의 사랑하는 AVS

클라이브 벨에게

W., 피츠로이 스퀘어 29
1909년 2월 7일 일요일

살아 있는 남자들과 여자들의 흔들림을 끌어내고 싶어요

나의 친애하는 클라이브,

그렇게 많은 수고를 들여 내게 동기를 제공하고 조언을 주다니 당신은 정말 천사 같군요.*

훌륭했어요. 왜냐하면 당신이 짚어 낸 지점들은

* 버지니아의 언니 바네사는 영국인 예술비평가 클라이브 벨과 1907년 2월 7일에 결혼했다. 클라이브는 버지니아에게 그녀의 소설 〈멜림브로시아Melymbrosia〉에 대한 비평을 써 보냈다. 〈멜림브로시아〉는 1915년 《출항》이라는 제목으로 출간된 버지니아의 첫 번째 소설의 초기 버전이다.

이미 내가 의심하던 곳들이기 때문이에요. 나는 내 형편없는 책의 상권上卷에 관해 약간의 설명만 해 드리려고 합니다. 전기의 적나라한 구절들은 본문에 남길 의도가 없었습니다. 그 구절들은 인물 캐릭터들에 대한 나만의 개념을 확고하게 만들기 위한 메모입니다. 그것들을 적어 놓는 게 좋은 계획이라고 생각했지만, 그 목적을 달성했으니 그 구절들은 빠질 거예요. 헬렌의 편지 역시 일종의 실험이었습니다. (어느 매우 흐린 날) 다시 읽어 보니 너무 밋밋하고 단조로워서 '그 분위기'가 느껴지지 않는다고 생각했어요. 다음 날 아침 나는 거기에 생기를 불어넣을 생각으로 삭제하고 다시 글을 썼습니다. 그랬더니 그게 원래 지녔던 한 가지 미덕, 즉 일종의 연속성이 파괴돼 버렸습니다. (내가 그걸 재차 읽어 보지 않았기 때문이라고 의심합니다.) 왜냐하면 나는 원래 꿈꾸는 듯한 상태에서 그걸 썼기 때문이에요. 어쨌든, 그 상태는 끊기지 않았습니다. 지금 내 계획은 계속 쭉 써서 책을 완성하는 것입니다. 그런 다음, 만약 그런 날이 와 준다면, 가능한 한 첫 번째 상상을 붙잡아서 초반부를 폭넓게 손질하며 다시 검토할 것입니다. 초안을 대부분 유지하면서 그 분위기를 심화시키려고 합니다. 흐르는 물 같은 느낌을 주려는 것이죠. 그 외 다른 건 별로 많지 않아요. 나는 내가 삭제해 버린 페이지들을 모두 간직하고 있어요. 그래서 원래대로 정확하게 재건할 수 있습니다. 그리고 당신의 반론, 즉 남자들에 대한 내 편견 때문에 내가 '건방지다고까지는 할 수 없지만' 훈계적이 된다고 한 지적은 내게 그다지 큰 힘을 발휘하지 못 합니다. 내가 그런 발언을 암시하는 어떤 말을 했는지 기억하지 못 해요. 아마 나도 모르게 그런 말이 나왔던 것 같지만, 명심해 둘게요. 나는 결코 설교하려고 하지 않았고 그래서도 안 된다는 데 동의합니다. 어쩌면 내게 무척 흥미로워 보이는 심리적 이유들 때문에 남성이 이 세상의 현재 상태에서 자신의 성별에 대해 별로 좋은 심판관이 못 되고 '창작품'이 그에게 '훈계'로 보일 수도 있나 봅니다. 책이 다른 사람들에 의해 쓰인 듯한 방식을 내가 때로는 눈치 채고 있다는 당신 조언의 정당성을 인정해요. 이것과 맞서 싸우는 건 무척 어렵습니다. 내 잠재적 독자들의 의견을 무시하는 것만큼이나 어려워요. 계속 써 나가면서 용기를 모으려고 합니다. 이 모든 걸 적는 유일한 이유는 이게 내 견해를 대충이나마 대변하기 때문이에요. 나의 대담함이 나를 놀래킵니다. 내게는 소설을 재미있게 만드는 재능이 거의 없다고 느껴요.

당신의 칭찬은 엄청나게 과장된 것 같아요. 내가 추측하기에 당신이 나보다 극적인 본능을 더 많이 지녔기 때문에 나의 장면들에서 그것을 간파하는 것 같습니다. 하지만 칭찬을 무척 감사히 받겠어요. 그리고 내 모든 말들이 수증기가 아니라는 어떤 확신을 갈망합니다. 내 말들은 그런 덩어리 속에서 하나씩 쌓여 갑니다. 만약 그것들이 단지 진흙탕에 불과하다면 끔찍한 일입니다. 나 스스로는 마지막 부분이 정말 최고라고 생각해요. 최소한 내가 훨씬 더 즐기면서, 그리고 내 눈앞에 그게 있다는 감각을 갖고 그 부분을 썼어요. 언젠가 〈멜림브로시아〉가 당신 책장에서 먼지 쌓인 책이 되어 줄리언 벨이 읽으려고 해도 읽을 수 없는 때, 이 편지가 얼마나 허영으로 보일까요! 하지만 내가 이 책에 대해 흥미롭게 이야기할 만한 많은 것들이 있어요. 우리가 언제나 후세대에 관해 생각하고 있을 필요는 없지요. 나는 서둘러 이 편지를 씁니다. 옷을 차려입고 외출하기 직전에요. 나는 문장들을 보기 좋게 만드는 내 능력에 대한 맹목적인 믿음이 있기 때문에 대담한 조각들도 제멋

대로 놔뒀다가 다음 겨울에 새롭게 윤을 내려고 한다는 걸 여기에 덧붙일 뿐입니다.

나는 당신이 타협에 대해 나를 비난할까 좀 걱정했어요. 하지만 나는 나대로 그 속편이 유일하게 가능한 거라고 꽤 확신했어요. 어떤 배경을 바탕으로 살아 있는 남자들과 여자들의 흔들림을 끌어내고 싶어요. 내가 그런 시도를 하는 건 매우 적절하지만 시도하는 게 굉장히 어렵다고 생각합니다. 아, 당신이 나를 얼마나 격려해 주는지요! 이것이 전혀 달라지게 만듭니다. 정말로 흥미로운가요? 당신이 그렇게 말하니까 그렇다고 생각해요. 하지만 때로는 이 책이 얼마나 창백하고 투명하게 내게 읽히는지 당신은 전혀 모릅니다. 내가 충분한 열기를 가지고 쓰는데도 불구하고요. (…)

당신의 사랑하는 VS

바네사 벨* 에게

W., 피츠로이 스퀘어 29
1911년 6월 8일 목요일

스물아홉인데 결혼도 안 했고, 아직 작가도 아니지

내 사랑,

성령강림절에 지독한 공허감이 우리에게 임했어. 우리는 폭풍우로 인해 공기가 가벼워지기를 바랐지만, 현실은 그렇지 않았지. 폭풍우는 엄청났어. 나를 언니한테서 거의 빼앗아 갈 뻔했지. 커다란 섬

* 버지니아의 친언니인 바네사 벨은 화가이자 실내 장식가이며 블룸즈버리 그룹의 일원이다.

광이 창문으로 거의 들어올 뻔했어. 한 교회에는 불이 났어.

언니는 끔찍하게 우울한 기분이 들지 않았어? 나는 그랬어. 글을 쓸 수도 없었고 모든 악마가 튀어나왔지. 털투성이 새까만 악마들이. 스물아홉인데 결혼도 안 했지, 실패자이고 자식도 없어, 정신병까지 있고, 아직 작가도 아니라는 것. (…)

언니의 빌리*

* '빌리'는 바네사가 버지니아를 부르는 별명이다. 숫염소billy goat에서 따왔다.

몰리 매카시[†]에게

W.C., 브런즈윅 스퀘어 38
1912년 3월

나를 열정적으로 만들어 줄 누군가와 결혼할 거야

나의 친애하는 몰리,

(…) 내가 결혼을 반대한다고 당신이 생각하게 만들 의도는 없었어요. 물론, 나는 반대하지 않아요. 비록 젊은 부부들의 극단적인 안전성과 말짱한 정신이 나를 질겁하게 하지만 변덕스럽게 우울한 노처녀들도 그렇긴 하니까요. 나는 결혼에 대한 엄청나고

† 이튼 부학장의 딸.

터무니없는 이상을 지닌 채 삶을 시작했어요. 하지만 많은 결혼 생활들을 조망하다 보니 역겨워졌죠. 그래서 내가 가질 수 없는 걸 요구하고 있는 게 아닐까 생각했습니다. 그런데 그 또한 지나갔습니다. 이제 나는 단지 나를 열정적으로 만들어 줄 누군가를 찾고 있고 그런 사람과 결혼할 겁니다! 우리 사회의 단점은 늘 수줍음과 자의식인 것 같습니다. 나는 특이하게 열정적이고 매우 까다로우며, 함께 살기에 너무 어렵고, 너무 무절제하며 지금 이걸 생각하다가 다른 걸 생각할 만큼 변하기 쉽다고 느낍니다. 하지만 가슴으로는 내가 모든 위기를 극복하고 떠다니다가 그 순간이 찾아오면 하늘만이 알고 있는 곳으로 착륙하길 늘 기대합니다. 나는 울프에 대한 걱정은 별로 하지 않아요. 비록 내가 걱정했다는 사실을 나 스스로 알아차렸다고 생각하지만요. 어쨌든 그는 더 오랫동안 머물 거예요.*

* 레너드 울프는 버지니아의 친오빠 토비 스티븐의 케임브리지 대학 친구이자 사도회 멤버였다. 실론 섬에서 7년간 식민지 근무를 한 뒤 휴가 동안 런던에 왔고 이때 버지니아와 만나게 됐다. 레너드는 1월에 버지니아에게 청혼했다. 만약 버지니아가 레너드와 결혼하기로 한다면 그는 실론 섬 공무원에서 은퇴하기로 결심했고, 혹시 그녀가 청혼을 수락하지 않더라도 식민부에 휴가를 4개월 연장해 주기를 요청해 놓은 상태였다.

아마 영국에서 머물 겁니다. 그러니 나는 그 책임에서 벗어나죠.

아닙니다, 나는 리튼과의 생기 없는 결혼을 하지는 않을 거예요. 비록 리튼은 친구로서 어떤 면에서는 완벽하지만 그는 그저 여자 친구와 같거든요. (⋯)

당신의 사랑하는 VS

레너드 울프*에게

서섹스, 로드멜, 애시엄
1912년 5월 1일

결혼을 직업으로 여기지는 않을 거야

친애하는 레너드

먼저 사실관계들을 확인하자면 (내 손가락들이 너무 추워서 거의 쓸 수가 없어요) 내일 일곱 시 정도에 내가 돌아올 테니 의논할 시간이 있을 거예요. 하지만 무슨 의미일까요? 만약 당신이 휴가가 끝날 때 사임할 게 분명하다면 당신은 휴가를 낼 수 없습니다. 어

* 버지니아와 레너드는 1912년 8월 10일에 결혼했다.

짰든 그건 당신이 경력을 망치고 있다는 걸 보여 줍니다.

그럼 나머지에 대해 모두 말해 드리죠. 내가 당신에게 많은 고통을 주고 있는 것 같습니다. 가장 무심한 방식으로요. 따라서 나는 될 수 있는 한 당신에게 분명해져야만 합니다. 절반의 시간은, 당신이 내가 전혀 보지 못 하는 안개 속에 있는 것 같아요. 물론 내가 느끼는 걸 설명하지는 못 합니다. 이런 것들이 나를 놀라게 하는 몇 가지 사항들이에요. 결혼의 명백한 장점이 내 앞에 놓여 있습니다. 나는 나 자신에게 말합니다. 어쨌든 너는 그와 정말 행복할 거야. 그리고 그는 너에게 동반자 관계와 아이들, 그리고 바쁜 삶을 선사할 거야. 그런 다음 나는 말하죠. 맹세코, 나는 결혼을 직업으로 여기지는 않을 거야. 이를 아는 유일한 사람들은 모두 이게 적절하다고 생각합니다. 그래서 그게 내 동기를 더욱 면밀히 검토하게 만듭니다. 그리고 물론 나는 때로는 당신 욕망의 강렬함에 화가 납니다. 어쩌면, 당신이 유대인인 것도 이 시점에서 고려해야 할 것 같습니다. 당신은 너무 외국인으로 보여요. 그리고 나는 심하게 불안정합니다. 나는 한순간에 뜨거움에서 차가움으로 바뀌어요. 아무런 이유도 없이요. 순전한 신체 활동과 탈진이 내게 영향을 준다고 생각하는 경우를 제외하면요. 내가 말할 수 있는 전부는 내가 당신과 함께 있을 때 하루 종일 서로를 쫓아다니는 이런 감정들에도 불구하고 영구적이고 성장하는 어떤 감정이 있다는 사실입니다. 물론 당신은 이것이 나를 당신과 결혼하도록 만들 것인지 알고 싶겠죠. 내가 어떻게 말할 수 있을까요? 내 생각에는 그럴 것 같습니다. 왜냐하면 그래서는 안 될 어떤 이유도 없어 보이기 때문입니다. 하지만 미래에 어떤 일이 벌어질지 모르겠습니다. 나는 나 자신이 반쯤 두려워요. 나는 때때로 그 누구와도 무언가를 공유한 적이 없거나 결코 공유할 수도 없다고 느낍니다. 당신이 나를 언덕처럼, 바위처럼 부르게 만드는 게 바로 이런 것입니다. 게다가 나는 모든 걸 원합니다. 즉, 사랑, 아이들, 모험, 친밀감, 일이요. (이런 횡설수설을 이해할 수 있나요? 나는 한 가지씩 차례대로 적고 있습니다.) 그러니 당신을 반쯤 사랑하고 당신이 항상 나와 함께 있고 나에 관한 모든 걸 알길 바라는 것으로부터 거칢과 초연함의 극단으로 넘어가겠습니다. 나는 때때로 생각합니다. 만약 당신과 결혼한다면, 나는 모든 걸 가질 수 있을 것이다. 그런데 성적인 측면이 우리 사이를 갈라놓지 않을까? 며칠 전 내가 당신에게 잔인하게 말했듯이 나는 당신에게서 육체적인 매력을 전혀 느끼지 못 합니다. 내가 단지 돌멩이에 불과하다고 느끼는 순간들이 있어요. 며칠 전에 당신이 내게 키스했을 때도 그랬습니다. 하지만 지금처럼 당신이 나를 돌봐 주는 모습은 나를 압도할 정도입니다. 이건 매우 현실적이고 매우 기이합니다. 왜 당신이 그래야만 하죠? 유쾌하고 매력적인 존재가 아니라면 나는 도대체 무엇일까요? 하지만 당신과 결혼하기에 앞서 내가 돌봐 줘야만 한다고 느끼는 건 단지 당신이 너무 많이 돌봐 주기 때문입니다. 나는 내가 당신에게 모든 걸 줘야만 한다고 느낍니다. 만약 내가 그럴 수 없다면 결혼은 내게뿐 아니라 당신에게도 그저 차선책이 될 것입니다. 만약 당신이 이전처럼 내가 나만의 길을 찾도록 내버려두면서 여전히 계속 해 나갈 수 있고, 그나마 그게 나를 가장 기쁘게 해 줄 일이라면, 우리 둘 다 그 위험을 감수해야만 합니다. 하지만 당신은 나를 매우 행복하게 만들어 주기도 했습니다. 대부분의 결혼이 그렇듯 부분적으로 죽어 있고 쉬운 결혼이 아니라, 언제나 살아 있고 언제나 뜨거운, 엄청난 활기가 있는 결혼을 우리 둘 다 원합니다. 우리는 많은 생명력을 원합니다. 그렇죠? 아마 우리는 그걸 얻게 될 겁니다. 그런다면 얼마나 멋질까요! (…)

당신의 VS

바이올렛 디킨슨에게

W.C., 브런즈윅 스퀘어 38
1912년 6월 4일

그는 내 글쓰기가
나의 가장 좋은 부분이라고 생각해요

나의 바이올렛

고백할 게 있어요. 레너드 울프와 결혼할 거예요. 그는 무일푼인 유대인이죠. 나는 누군가 가능하다고 말했던 것보다 더 행복해요. 하지만 나는 당신도 그를 좋아해 줄 것을 강력히 요청하는 바예요. 우리 둘이 화요일에 가도 될까요? 차라리 나 혼자 갈까요? 그는 토비와 절친한 친구였는데 인도에 갔다가 작년 여름에 돌아왔어요. 그때 나는 그를 만나게 됐고 그는 겨울 이후로 여기서 살고 있어요.

당신은 내가 단지 여자아이였을 때부터 항상 사랑해 온 언제나 정말 멋지고 유쾌한 사람이니까 만약 당신이 내 남편을 인정하지 않는다면 나는 참을 수 없을 거예요. 우리는 당신에 관해 많은 얘길 해 왔어요. 나는 그에게 당신이 키가 190센티미터이고 나를 사랑한다고 말했습니다.

내 소설들이 곧 완성될 거예요. 레너드는 내 글쓰기가 나의 가장 좋은 부분이라고 생각해요. 우리는 정말 열심히 일할 거예요. 너무 앞뒤가 안 맞나요? 분명해져야만 하는 한 가지는 당신에 대한 나의 강렬한 애정입니다. 당신을 너무 방해했네요. 당신은 언제나 내게 정말 많은 걸 주었어요.

당신의 버지니아

바이올렛 디킨슨에게

서섹스, 로드멜, 애시엄
1913년 4월 11일 금요일

우리는 아기를 갖지 않으려고 하지만 한 명 갖고 싶어요

(…) 우리는 아기를 갖지 않으려고 하지만 한 명 갖고 싶어요. 그래서 시골에서 6개월을 보내는 게 우선 필요하다고 해요.*

(…)

아침 내내 우리는 두 개의 분리된 방에서 글을 써

* 레너드는 그해 초에 나빠졌던 버지니아의 정신건강을 걱정해서, 그녀가 아기를 가질 것인지 아닌지에 대한 의학적 조언을 구했다.

요. 레너드는 새로운 소설을 쓰는 중이지만 열두 시에 시계가 울리면 그는 어느 신문을 위해 노동당에 대한 논설을, 또는《더 타임스》를 위해 프랑스 문학에 대한 서평을, 또는 협동경제의 역사를 쓰기 시작해요.

나도《더 타임스》를 위해 많은 글을 쓰고, 서평과 논설 그리고 죽은 여인들에 관한 전기를 쓰고 있죠. 우리는 온 세상의 글들을 쓰고 있으니 우리 말들을 키울 수 있을 만큼 충분히 많이 벌기를 바라요. 나는 내 책을 제럴드에게 보냈지만 지금까지 아무런 말도 듣지 못 했어요. 그래서 거절당한 것으로 예상하지만, 이게 모든 면에서 나쁜 일은 아닐 수도 있어요.*

우리는 세상이 전혀 보지 못 했던 최고의 잡지를 시작하기 위한 2,000파운드를 기다리고 있을 뿐입니다.†

모든 사람이 그게 세상에서 가장 좋은 아이디어라고 동의하지만 자신들이 파산을 지원해 줄 수는 없다는 암시도 하죠. 하지만 우리는 계속 천국을 올

* 그다음 날 버지니아는 출판인인 이부 오빠 제럴드 더크워스로부터 그가《출항》출간을 수락했다는 소식을 들었다.

† 이 계획은 무산됐다.

려다볼 겁니다.

우리는 북부의 공장에서 공장으로 옮겨 다니며 2주를 보냈어요. 글래스고까지 멀리 갔고 모든 종류의 공포와 기적을 보았죠. 당신이 상상할 수 있듯이, 나는 이런 경제적인 문제들을 그다지 쉽게 따라가지 못 해요. 하지만 레너드는 눈썹 하나 까딱하지 않으면서 읽고 쓰고 열성분자들과 말할 수 있는 것 같아요. 그의 책은 대성공인 것으로 보입니다. 서평에서 그를 키플링‡에 비유해요. 하지만 그가 진정한 작가의 허영심을 갖고 있다고는 생각하지 않아요. 이게 그가 작가가 될 수 없는 중요한 이유입니다. 나는 거대한 허영심을 품지 않은 작가를 결코 만나 본 적이 없어요. 이게 결국은 내가 읽고 있는 편지들의 저자인 메러디스§처럼 작가를 다가갈 수 없게 만듭니다. 그는 바다 밑바닥의 늙은 게처럼 딱딱해 보여요. (…)

당신의 V.W.

‡ 1907년 노벨 문학상 수상자인 조지프 러디어드 키플링을 가리킨다.

§ 빅토리아 시대 영국의 소설가이자 시인 조지 메러디스를 가리킨다.

바이올렛 디킨슨에게

서섹스, 로드멜, 애시엄
1913년 5월 말

제럴드가 내 책 《출항》을 받아 줬어요

나의 바이올렛,

(…) 우리는 여기 내려와 있지만 며칠만 올라가 잉글랜드의 뉴캐슬어폰타인으로 가서 협동경제 여성회에 합류할 거예요. 인생이 나를 어디로 데려갈지 예측할 수 없어 보여요.

바네사는 움브리아 산맥의 농부들에게서 얻은 반박할 수 없이 천재적인 작품들로 가득한 채 돌아온 것 같아요. 바네사 부부는 피츠로이 스퀘어에 있는 상자들과 안락의자들에 색칠을 시작합니다. 개인적으로 나는 로저 프라이에게서는 모리스의 영감을 느끼지 못 하지만 의심의 여지없이 내가 틀린 거겠죠.

제럴드가 내 책《출항》을 받아 줬어요. (그가 끝까지 다 읽어 봤다고는 생각하지 않아요.) 그래서 나는 지금 교정쇄들을 수정하고 있어요.

당신이 교정해 주길 나중에 제안할 거예요. 와서 우리와 함께 머물러요.

우리는 번식용 암말 한 마리를 샀고 내게는 회색 조랑말도 있어서 내리막길에서 타고 다녀요.

당신의 V.W.

리튼 스트레이치*에게

리치먼드, 호가스 하우스
1916년 2월 28일

삶의 광대한 격동의 느낌을 주고 싶었어요

친애하는 리튼

(…) 《출항》에 대한 당신의 칭찬은 제가 받은 것 중 가장 멋진 칭찬이에요. 아시다시피 이런 것들에 대한 당신의 이해에 오랜 경외심을 갖고 있기 때문

* 영국 작가이자 비평가. 블룸즈버리 그룹 창립 멤버. 새로운 형식의 전기를 구축한 전기 작가로 유명하다. 《저명한 빅토리아인들Eminent Victorians》과 《빅토리아 여왕Queen Victoria》이 그 대표작이다.

에 당신이 그 책을 좋아한다는 사실이 믿기지 않을 정도입니다. 당신은 내게 그 책을 읽어 볼 용기를 줍니다. 출판된 이후 읽어 보지 않았기 때문에 지금은 내게 어떤 느낌을 줄지 궁금합니다. 구상의 실패에 관한 당신의 비판이 옳다고 생각합니다. 내게 구상은 있었지만 그 자체로 느껴지지는 않았던 것 같아요. 내가 하길 원했던 건 가능한 한 다양하고 무질서하게 삶의 광대한 격동의 느낌을 주는 것이었어요. 이것은 죽음에 의해 갑자기 잠시 끝나고는 다시 계속되죠. 그리고 전체는 일종의 패턴을 지니고 어느 정도 통제되도록 했어요. 어떤 종류의 일관성을 유지하는 게 어려웠죠. 또한 인물들을 흥미롭게 만들기 위해 충분한 세부 정보를 제공하고자 했어요. E. M. 포스터는 내가 그렇게 하지 못 했다고 말해요. 사실 나는 이 작품을 세 권으로 쓰길 원했어요. 소설에서 이런 종류의 효과를 얻는 게 불가능할까요? 너무 흩어져서 이해하기 어려울까요? 나는 시간에 있어서 더 많은 통제력을 갖는 법을 배우고 싶어요. 나는 세부적인 부분에 너무 많이 관여하거든요. (…)

당신의 V.W.

바네사 벨에게

리치먼드, 호가스 하우스
1917년 5월 22일

인쇄에 비하면 쓰는 건 아무것도 아냐

(…) 우리는 인쇄하는 것에 너무 몰두해 왔기 때문에 나도 거의 언니만큼이나 농장 안마당의 양치기 개 같아.* 나 자신을 떼어 내어 런던에 가거나 누군가를 만나지 못 하겠어. 우리는 방금 레너드의 단편을 인

* 울프 부부는 3월에 수동 인쇄기 한 대를 구매해 호가스 출판사를 세웠다. 거실 테이블에서 작업해 완성한 첫 출판물은 《두 이야기Two Stories》(1916) 였다. 그중 한편은 레너드가 쓴 〈세 유대인Three Jews〉, 또 다른 한 편은 버지니아가 쓴 〈벽 위의 자국The Mark on the Wall〉이었다.

쇄하기 시작했어. 내 글은 아직 찍어 내지 않았지만 인쇄에 비하면 쓰는 건 아무것도 아냐. 언니가 표지에 대해 조언해 줬으면 좋겠어.

우리는 벌써 60건 정도 주문을 받았어. 특히 그 대부분은 우리가 전혀 들어 본 적도 없는 밥 트리벨리언이라는 사람이 추천해 준 북부의 나이 든 부인들과 시인들로부터 온 것이기 때문에 신뢰하는 마음이 느껴져. 우리와 친한 사람 중 그 누구도 아직 한 부도 구매하지 않았지(이 화살이 언니를 가리키는 건 아냐).

하지만 나는 정신을 차리고 오톨린 모렐을 보러 갔어.[†] 그녀의 아름다움에 너무 압도된 나머지 마치 내가 정말 갑자기 바닷속에 들어간 것처럼 느껴졌고 바위 위에서 인어들이 피리를 부는 소리를 들었어.

어떻게 그런 일이 일어났는지 모르겠지만 그녀는 풍성한 붉은 금색 머리카락을 지녔고 두 볼은 사랑스러운 질은 진홍색 문양의 쿠션처럼 부드러우며 몸매는 지금까지 내가 본 어떤 인어보다 내가 상상하는 인어의 모습과 더욱 닮았어. 주름 하나, 티 하나 없고 풍만하지만 부드러웠지. (…)

언니의 버지니아

† 레이디 오톨린 모렐은 영국 귀족이며 문학 연회의 안주인이었다.

클라이브 벨에게

리치먼드, 호가스 하우스
1919년 11월 27일

서평이 미국인들을
끌어당긴 것 같아요

나의 친애하는 클라이브

(…) 당신은《밤과 낮》에 대해 묻는군요. (설령 당신이 묻지 않았다고 해도 여전히 당신과 리튼에 비할 것은 그 무엇도 없어요.) 두 미국 출판사가 나의 두 책《밤과 낮》과《출항》모두를 출간하겠다고 제안했냐고요? 그들 잡지를 위해 글을 써 주길 제안했고 내 초상화도 출판하겠다고 했냐고요? 네, 그래요. 유감스럽게

도 그런 것 같네요. 하지만 나는 매우 으쓱해져서는 조지 H. 도란 출판사와 계약했죠. 그리고 지금 브루스 리치먼드에게 제 기사를 그곳에 게재할 수 있게 해 달라고 요청하는 중입니다. 그는 안 해 준다고 하더군요. 내 생각에 서평이 미국인들을 끌어당긴 것 같아요. 서평들은 대부분 나를 높이 평가했고, 때로는 잘못 평가하기도 했어요. 사실, 비평으로서 그것들은 지금까지는 가치가 없어요. 하지만 진지한 평론가들은 여전히 할 말이 있어요. 나는 캐서린 맨스필드가 한 말의 의미를 파악할 수 없었지만 내 생각에 그녀는《밤과 낮》을 싫어하는데 그렇게 말하지 않으려고 자신의 요점들을 모호하게 한 것 같아요. 하지만 편집자 존 머리는 내게 말하길 캐서린이 내 책을 존경하지만 나의 '초연함'이 도덕적으로 잘못됐다고 생각한대요. (그건 그렇고, 그녀는 사실상 치유됐어요. 거의 완치될 거래요.) 매일 나는 편지들을 받는데 그들은 모두 다른 점들을 잡아내고 단 두 사람도 의견이 일치하지 않는 것 같아요. 몰리 해밀튼은 이렇게 말하고 몰리 매카시는 저렇게 말하죠. 그리고 어떤 사람들은 초반부가 최고라고 말하고 다른 사람들은 마지막 장이 가장 좋다고 말해요. 또 어떤 사람들은 이 책이 전통 문학에 속한다고 말하고 다른 사람들은 아니라고 말하죠. 하지만 머리가 내게 말하길, 커다란 다툼은 이 책이 비현실적이라고 생각하는 사람들과 이 책이 현실적이라고 생각하는 사람들 사이에서 벌어지고 있다고 해요. (무슨 뜻일까요?) 이상하게도, 나와 같은 생각을 하는 유일한 사람은 제임스 스트레이치*뿐이에요. (…)

당신의 V.W.

* 영국의 정신분석가이다. 아내와 함께 지크문트 프로이트의 책을 영어로 번역했으며, 리튼 스트레이치의 동생이다.

R. C. 트리벨리언[†]에게

리치먼드, 호가스 하우스
1920년 1월 25일

가능한 한 교정하고 싶어요

친애하는 밥,

며칠 전에 당신이 《밤과 낮》의 끝부분에 있는 나쁘거나 어려운 문장에 관해 말했죠. 《밤과 낮》의 두 번째 판이 나올 거예요. 그래서 가능한 한 교정하고 싶어요. 너무 번거롭지 않다면 몇 페이지의 몇 행인

† 로버트 트리벨리언은 영국의 시인이자 번역가다. 또한 영국의 화가이자 미술비평가인 로저 프라이의 친구다.

지 내게 보내 주면 정말 감사하겠어요. 오탈자들과 그 외 다른 정정 사항들도 보내 준다면 무척 감사할 거예요. 《출항》에서는 어떤 특별한 큰 실수를 발견하지 않았죠? 제럴드 더크워스가 그 책의 재판을 찍고 있어요.* 그래서 내가 교정하길 원하죠. 나는 당신이 전체를 다시 쓸 것까지는 아니고 무언가 바뀌야 한다고 말했던 걸 기억해요. 나는 다시 쓸 필요가 있다고 믿지만요. (…)

영원한 당신의 버지니아 울프

* 더크워스는 직접 재판을 찍지 않고 도란의 미국 판본을 구매해 1920년 자신의 임프린트에서 발행했다.

《뉴스테이츠먼》 편집자님께

리치먼드, 호가스 하우스
1920년 10월 9일

남성과의 비교는 나를 전혀 자살로 이끌지 않아요

편집장님, 대부분의 여성들과 마찬가지로, 만약 그들의 책을 통째로 읽는다면, 아널드 베넷 씨의 비난과 오를로 윌리엄스 씨의 칭찬이 내게 초래할 우울감과 자존감의 상실을 나는 받아들일 수가 없습니다.†

† 소설가 아널드 베넷은 산문집 《우리의 여성들Our Women》에서 남성이 인지적으로 그리고 창조적으로 여성보다 우월하다고 주장했다. 영국의 유명 시사문예지인 《뉴스테이츠먼》의 칼럼니스트 상냥한 매는 이 책과 오를로 윌리엄스의 《선한 영국여성The Good Englishwoman》을 우호적으로 논평했다. 이에 버지니아는 크게 분개했다.

그래서 서평가들의 손에 의해 조금씩만 맛보고 있죠. 하지만 지난주 당신들 칼럼 속 '상냥한 매'* 의 글은 찻숟가락만큼의 작은 양도 삼킬 수가 없습니다. 그는 지적 능력에 있어 여성이 남성보다 열등하다는 사실이 '그에게 아주 명백하다'고 말합니다. 이어서 그는 '아무리 많은 교육과 행동의 자유도 그것을 눈에 띄게 바꾸지 못 할 것이다'라는 베넷 씨의 결론에 동의합니다. 그러면 상냥한 매는 16세기보다 17세기가 더 많은 뛰어난 여성들을 낳았고 17세기보다는 18세기가, 그 모든 30년보다 19세기가 더 많은 뛰어난 여성들을 낳았다는, 내게는 (어떤 다른 공정한 관찰자를 떠올려야만 했지만요) 명백한 사실에 대해 어떻게 설명할까요? 내가 뉴캐슬 공작 부인을 제인 오스틴과, 절세의 오린다를 에밀리 브론테와, 헤이우드 부인을 조지 엘리엇과, 애프라 벤을 샬럿 브론테와, 제인 그레이를 제인 해리슨과 비교할 때, 지적 능력의 발전은 내게 눈에 띌 뿐만 아니라 어마어마해 보입니다. 남성과의 비교는 나를 전혀 자살로 이끌지 않아요. 교육과 자유의 효과는 과대평가될 여지

* 사실 '상냥한 매'는 영국의 작가이자 비평가, 블룸즈버리 그룹의 일원이자 버지니아의 친구 데즈먼드 매카시의 필명이었다.

가 거의 없습니다. 한마디로, 비록 다른 성에 대한 비관주의가 항상 즐겁고 기운을 돋아 줄지라도, 자신들 앞의 증거에 대해 그토록 확신하며 거기에 탐닉하는 건 베넷 씨와 상냥한 매의 작은 낙천성 같습니다. 따라서 비록 여성들은 남성들의 지성이 꾸준히 줄어들고 있다는 사실을 바랄 모든 이유가 있더라도 위대한 전쟁과 위대한 평화가 공급하는 것보다 더 많은 증거를 얻을 때까지 그걸 사실이라고 발표하는 건 현명하지 못 한 일일 것입니다. 결론적으로, 만약 상냥한 매가 위대한 여성 시인을 발견하길 진심으로 소망한다면 어째서 오디세이의 작가가 여성일 가능성에 대해서는 스스로 입을 막으려 들까요? 물론 베넷 씨와 상냥한 매가 아는 만큼 내가 그리스어를 안다고 주장할 수는 없지만, 사포가 여성이었고, 플라톤과 아리스토텔레스가 그녀를 호머와 아킬로쿠스와 함께 그 시대 가장 위대한 시인들 중 한 명으로 평가했다고 자주 들어 왔습니다. 그러니 베넷 씨가 명백히 그녀보다 우월한 남성 시인들 50명을 댈 수 있다는 건 반가운 놀라움입니다. 만약 그가 그 이름들을 출간할 거라면 나는 우리 성별에 그토록 소중한 복종의 행위로서 그들의 작품을 구매할 뿐만 아니라, 내 능력이 허락하는 한 외우겠다고 약속할 겁니다.

진심을 담아, 버지니아 울프

《뉴스테이츠먼》편집자님께

리치먼드, 호가스 하우스
1920년 10월 16일*

여성들은 향상돼 왔고 여전히 향상될 수 있습니다

편집장님,

먼저 사포부터 시작하겠습니다. 상냥한 매에 의해 제시된 번스에 대한 가상적 사례처럼 우리는 사포를 단지 그녀의 파편들로 판단하지 않습니다.†

* 버지니아의 주장에 설득되지 않은 상냥한 매가 반박문을 쓰자 그다음 주에 버지니아가 이에 대해 답을 했다.

† 상냥한 매는 만약 로버트 번스의 작품이 단지 파편들로만 남아 있다면 그 역시 위대한 시인으로 여겨질지 모른다고 말했다.

우리는 그녀의 작품들이 완전한 형태로 알려졌던 당시 사람들의 견해로 우리의 판단을 보충합니다. 그녀가 2,500년 전에 태어난 건 진실입니다. 상냥한 매에 따르면 그녀와 같은 천재성을 지닌 여성 시인이 기원전 600년부터 18세기까지 나타나지 않았다는 사실은 그 기간에 잠재적인 천재성의 여성 시인이 없었다는 사실을 입증합니다. 따라서 그 기간 보통 정도의 실력을 지닌 여성 시인이 부재한다는 사실은 잠재적인 평범성의 여성 작가들이 없었다는 사실을 입증한다는 논리가 성립합니다. 사포는 없었습니다. 하지만 또한 17세기나 18세기까지는 마리 코렐리도 바클리 부인도 없었습니다.*

좋은 여성 작가들뿐 아니라 나쁜 여성 작가들의 완전한 결핍에 대해 설명하려면, 나는 그들의 능력에 어떤 외부의 제약이 있었다는 것 외에는 다른 이유를 생각할 수 없습니다. 상냥한 매는 2등급 또는 3등급 능력의 여성들은 언제나 있어 왔다고 인정하니까요. 만약 그들이 강압적으로 금지되지 않았다면, 어째서 그들은 이러한 재능들을 글쓰기와 음악, 또는 회화에서 표현하지 않았을까요? 비록 너무 멀기는

* 마리 코렐리와 플로렌스 바클리는 대중적인 영국 소설가들이다.

하지만, 사포의 경우가 이 문제에 작은 불빛을 비춰 준다고 생각합니다. 나는 J. A. 시먼즈를 인용합니다.

'몇 가지 상황이 레스보스에서 서정시가 발전하도록 돕는 데 기여했다. 에올리언 사람들의 관습은 그리스에서 흔히 볼 수 있는 것보다 더 많은 사회적·가정적 자유를 허락해 줬다. 에올리언 여성들은 이오이아 여성들처럼 하렘에 갇혀 있지 않았고, 스파르타 여성들처럼 엄격한 규율에 종속되지도 않았다. 그들은 남성 사회와 자유롭게 섞이면서 높은 수준의 교육을 받았고 사실 현재까지 역사상 다른 어디에서도 찾아볼 수 없을 자신의 정서를 표현하는 데 익숙했다.'†

그리고 이제 사포에서 에델 스미스‡로 건너뛰겠습니다.

'내가 알 수 있는 한, 예로부터 항상 음악을 연주하고 노래하고 공부하는 여성들을 방해하는 건 지적인 열등성을 빼고는 다른 아무것도 없었다. 이들은

† 존 애딩턴 시먼즈의 《그리스 시인 연구Studies of the Greek Poets》 중에서.
‡ 영국의 여성 작곡가이자 여성 참정권 운동 회원이다.

남성 못지않게 많은 음악가를 배출했다'라고 상냥한 매가 말합니다. 에델 스미스가 뮌헨에 가지 못 하도록 방해한 게 아무것도 없었습니까? 그녀 아버지로부터 반대가 없었습니까? 그녀는 부유한 가정에서 자기 딸들을 위해 제공하는 음악 연주와 노래, 공부 덕분에 그들이 음악가가 되기에 적합해졌다고 여겼을까요? 에델 스미스는 19세기에 태어났습니다. 상냥한 매는 이제 회화가 여성들의 손이 닿는 범위 내에 있지만 위대한 여성 화가는 없다고 말합니다. 만약 그게 아들들이 교육을 받은 이후에도 딸들을 위해 물감과 작업실을 허락할 만큼 충분한 돈이 있고 딸들이 집에 머물기를 요청하는 가족의 명분이 없는 것을 의미한다면, 회화는 여성들의 손이 닿는 범위에 있습니다. 그렇지 않다면, 내 생각에, 그들은 회화를 향해 돌진하며 남자가 상상할 수 있는 어떤 것보다 더욱 기이하게 고통스러운 일종의 고문을 무시해야만 합니다. 게다가 이건 20세기의 일입니다. 하지만 상냥한 매는 위대한 창조적 정신이라면 이런 장애물들을 극복할 거라고 주장합니다. 그가 예컨대, 아일랜드인 또는 유대인들처럼 교육이 제한되고 종속당한 국민 출신인 역사 속 위대한 천재 중 단 한 사람이라도 들 수 있을까요? 셰익스피어를 존재할 수 있게 해 준 환경은 자신의 예술에 선배들이 있었고, 예술이 자유롭게 토론되고 실천되는 한 집단의 일원이 되며 스스로 행동과 경험에 대한 최대한의 자유를 지닌 것이라는 사실은 내게 반론의 여지가 없어 보입니다. 아마도 레스보스에서는, 이런 환경이 여성들의 운이었던 것 같습니다. 그 이래로는 그런 적이 전혀 없었지만요. 그런데 상냥한 매는 가난과 무지를 극복한 몇 남성의 이름을 댑니다. 그의 첫 번째 예는 아이작 뉴턴입니다. 뉴턴은 농부의 아들이었어요. 그는 문법학교에 보내졌죠. 그는 농장에서 일하고 싶지 않았어요. 목사인 삼촌이 그가 일을 면제받고 대학 갈 준비를 해야 한다고 조언했습니다. 그래서 그는 열아홉 살에 케임브리지 트리니티 칼리지에 보내졌습니다. 말하자면 1920년에 뉴넘*에 들어가길 소망하는 시골 변호사의 딸들이 직면하는 것과 거의 비슷한 양의 반대에 뉴턴은 직면해야만 했습니다. 하지만 그의 좌절감은 베넷 씨와 오를로 윌리엄스 그리고 상냥한 매가 쓴 글들로 더 커지지는 않았

* 케임브리지 대학에서 두 번째로 오래 된 여자 대학교(1871년 창설). 가장 오래 된 여자 대학교는 1867년 창설된 거턴 칼리지다.

습니다.

그것은 제쳐 놓고, 내 요점은 엄청난 수의 더 작은 뉴런들을 배출할 때까지는 큰 뉴턴을 얻지 못 할 거라는 사실입니다. 내가 라플라스, 패러데이, 그리고 허셜의 경력에 대한 탐문으로 당신의 공간을 차지하지 않더라도, 아퀴나스와 성 테레사의 삶과 업적을 비교하지 않더라도, 테일러 부인에 대해 오해한 것이 존 스튜어트 밀이었는지 그의 친구들이었는지 결정하지 않더라도 상냥한 매가 나를 비겁하다고 비난하지 않길 바랍니다.* 가장 이른 시대부터 현재까지 여성들이 우주의 전체 인구를 출산해 왔다는 사실은 우리가 동의할 거라 생각됩니다. 이 직업에는 많은 시간과 힘이 들었습니다. 이 직업은 또한 여성들이 남성에게 종속되게 만들어 왔으며, 부수적으로 그들 안에 이 종족의 가장 사랑스럽고 존경할 만한 특성들을 자라게 했습니다. 상냥한 매와 나의 차이는 그가 남성과 여성의 현재 지적 평등성을 부인한다는

* 자유주의 정치사상가 존 스튜어트 밀은 해리엇 테일러와 1851년 결혼했다. 두 사람은 함께 여성 참정권을 위해 애썼다. 해리엇은 밀의 《자유론》 등 그의 저작과 사상에 많은 영향을 끼쳤다. 밀은 자신의 아내가 모든 면에서 자신보다 우월하다고 생각했지만 그의 친구들은 그에 동의하지 않았다.

것이 아닙니다. 그것은 베넷 씨와 더불어 그가 여성의 정신은 교육과 자유에 의해 현저히 영향받지 않는다고 단언한다는 점입니다. 여성의 정신은 최상의 업적을 낼 수 없으며 영원히 현재와 같은 상태로 남아 있어야만 한다고 주장하는 점입니다. 나는 여성들이 향상돼 왔다는 사실은 그들이 여전히 향상될 수 있다는 사실을 보여 준다고 반복해야겠습니다. 나는 왜 119세기가 아닌 19세기에 그들의 향상에 한계를 둬야만 하는지 알 수 없으니까요. 하지만 필요한 건 교육뿐만이 아닙니다. 여성들은 경험의 자유를 가져야만 합니다. 여성들은 두려움 없이 남자들과 달라야 하고 자신의 차이를 터놓고 표현해야만 합니다. (나는 남성들과 여성들이 똑같다는 상냥한 매의 의견에 동의하지 않으니까요.) 그리고 정신의 모든 활동성이 장려돼 남성들만큼 자유롭게, 그리고 조롱과 겸손에 대한 두려움 없이, 생각하고 발명하고 상상하고 창조하는 여성들의 중추가 언제나 현존해야만 합니다. 나의 정말 중요한 견해는, 이런 조건들이 상냥한 매와 베넷 씨가 한 말과 같은 진술들에 의해 방해받는다는 것입니다. 남성은 자신의 견해가 알려지고 존경받게 만드는 데 여성보다 훨씬 더 위대한 재능을 가졌으니까요. 분명 만약 미래에 그런 의견들이 만연하다면 우리는 반-문명화된 야만인들의 상태로 남게 될 것이라는 사실에 의심의 여지가 없습니다. 최소한 이것이 내가 한편으로는 지배의, 다른 한편으로는 노예 상태의 영속성을 정의하는 방식입니다. 왜냐하면 주인이 되는 퇴보는 노예가 되는 퇴보와 그저 맞먹기 때문입니다.

진심을 담아, 버지니아 울프

캐서린 맨스필드*에게

리치먼드, 호가스 하우스
1921년 2월 13일

어째서 내가 글을 쓰는 법을 아는 유일한 여성이 될 수 없는 거야

친애하는 캐서린

당신의 편지를 받고 정말 기뻤어요. 나 홀로 차를 마시고 있을 때 편지가 왔어요. 다소 창백한 반쯤 봄날인 저녁이었고 한 다발의 미모사에서 아주 달콤한 향기가 날 때였죠. 나는 편지를 두 번 읽어 본 다음 그

* 영국의 여성 소설가. 특히 《행복》, 《가든 파티》 등 주옥같은 단편소설집으로 유명하다.

봉투를 잃었어요[분실].

나는 이틀 전 밤 고든 스퀘어에서 저녁 식사를 할 때 당신 남편 머리를 봤어요. 하지만 클라이브가 고함을 쳐 대서 나는 거의 아무 말도 할 수 없었죠. 그래도 우리는 당신에 관해 얘기를 좀 했고, 나는 그게 좋았어요. 나는 당신에게 할 말들을 언제나 생각하고 있었고 그것들을 내 일기에 담아야만 했거든요. 나는 당신이 당신의 책*에 관해 어떻게 생각하는지, 그리고 사람들이 그 책에 관해 어떻게 이야기했는지 궁금해하고 있습니다. 서평들은 열광적입니다. 하지만 또 서평들은 어리석죠. 조만간 내가 그에 대한 비평을 당신에게 써 드릴까요? 비록 우리는 무척 다르지만, 우리가 몇 가지 같은 어려움을 지닌다는 생각이 때때로 들곤 해요. 나는 지금 한창 내 소설을 쓰는 중이지만 약간의 돈을 벌기 위해 중단해야만 해요.† 윌리엄 워즈워스의 여동생 도로시 워즈워스에 대한 글 한 편을 쓸 거예요. 우리 새 시트 가격을 지불하고 나서 다시 소설로 돌아올 겁니다. 책이 읽기 쉬울지는 모르겠지만요. 내가 당신에게서 정말 많이

* 1920년 출간된 《행복》을 가리킨다.

† 《제이콥의 방》을 쓰고 있었다.

존경하는 점은 당신의 투명성입니다. 내 것은 흐려지고 있거든요. 또한 소설에서 연속성을 지녀야만 하는데, 이 책에서 나는 언제나 한 단계에서 다른 단계로 이리저리 바뀌고 있어요. 내가 지금 하는 일은 의식을 변화시키는 것이고 그렇게 해서 끔찍하게 소화가 안 되는 음식을 부수려는 것이라고 생각해요. 이게 당신에게 무슨 의미가 있나요? 내게 당신은 매우 곧장 똑바로 가는 것처럼 보여요. 유리처럼 완전히 투명하게, 정제되고 영적으로요. 하지만 다시 제대로 꼼꼼히 읽어 봐야겠습니다. 나는 다만 모든 사실주의를 더 이상 원하지 않는 것 같다고 느낍니다. 오직 생각과 느낌만 있고 컵도 없고 식탁도 없는 것. 당신의 다음 책‡은 언제 나오나요?

아널드 베넷이 여성들을 모욕하는 것에 대해 내가 바보처럼 이성을 잃고 어리석고 격분한, 어쩌면 불필요한 풍자 글을 쓰느라 내 시간을 낭비했죠. 왠지 이게 그의 게으른 무례함보다 더 나빠 보입니다. 글을 쓰기 원하는 어떤 불쌍한 인간이 그런 작고 잡다한 일로 인해 미뤄졌다고 생각해 보세요. 그래서 나는 비난했습니다. 여성들이 글 쓰는 것을 배워야

‡ 1922년 출간된 《가든파티》를 가리킨다.

만 한다는 게 내겐 무척 중요해 보입니다. 당신에게도 그런가요?

며칠 전 1917 클럽에서 베리스퍼드 씨가 소설에 관한 강연을 했습니다. 개탄스러운 강연이었어요. 마지막에는 면도를 하지 않은 유대인 한 명이 뛰어 올라와 자신은 도로시 리처드슨과 캐서린 맨스필드, 또는 버지니아 울프를 싫어한다고 말했습니다. 그러자 모건 포스터가 맨스필드의 〈서곡〉과 울프의 《출항》은 이 시대 최고의 소설이라고 말했습니다. 그래서 나는 "빌어먹을 캐서린! 어째서 내가 글을 쓰는 법을 아는 유일한 여성이 될 수 없는 거야?"라고 말했죠. (…)

나의 친애하는 캐서린, 지독하게 긴 편지네요! 당신의 종들이 그랬듯 나의 교회종이 울리고 있습니다. 하지만 리치먼드의 일요일 저녁을 묘사할 필요는 없죠. 레너드와 나는 이제 가스난로에서 달걀과 베이컨을 요리할 거예요. 그다음 나는 코테리안스키로부터 러시아어를 좀 배울 거예요.*

그가 우리를 가르치겠다고 고집을 부리거든요.

* S. S. 코테리안스키는 러시아 문학을 영어로 옮긴 우크라이나인 번역가다. 호가스 출판사에서 출판된 러시아 작품의 번역본들을 위해 울프 부부와 협업하고 있었다.

그런 다음 도로시 워즈워스를 읽을 겁니다. 하지만 아마 나는 글쓰기에 관해서 그리고 캐서린에 대해 많이 생각할 거예요. 그리고 불을 쬐며 반쯤 멍해지겠죠. 캐서린, 부디 우리 서로에게 편지를 쓰도록 해요.

당신을 사랑하는 V.W.

로저 프라이*에게

리치먼드, 호가스 하우스
1922년 5월 6일 토요일

프루스트는 표현에 대한 나의 욕망을 너무 자극해요

친애하는 로저

(…) 내가 교구민 중 가장 심한 감기에 걸렸어요. 마르셀 프루스트의 두꺼운 책이 무척 도움이 됩니다. 어젯밤에 이 소설의 2권 《꽃핀 소녀들의 그늘에

* 영국의 화가이자 미술비평가, 큐레이터이고 블룸즈버리 그룹의 일원이다. 블룸즈버리 그룹 회원들과 함께 런던에서 '후기 인상파 화가 전시회'를 1910년과 1912년 두 차례 기획한 것으로 유명하다.

서》를 읽기 시작했고 하루 종일 몰두하기로 했죠. 프루스트의 《잃어버린 시간을 찾아서》를 영어로 번역하는 스콧-몽크리프가 찬사의 어록에 내가 몇 마디 해 주길 원하네요. 당신도 함께하겠어요? 만약 그렇다면 나는 하겠어요. 그렇지 않다면 나도 안 할 거예요.

하지만 프루스트는 표현에 대한 나의 욕망을 너무 자극해서 내가 문장을 시작하기가 힘들어요. 아, 내가 그렇게 쓸 수 있다면! 나는 외칩니다. 그리고 그가 놀라운 진동과 포화 상태와 강화를 획득하는 순간에 (그 안에는 성적인 어떤 것이 있어요) 나도 그렇게 쓸 수 있다고 느껴서 펜을 잡지만 나는 그렇게 쓸 수가 없어요. 어느 누구도 내 안에 언어의 신경을 그토록 흥분시키지는 않아요. 일종의 집착이 돼 버렸어요. 하지만 나는 소설 속 스완에게로 되돌아가야만 합니다. (…)

영원한 당신의 V.W.

바네사 벨에게

서섹스, 로드멜, 몽크스 하우스
1922년 8월 10일 목요일

《제이콥의 방》 표지 디자인 수정해 줄 수 있어?

사랑하는 언니,

언니의 딱한 상태에 대해 듣고는 무척 우울해. 편지를 쓰려고 했는데 언니가 이미 찰스턴에 있다는 정보를 클라이브로부터 얻었지. 레너드 말이 유행성 이하선염처럼 괴로운 건 없다고 하네. 그 병이 성질을 완전히 망치고, 음식을 물지도 못 하니 탈진의 늪에 빠진다고. 스텔라가 그 병을 묘사했던 게 기억

나. 제발 정말 조심해. 아냐. 아무도 누군가의 질병을 결코 공감하지 못 해. 다른 사람의 질병은 단지 그들 자신의 질병을 묘사하기 위한 기회일 뿐이지. 하지만 이건 던컨, 로저, 그리고 나한테는 적용되지 않아. 내 가슴은 다른 사람은 아니더라도 언니를 위해 항상 괴로워하고 있어. 나는 종종 한밤중에 깨어나 큰 소리로 바네사! 바네사! 하고 외쳐. 이게 언니에게 위로가 되지 않아? 언니는 "글쎄, 별로."라고 말하겠지.

우리는 언니가 한 《제이콥의 방》 표지 디자인이 사랑스럽다고 생각해. 다만 그게 실용적일지 의문이 들어. 레너드는 글자가 충분히 명료하지 않고 그 효과가 다소 지나치게 현란하다고 생각해. 방room의 'r'을 대문자로 바꿔 줄 수 있어? 그리고 글자를 더 선명한 색깔로 알아보기 쉽게 만들어 줄 수 있어?

하지만 이런 요구 사항들이 디자인을 망칠 수도 있지. 혹시 언니가 변경할 수 있으면 이렇게 해 줘.

우리가 말로 해야 더 잘 설명할 수 있을 거야. 언제 찰스턴에 도착하는지 내게 알려 줘. 내가 찾아갈게. 그때쯤에는 전염병이 끝났을 거야. (…)

V.W.

자크 라베라트*에게

서섹스, 로드멜, 몽크스 하우스
1922년 8월 25일

글쓰기의 기술에 관해 당신과 토론하고 싶어요

친애하는 자크,

어쨌든 당신은 당신의 오랜 벗의 성격 하나를 잊지 않았네요. 바로 허영심이요. 나는 내 단편집†에 대한 당신의 칭찬을 굉장히 즐겼어요.

* 프랑스 화가 자크 라베라트는 케임브리지에 있다가 버지니아의 오랜 친구인 화가 그웬 다윈과 결혼했다. 그웬 다윈은 천문학자 조지 다윈의 딸이자 생물학자 찰스 다윈의 손녀다.

† 《월요일 또는 화요일》을 가리킨다.

그웬의 칭찬도요. 그래서 여러 날 동안 상당히 우쭐한 기분이었습니다. 오히려 나는 그 책에 대한 비난을 예상해요. 이제 당신은 곧 출간될 내 소설《제이콥의 방》에 대한 당신의 의견을 들려주셔야만 합니다. 당신은 외국인이지만 여전히 매우 흥미로운 캐릭터예요.

내년 1월쯤 우리가 정말 갈까요? 당신 마을에 우리가 묵을 방을 찾아 줄 수 있나요? 우리는 외국으로 나가는 것에 관해 끝없이 얘기하지만 나는 내가 읽고 쓸 수 있는 곳에 정착하기 원하기 때문에 만약 당신이 거기 있다면 무척 재미있을 거예요. 그럼 아마 우리의 밀린 이야기들을 쉴 새 없이 나눌 수 있겠죠. 나는 좀 수줍어요. 당신도 그런가요? 근본적이 아니라 피상적으로요. 내 인상으로는 우리는 우리가 사는 방식에 관해 많이 논쟁하곤 했었어요. 이제 우리는 그 모든 걸 해결했네요. 당신은 프랑스에 집이 있고 나는 리치먼드에 있으니까요. 꽤 멋지고 허름하고 구식이며, 매우 견고하고 엄청나게 어질러져 있지만(나는 호가스 하우스를 얘기하고 있는 거예요) 우리는 이곳 사방에서 인쇄를 한답니다. 카콕스의 용맹한 젊은이들 중 한 명이 우리 동업자예요. 우리는 만나 점심을 먹고 차를 마십니다. 그리고 잡담을 나눠요. 그 가엾은 젊은이는 리튼 스트레이치가 프루스트에 관해 어떻게 생각하는지 우리에게 말하려고 하죠. 그런 다음 나는 런던으로 갑니다. 무엇을 산다는 핑계로 거리를 걸어 다니는데, 그렇게 대단한 건 없어요. 1917 클럽에 들러서 차를 마십니다. 거기서 나는 보통 흑인들, 여배우들, 괴짜들, 앨릭스와 제임스 같은 지성적인 종족들의 극단적인 하찮음과 단조로움에 침울해집니다. 이런 종족이 내가 거기서 만나게 되는 유형의 피조물이죠. 글쎄요, 나는 자랑하지 않습니다. 나는 그들 중 한 명일 뿐이지만 속으로는 내가 여전히 젊고 오만하고 대단히 열정적이라고 느낍니다. 아직도 자랑을 멈출 수가 없네요. 당신이라면 그럴 수 있겠어요? 사람들을 말로 이겨 보려고 하죠. 하지만 우리는 연륜이 쌓여 약간 부드러워졌어요. 이제 블룸즈버리 고든 스퀘어의 모든 사람들이 유명하니까요.

클라이브는 상류 사회로 진출했어요. 그가 엄청나게 성공을 거두고 있고 그의 기지 넘치는 발언은 사랑스럽지만 믿을 수 없을 만큼 어리석은 부인들에 의해 인용되고 있다고 내가 장담합니다. 실제로 그들은 클라이브 벨을 만나기 위해서 파티를 열어요. 물론 메이너드 케인스는 더 이상 사생활이 거의 없어요. 그가 러시아 발레리나 리디아 로포코바와 사랑에 빠졌다는 사실만 제외하고는요. 내게는 사랑스러운 일입니다. 바네사와 던컨은 지극히 무명인 채로 함께 빈둥거리고 있죠. 이것이 이 순간 내가 생각해 낼 수 있는 전부인데 당신 귀에는 모호하고 형편없게 들릴 수도 있을 것 같아요. 진실은 당신이 내게 제대로 된 편지를 써서 내가 이렇게 나를 드러내듯 당신을 드러내야만 한다는 것입니다.

나는 지금처럼 삐악삐악 울어 대는 세대가 도래하기 이전인, 세계의 위대한 시대에 당신과 나와 비범한 인물인 그웬 다윈이 완전히 마음이 잘 맞는 영혼들이었다고 느낍니다. 어쨌든 당신은 울프를 울프라고 부르는 걸 포기해야만 할 거예요. 레너드, 그것이 그의 이름입니다. 장담하는데 나는 다른 누구와도 결혼할 수 없었을 거예요. (…)

나는 지금 이 순간 글쓰기의 기술에 관해 당신과 토론할 수 있길 소망합니다. 내 시간 중 얼마나 많은 시간이 문학에 대해 생각하고 생각하고 생각하는 데 쓰이는지 말하는 게 부끄럽기도 하고 어쩌면 자랑스럽기도 합니다. 이건 당신의 아이들 안에 심을 위험한 씨앗입니다. 하지만 나는 이외에 인생에서 다른 어떤 것이 가질 만한 가치가 있을지 의심스럽습니다. 이런 게 마흔 살 먹은 나이 많은 여성의 철학입니다. 당신은 내가 그림에 대해 떠올릴 수 있다고 주장할 건가요? 그웬 라베라트는 여전히 그토록 극단적인가요? 장모인 다윈 부인과 가엾은 바늘꽃이 같은 엘리너는 어떻게 지내나요?

나 지금 계속 쓸데없는 말을 하고 있네요. 좋은 프랑스 책들이 있다면 편지 쓸 때 내게 말해 주세요. 그리고 내가 영국에서 뭔가 보내 주길 원한다면 그것도요.

그웬에게 사랑을,

영원한 당신의 버지니아 울프

데이비드 가넷* 에게

리치먼드, 호가스 하우스
1922년 10월 20일

사실주의 없이 인물을
어디까지 전달할 수 있을까요

친애하는 버니,

《제이콥의 방》에 대해 편지를 보내 주셔서 정말 감사했어요. 나는 내 책들에 너무 많은 의문들을 품고 있고 특히 이 책에 대해서 그래요. 나는 이 책이 하나의 전체로서 결집됐는지 의심스러웠어요.

그래서 당신이 그렇다고 말해 줘서 나는 정말 많

* 영국의 작가이자 출판인. 블룸즈버리 그룹의 일원이다.

이 안도가 됩니다. 하지만 사실주의 없이 인물을 어디까지 전달할 수 있을까요? 그게 나의 문제입니다. 최소한 문제 중 하나죠. 내가 사실주의는 못한다는 당신의 말이 정말 맞아요. 비록 나는 사실주의를 할 수 있는 작가들을 존경하지만요.

어쨌든 당신이 그 책을 좋아한다고 생각하니 크게 기쁩니다. 그리고 이제 내 낡은 옷 중 일부를 없애 버렸으니 다음 책에서는 한 걸음을 더 나아가려고 해요. 27일에 출간될 예정입니다. 레너드가 그렇게 공지를 올렸다고 하네요. (…)

영원한 당신의 버지니아 울프

필립 모렐*에게

리치먼드, 호가스 하우스
1922년 10월 29일

나를 격려해 주는
당신의 편지를 간직할 거예요

나의 친애하는 필립

내게 편지 보내 주셔서 정말 감사했어요. 당신의 편지가 내게 정말 큰 즐거움을 주었기 때문에 나더러 번거롭게 무례하고 비꼬는 답장을 하지 말라는 당신의 명령을 즉시 어기고 있습니다.

* 영국 자유당 정치가다. 그는 레이디 오톨린 모렐과 결혼했다. 부부가 모두 버지니아와 친밀한 우정을 나눴고 그녀에게 애정을 표현했다.

《제이콥의 방》에 대해서는 당신이 옳다고 생각하고 싶어요. 확실히 당신은 내가 가장 좋아하는 것들을 가려냈어요. 이 책을 쓸 때 나는 이게 내 다른 책들보다 더 낫다고 생각했습니다. 물론 나는 지금 모든 종류의 의견들을, 가장 상반된 종류의 의견들을 받고 있습니다. 그래서 내 원래 견해를 잘 기억하지 못하겠어요.

나는 서평가들에 의해 무섭게 비난받거나 무시당할 것 같아요. 그래서 나를 격려해 주는 당신의 편지를 간직할 겁니다. 다음번에는 이번보다 더 많이 진전시키고 싶어요. 나는 제이콥이 누군가에게 무언가를 얼마만큼 전달할 수 있을지 의심스러웠기 때문에 당신의 칭찬이 평소보다 더 기뻤습니다. (…)

영원한 당신의 버지니아 울프

랠프 패트리지[*]에게

리치먼드, 호가스 하우스
1922년 11월 10일 금요일

당신이 그렇게 생각한다면 완전히 틀렸어요

친애하는 랠프

당신이 오늘 저녁 레너드가 주말에 콘스타블에 출판사를 팔지 않았는지 확인해 달라고 했을 때 왜 내가 그토록 화가 났는지, 그리고 이어서 당신이 '우리가 최고가 입찰자에게 출판사를 매각할 준비가 됐다'고 제안했을 때 왜 내가 더 분개했는지 설명하는

* 블룸즈버리 그룹의 일원이었다. 그는 버지니아와 레너드를 위해 일했다.

게 좋을 것 같습니다. 당신은 이 두 가지 발언 중 어느 쪽도 진지하게 하지는 않은 것 같습니다.

하지만 나 자신이 내가 쓴 책들에 대한 홍보와 수익을 증가시키기 위해 어떤 대기업과의 합병에 찬성한다는 인상을 당신에게 남겼을 수도 있다고 생각됩니다. 만약 당신이 이렇게 생각한다면, 당신은 완전히 틀렸어요. 하지만 화를 낸 건 내 잘못일 수 있어요.

내 피를 끓어오르게 만들었던 건 레너드와 내가 돈이나 자만심 또는 편리함을 위해서 호가스 출판사의 성격을 파괴할 거래에 미혹될 준비가 돼 있고 당신은 그 권리를 보호해야만 한다는 당신의 억측이었습니다. 출판사가 어떤 성격을 지니든 결국은 우리가 그걸 출판사에 부여했으니까요. 따라서 만약 내가 출판사를 아끼는 것보다 당신이 더 많이 아낀다거나 출판사에 좋은 것이 무엇인지 더 잘 안다고 내게 말할 거라면 나는 당신에게 바보라고 답해야만 합니다. 당신은 내가 당신이 그냥 한 말들을 진지하게 받아들이는 또 다른 바보라고 내게 말함으로써 보복하겠죠. 분명히 나는 바보예요. 하지만 나는 당신이 울프 부부가 유리한 흥정을 하려고 나섰으며 버지니아가 허영심에 사로잡히고 야심에 부풀어 레너드를 설득하려고 한다, 등등, 요컨대, 독립적인 호가스의 시절은 운이 다했다는 억측을 바탕으로 주말 논의를 진행하려는 느낌을 받았습니다.

그건 내 의도가 전혀 아니었음을 분명히 말씀드려요.*

영원한 당신의 버지니아 울프

* 이 시기 호가스 출판사는 일부 책은 여전히 집에서 인쇄하고 있었지만 점차 상업 인쇄소에 하청을 맡겼다. 그즈음 콘스터블과 하이네만을 포함한 출판사 몇 곳에서 호가스 출판사와의 합병을 제안하며 접근해 왔다. 울프 부부는 작품 선택에 대한 독립성을 지키기 위해 결국 모든 제안을 거절했다. 특히 《제이콥의 방》부터 울프의 소설을 출판하기 시작한 호가스 출판사는 버지니아에게 작가로서의 자유를 줄 수 있도록 출판사를 독립적으로 유지하기로 결정했다. 대신 상근직 직원을 더 고용했다.

자크 라베라트에게

리치먼드, 호가스 하우스
1922년 12월 10일

이 책은 업적이라기보다는 실험입니다

친애하는 자크,

당신의 편지를 받고 정말 반가웠어요. 여기에 그 웬의 손글씨가 그 잃어버렸지만 잊히지는 않는 여성의 틀림없는 한 방을 보태 줍니다. 당신이 다른 소설들보다도《제이콥의 방》이 더욱 좋았다고 하니 나는 기쁩니다. 나는 언제나 마지막 소설이 최고의 소설이 되길 소망하니까요. 하지만 나는 그 불완전함을 모르지 않아요. 사실 이 책은 업적이라기보다는 실험입니다. 당신의 미술도 내 책처럼 혼란스러운가요? 내가 느끼기에 우리 작가들에게 지금 유일한 기회는 헌신적인 희생양들처럼 사막으로 나아가 길에 대한 어떤 징후를 찾아 유심히 둘러보는 겁니다. 때때로 당신은 더 일찍 당신의 발견을 했을 거라고 생각합니다.(…)

며칠 전 밤에 로저 프라이로부터 당신 그림에 대한 칭찬을 들었어요. 그는 당신이 지금 흥미로운 것들을 하고 있다고 생각하지만 그의 칭찬이나 다른 누군가의 칭찬이 당신에게 크게 의미가 있는지 모르겠습니다. 우리는 작가와 화가로서 우리의 모험에서 너무 외롭게 따로 떨어져 있습니다. 비록 나만의 견해가 있긴 하지만 나는 결코 감히 그림들을 평가하지는 않아요. 《제이콥의 방》에서 라스파이 대로의 철자를 잘못 표기했어요. 내가 던컨과 바네사에게 자문을 구했기 때문입니다. 철자 하나는 그들에겐 아무런 의미가 없어요.(…)

영원한 당신의 버지니아 울프

제럴드 브레넌*에게

서섹스, 로드멜, 몽크스 하우스
1922년 크리스마스

나는 소설 쓰기를 지금도 앞으로도 포기할 수 없습니다

(…) 당신이 소설 쓰기에 관해 한 말에 대해서 많이 생각해 왔습니다. 내가 포기해야만 한다고 당신은 말합니다. 내가 소설 쓰기보다 더 잘할 수 있는 게 있다고 당신은 말합니다. 나는 전혀 이해되지 않습니다. 나는 책 안에 사람들 없이 책을 쓰는 방법은 알지 못

* 랠프 패트리치의 가까운 친구. 1922년 5월에 울프 부부는 그를 만났고 버지니아는 이 젊은이의 문학에 대한 강렬한 헌신에 깊은 인상을 받았다.

합니다. 아마 당신은 내가 어떤 '인생관'을 시도하지 말아야 한다는 것 같은데요? 나 자신의 감각으로 자신을 제한해야만 한다고, 내가 서정적이고 묘사적으로 해야만 한다고, 하지만 사람들을 움직이게 하고 그들 안으로 들어가려 시도하며 그들에게 영향을 주고 입체감을 부여해서는 안 된다는 뜻 같은데요? 아, 하지만 나는 글렀습니다! 사실, 나는 우리 모두 그렇다고 생각해요. 내가 포기한다고 말하는 건 지금 가능하지 않고, 앞으로도 결코 가능하지 않을 겁니다. 만약 그게 가능하다면 문학을 위해서도 좋지 않을 거예요. 이 세대는 다음 세대가 순조롭게 나아가도록 힘껏 노력해야만 합니다. 우리에 의해 아무것도 성취되지 못 할 것이라는 데 당신과 동의하기 때문입니다. 파편들, 문단들, 어쩌면 한 페이지뿐. 하지만 더 이상은 없습니다. 내게는 제임스 조이스도 실패투성이로 보입니다. 당신이 알다시피, 나는 그의 승리를 볼 수도 없어요. 용맹한 접근, 그것만이 내게 명백한 전부예요. 그 외에 대개는 충돌과 조각들입니다(나는 그를 부분적으로 단 한 번 읽어 봤을 뿐입니다). 내가 보기에, 인간의 영혼은 때때로 자신을 새롭게 다시 발명하는 것 같습니다. 지금 그렇게 하고 있어요. 따라서 아무도 그걸 전체적으로 볼 수 없는 것이죠. 우리 중 최고의 작가는 코나 어깨, 또는 항상 움직이며 돌아서 버리는 무언가를 잠깐 스치듯 볼 뿐입니다. 하지만 휴 월폴과 H. G. 웰스 같은 작가들과 눌러앉아 있는 것보다는 이렇게 언뜻 보고서 멋지고 살집 좋은 괴물들을 머리끝부터 발끝까지 완전하게 거대한 유화로 그리는 편이 내게는 더 나아 보입니다. 물론, 이건 아직 서른 살이 안 된 당신에게는 적용되지 않아요. 당신에게는 더욱 완전한 어떤 게 주어질 수 있어요. 만약 그렇다면, 그건 부분적으로는 나, 그리고 어떤 다른 작가들이 먼저 우리의 시도를 했기 때문일 겁니다. 요점에서 벗어났네요. 신경쓰지 마세요. 전혀 읽지 않거나 이해하지 못 할 당신보다는 스스로 즐기기 위해서 나는 그저 끄적이고 있을 뿐입니다. 왜냐하면 나는 사람들이 서로에게 가장 호의적일 때조차도, 지나가면서 보내는 간헐적인 신호, 즉 배와 밤, 폭풍, 암초와 바위, 그리고 흐릿하고 무정한 달로 이어지는 감상적인 은유 이상을 주고받을 수 있는지 의문이 들기 때문입니다. 나는 당신의 편지를 받길 소망합니다. 그래야 내가 더 나아갈 수 있기 때문입니다. 너무 많이 덜커덕거리지 않고요.

당신은 자신이 몹시 형편없다고 말했어요. 그랬죠? 당신은 자기 간이 썩어 가고 있으며 어떻게 밤새도록 문학의 선조들에 관해 읽고 나서 걷다가 새벽이 되었는지 묘사했습니다. 하지만 당신은 비참했고 당신이 쓴 모든 걸 찢어 버렸으며 당신은 결코, 결코 쓰지 못 할 거라고 느꼈어요. 그리고 당신의 이런 상태를 당신이 상상하기에 안정적이고 기반이 탄탄하며 자애롭고 근면하지만(당신은 따분하다고는 말하지 않았어요) 도달할 수 없고 어쩌면 비현실적인, 내 상태와 비교했습니다. 하지만 당신은 내가 마흔 살이라는 사실을 깊이 생각해야만 합니다. 게다가 나는 10년마다, 즉, 스무 살 때, 또 서른 살 때, 다른 종류들의 고뇌가 나를 몹시 사로잡아서 횡설수설과 읽기에 만족하지 못 한 채 단호히 다 끝내 버리려고 했습니다. 만약 내가 한 돌판 대신 다른 돌판을 밟음으로써 서 있는 그 자리에서 완전히 소멸될 수 있었다면, 오히려 그에 대해 종종 감사했을 겁니다. 나는 이걸 한편으로는 당신이 나를 무미건조하다고 여기지 않을 수 있다는 허영심 때문에, 그리고 다른 한편으로는 우리가, 느끼고 숙고하는 우리 모두가 반복되는 대재

앙의 공포와 함께 그렇게 살아간다는 징표로서 말합니다. 고뇌 속에 한밤중이 시작되는 것이죠. 세월은 10년마다 내 생각에 지금 인류에 보편적인 광대한 성향과 맞먹는 개인적 성향 중 하나를 데려오는 것 같습니다. 삶이 허물 벗겨지고 직면되고 거절돼야만 하며, 그런 다음 황홀한 새 조건들을 받아들여야 한다는 의미입니다. 그렇게 계속됩니다. 당신이 마흔 살이 될 때까지요. 그때까지는 어떻게 하면 삶을 더욱 꽉 움켜쥘 수 있을지가 유일한 문제인데 그래서 삶은 너무 빨리 빠져나가는 듯 보이고 그래서 또 무한히 욕망하게 됩니다.

글쓰기에 관해서라면, 서른 살에 나는 여전히 쓰고 읽고 부지런히 찢어 버리고 있었습니다. 나는 (서평을 제외하고는) 단 한마디도 출판하지 못 했죠. 나는 절망했습니다. 어쩌면 그 나이에 가장 작가일 수도 있습니다. 그런데 기술의 부족 때문이 아니라 대상이 너무 가깝고, 너무 광대하기 때문에 쓸 수가 없습니다. 어쩌면 대상에 대해 펜을 들 수 있기 이전에 멀어져야만 할 것 같습니다. 어쨌든 스무 살, 서른 살, 마흔 살에, 그리고 틀림없이 쉰, 예순, 그리고 칠순에도 내게는 그게 과업입니다. 내 경우로 보면, 특별히 고결하거나 영웅적인 건 아닙니다. 내 모든 성향이 글 쓰는 것이기 때문이죠. 하지만 만약 단 한 페이지 또는 한 문단을 성취할 수 있는 누군가가 나타나면 그가 내게는 숭배의 대상입니다. 당신이 말했듯 스승도 성인도 선지자도 좋은 사람들도 없지만 예술가들은 있기 때문입니다. 하지만 이 마지막 문장은 형편없이 난해하군요. 사실, 나는 내 편지 쓰는 역량의 끝에 도달하고 있어요. 나는 말할 게 더욱 많지만 그것들은 침대보 아래 웅크리고 있습니다. 그래서 그 발상들이 내 안에서 새롭게 되거나 다시 한번 불가분해질 때까지 불을 응시하고 책을 손으로 만지는 것 외에는 아무것도 남아 있지 않아요.

또한 나는 내 동료 피조물들 안에 많은 흥미와 재미, 순수한 즐거움과 뛰어난 재기가 있다고 생각합니다. 당신이 당신의 산을 버리고 운에 맡긴 채 우정, 대화, 관계, 단순한 일상적 교류 같은 당신의 인간적 능력을 발휘해 모험을 감행해서는 안 된다고 나는 생각하지 않습니다. 어째서 젊은 사람들이 눈앞에 책을 그토록 오래 들고 있나요? 프랑스 문학이 풍경 위로 푸른 색조처럼 떨어집니다.

그러나 내가 의미하는 바를 말하고 있는 것이

아니라 그만두는 것이 좋겠습니다. 다만 당신은 내게 다시 편지를 써야만 합니다. 당신에게 일어난 어떤 것이든요. 호가스 출판사를 위한 무언가는 어떤가요?

레너드가 미래에 대한 내 소망에 자신의 소망을 보탭니다.

당신의 버지니아 울프

추신

추신을 덧붙입니다. 내가 포기해서는 안 된다고 말하는 이유를 설명하려는 겁니다. 내가 때때로 성취한다고 당신이 말한 그 아름다움은 오직 그것을 얻는 데 실패하는 것에 의해서 얻어진다고 생각합니다. 모든 부싯돌을 함께 갈고 수치스러울 수밖에 없는 상황을 마주하면서요. (나는 할 수 없는 것들입니다.) 의도적으로 아름다움을 목표로 하는 것은, 이런 비정해 보이는 고투가 없다면, 그 결과가 작은 데이지와 수선화, 즉 멍청히 웃는 달콤함, 그리고 나비매듭으로 끝날 거라고 생각합니다. 그러나 내가 (우리 세대가) 더욱 위대한 아름다움의 성취는 결국 포기해야만 한다는 사실에 나 역시 동의합니다. 《전쟁과 평화》, 스탕달, 제인 오스틴의 어떤 작품들, 그리고 로렌스 스턴 같은 책들 안에 있는, 완전함으로부터 오는 아름다움을 말하는 겁니다. 마르셀 프루스트의 작품 안에 그러한 아름다움이 있다는 생각이 좀 듭니다. 그의 책을 단 한 권만 읽어 보았지만요. 이 글을 쓰고 나서야 그 진위가 의심스러워집니다. 우리는 언제나 희망하고 있지 않나요? 그리고 비록 우리는 매번 실패하지만, 만약 처음부터 전체를 공격할 준비가 되어 있지 않았다면 우리가 실패했어야 할 만큼 완전히 실패한 건 아닌 게 분명해요. 나는 포기해야만 합니다. 책이 완성됐을 때요. 하지만 책이 시작되기 전에는 아닙니다. 계속 지루하게 해서 미안해요. 당신은 그런 종류의 말을 전혀 하지 않았을 수도 있어요. 나는 왜 내가 비록 때로는 잘하는 것에 나 자신을 제한하려고 하지만 언제나 인간들에 의해 안전함의 작은 원 바깥으로 계속 끌어내져 소용돌이로 이끌리는지 스스로 궁금해하고 있었습니다. 내가 가라앉을 때요.

2부

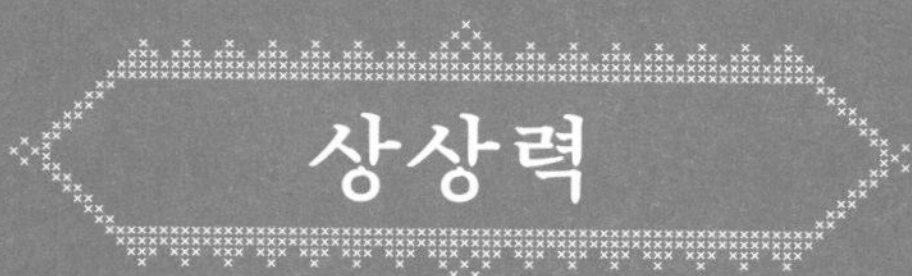

상상력

1923~1931년

이 시기에 버지니아의 가장 잘 알려진 대표작들이 탄생했고 여기에 큰 영향을 준 운명적인 만남도 있었다. 버지니아는 1922년 말 런던의 한 저녁 파티에서 비타 색빌웨스트를 만났다. 비타는 당시 베스트셀러 작가이자 정원 디자이너였으며 고위 귀족 출신이자 외교관인 해럴드 니콜슨의 아내였다. 버지니아와 비타는 1925년부터 1935년까지 깊이 교제했는데 1925년에서 1928년 사이에 그 관계가 절정에 이르렀다. 버지니아와 비타의 교제는 이들의 창작에 무척 긍정적인 영향을 끼쳐서 이 기간 두 여성 모두 작가로서 풍성한 결실을 맺었다. 두 사람의 우정은 버지니아가 세상을 떠날 때까지 지속됐다.

1924년 초 울프 부부는 블룸즈버리로 다시 이사했다. 호가스 출판사는 이때 본격적인 사업으로서 블룸즈버리에 있는 타비스톡 스퀘어 52의 지하실에 세워졌다.《제이콥의 방》으로 자신만의 목소리를 찾게 된 버지니아는 이런 스타일을 더욱 발전시켜 소설《댈러웨이 부인》을 집필했고, 산문집《보통 독자》(1925)도 동시에 작업했다. 노동당원인 레너드도 정치주간지《네이션 앤드 아테네움》의 문학 편집자로 임명되면서 부부가 모두 문화적 영향력을 넓혔다.

1923년, 리튼 스트레이치와 버지니아 울프(왼쪽부터)

1924년,
T.S. 엘리엇과
버지니아 울프
(왼쪽부터)

1926년, 블룸스버리 그룹

1934년경, 몽크스하우스의 비타 색빌웨스트

버지니아가 1925년에 출간한 장편소설《댈러웨이 부인》은 1차 세계 대전이 끝난 뒤인 1923년 6월의 어느 화창한 하루 동안 일어난 이야기를 담고 있다. 이야기는 하원 의원인 남편을 내조하며 완벽한 안주인으로 살아가는 중년의 상류층 여성 클라리사가 어느 날 저녁 파티를 열기 위해 런던 거리로 직접 꽃을 사러 나가는 내용으로 시작해서 마침내 다양한 사람들이 그녀의 거실에 함께 모이는 파티 장면으로 마무리된다. 여기에 시인 지망생이었으나 참전 후유증으로 정신이상을 앓는 젊은 남성 셉티머스와 그의 아내인 여성 모자제작자 루크레치아의 이야기가 또 하나의 축을 이루며 교차하는데, 흩어져 살아가는 사람들을 한데 모으는 클라리사의 파티가 삶을 향한 아름다운 봉헌이듯이 버지니아는 다양한 인물들과 시공간을 정교하게 엮음으로서 '삶과 죽음, 과거와 현재, 정상과 비정상'에 대해 통찰하면서 가부장제와 제국주의, 정신과 의사 등 그 어떤 권위에 의해서도 억압받지 않는 존엄한 '영혼의 자유'를 예찬한다.

비타가 다른 연인들을 만나고 페르시아로 여행을 떠나자 버지니아는 비타에게 보낸 여러 편지에서 질투심과 그리움을 솔직하게 표현한다. 그리고 버지니아 자신은 이탈리아를 여행하며 로마의 아름다움에 매혹된다.

버지니아는 1927년에 장편소설 《등대로》를 발표했다. 버지니아의 최고 걸작으로 인정받는 이 작품은 1910년에서 1920년 사이 여름 동안 스코틀랜드의 스카이 섬 별장에 머무는 램지 가족을 그린다. 가족을 위해 자신을 희생하며 주변 사람들을 돌보고 사랑하는 램지 부인과 자기중심적이며 정확성과 논리성만 추구하는 철학자 램지 씨, 그리고 이러한 램지 부부를 관찰하는 서른네 살의 미혼여성인 화가 릴리 브리스코의 관계를 통해 이 세계에 작동하는 여성적 원리와 남성적 원리 사이의 충돌 또는 조화, 인생의 의미, 예술과 철학, 그리고 여성과 여성 예술가의 독립에 대해 성찰한다. 여성은 글을 쓰거나 그림을 그리지 못 한다는 시대의 편견에 저항하며 화가의 길을 가는 자유로운 예술가 릴리, 그리고 결혼한 여성으로서 가부장제 안에서도 뛰어난 직관력과 통찰력으로 사람들을 애정으로 보듬고 등대의 불빛과 교감하는 램지 부인은 이 시대의 상반된 두 여성의 모습을 형상화한다. 버지니아는 자신이 기억하는 어머니와 아버지의 모습을 램지 부인과 램지 씨로 온전히 되살려 냈다. 이 소설은 3부로 구성된다. 1부 〈창문〉과 3부 〈등대〉 사이에 있는 2부 〈시간이 흐르다〉는 10년의 세월이 흐른 것을 별장의 변화로 묘사한다.

이어서 버지니아가 1928년에 발표한 소설 《올랜도》는 성별이 남성에서 여성으로 바뀌고 젊음을 지속하며 살아간 한 귀족의 4세기에 걸친 삶을 그린다. 그녀는 이 마법적인 서사에 대한 영감을 그녀의 친구이자 연인이었던 비타 색빌웨스트로부터 얻었다. 버지니아와 비타는 책에 들어갈 사진들도 함께 고르며 협업에 즐거워했다. 이 소설은 전기 형식을 취하면서 재치와 유머로 가득하다. 미소년 올랜도는 16세기 영국에서 엘리자베스 여왕의 총애를 받는 시인 지망생이었는데 러시아 여성 사샤에게 실연당하고 자기 문학 작품에 대한 유명 작가 그린의 조롱 섞인 비평에 실망한 후 17세기에 대사로 파견된 콘스탄티노플에서 갑자기 여성으로 변화한다. 서른 살까지 남성이었던 그는 여성으로 변한 뒤 영국으로 돌아와 18, 19세기를 거쳐 20세기 초까지 300여 년간 살면서 셸머딘이라는 남성과 결혼해 아기를 낳고 시인으로도 인정받게 된다. 버지니아는 성적 정체성이 남성성과 여성성 사이를 유동적으로 오가는 것은 모든 인간에게 자연스럽다고 암시하며 모든 인간이 정체성과 젠더에 있어 다양하고 복잡한 가능성을 경험한다고 강조한다.

버지니아는 1928년 10월에 케임브리지 대학교의 두 여성 칼리지인 뉴넘 칼리지와 거턴 칼리지에서 〈여성과 소설〉이라는 주제로 강연했다. 그녀는 이 강연을 바탕으로 《자기만의 방》이라는 산문을 집필해 1929년에 출간했다. '여성이 소설을 쓰려면 연간 500파운드의 수입과 자기만의 방이 있어야만 한다'라는 유명한 구절이 상징하듯 여성의 물질적·정신적 자립을 선언하는 이 작품은 이후 페미니즘 비평의 고전이 됐다. 버지니아는 사회적 인습과 교육의 부족, 그리고 경험의 통제로 인해 여성들이 글쓰기의 자유를 제한받아 왔고 문학적 한계를 지닐 수밖에 없었다고 지적하면서 셰익스피어와 똑같은 재능을 지닌 셰익스피어의 누이가 있었더라도 재능을 발전시킬 기회가 없었을 것이라는 예화를 들려준다. 무엇보다 이 글은 애프라 벤, 제인 오스틴, 에밀리 브론테, 샬럿 브론테, 조지 엘리엇 등 여성 작가들의 문학사적 계보를 비평적으로 구축한다. 그리고 그동안 문학 속에서 여성은 단지 남성의 연인으로 그려졌지만 이 사회에서는 '여성이 여성을 좋아하기도 한다'고 밝히며 '클로에는 올리비아를 좋아했다'라는 문장을 제안한다. 나아가 버지니아는 여성과 남성의 이분법을 넘어 여성성과 남성성이 융합된 양성적인 마음을 지니는 것이 이상적이라고 설명한다.

그녀는 이제 성인이 된 두 조카 줄리언, 퀜틴과도 흥미로운 편지를 주고받았다. 그리고 1930년 초에 여성 작곡가 에델 스미스가 버지니아의 삶으로 들어왔다. 70대이지만 정력적인 에델은 버지니아가 수많은 솔직하고 예리한 내용의 편지를 교환한 마지막 상대였다. 1931년에 울프 부부는 이후 호가스 출판사 경영에 깊이 관여하게 되는 존 리먼, 그리고 그의 동료인 젊은 시인들과 만나게 됐다.

또한 1931년에 버지니아는 그녀의 가장 실험적인 소설 《파도》를 발표했다. 버지니아는 이 작품을 통해 산문과 시와 희곡이 혼합된 새로운 장르를 시도하고자 했으며 플롯이 아니라 시적인 리듬에 따라 글을 썼다고 밝힌다. 이 작품은 여섯 친구인 버나드, 수잔, 로다, 네빌, 지니, 루이스가 들려주는 극적 독백을 통해 어린 시절부터 중년이 될 때까지 이들의 삶의 단계를 추적해 가는 본문, 그리고 태양이 뜰 때부터 질 때까지 다양한 단계의 해안가 풍경을 상세히 묘사하는 간주들로 구성돼 있다. '우리는 분리돼 있지만 하나로 통합돼 있다'라는 버나드의 고백처럼 이 소설은 여섯 인물의 몸과 정신의 형성 과정을 통해 개체성과 자아, 그리고 공동체의 관계를 탐색한다.

자크 라베라트에게

W.C.1, 타비스톡 스퀘어 52*
1924년 3월 8일

믿을 수 없이 소중한 런던의 모든 영광을 바라봅니다

당신이 보고 있는 이 새 주소가 그동안 내가 편지하지 못 했고 지금도 못 하고 앞으로도 못 하는 이유입니다. 며칠 뒤 우리가 이사하게 될 새집을 영국 해협을 건너 올해 볼 수 있을 때까지는요. 무척 서둘러서

* 버지니아는 흥미진진한 런던 생활로 돌아가길 열망했고 레너드가 문학 편집자를 맡은 네이션 앤드 아테네움 사무실까지 리치먼드에서 통근하느라 시간을 낭비하는 걸 염려했다. 그리고 마침내 새로운 런던 집을 물색해 블룸즈버리로 돌아왔다.

이 집을 청소하고 문질러 닦고 페인트칠을 하고 조명을 다느라 나는 머릿속에 아무 생각 없이 단순 노무에 시달렸어요. 그보다 훨씬 더 나쁜 점은 지갑이 가벼워졌다는 거예요. 그래서 우리가 당신의 부유한 친구보다 우선권을 얻을 방법을 모르겠어요. 만약 우리가 갈 수 있다면 우릴 구석진 곳에 기어 들어가게 해요. 그렇지 않으면 우린 갈 수 없다고 생각하세요.

하지만 우리의 편지가 미뤄져야만 할 이유는 없죠. 당신은 내 새집에 관해서 듣고 싶어하지 않는다는 걸 경험상 알아요. 호가스 출판사와 거대한 작업실을 위한 지하실이 있고, 2층은 돌먼 앤드 프리처드Dolman & Pritchard 변호사들로 가득 차 있죠. 레너드와 난 맨 위층에서 내게 낭만적이고 감상적이며 믿을 수 없이 소중한 런던의 모든 영광을 바라봅니다. 러셀 광장에 있는 온통 분홍과 파랑인 임피리얼 호텔, 그리고 흰 석고로 조각된 세인트 판크라스 교회 첨탑, 당신도 이곳을 아나요? 이런 것들이 내가 올리브 나무와 산들보다 더 사랑하는 것들이에요. 하지만 자크와 그웬만큼은 아니죠. (…)

영원한 V.W.

자크 라베라트에게

서섹스, 로드멜, 몽크스 하우스
1924년 10월 3일

사랑은 질병이자 일시적 착란이에요

나의 친애하는 자크

화가들은 표현의 위대한 재능을 지닌 게 확실합니다. 내가 신이교주의neopaganism 얘기를 꺼낼 때 당신은 자기 마음의 과정을 매우 지성적으로 설명하는 것으로 보입니다. 사실, 내 생각에 당신은 작가들의 문제이기도 한 것 중 일부에 대한 이야기를 꺼냈습니다. 이 작가들은 (문학 창작에 있어서 그 단어가 무엇이든) 첨벙거리는 화가들의 문제를 포착해 굳건하고 완전하게 하려고 합니다. 과거 작가들(베넷, 골즈워디 등을 뜻해요)의 잘못은 바로 그들이 문장의 편리함을 위해서 문장의 형식적인 선로를 고수한 것이라고 생각해요. 사람들은 단 1초도 그런 식으로는 느끼거나 생각하거나 꿈꾸지 않으며 결코 그런 적 없다는 사실을 전혀 반영하지 않으면서요. 하지만 실제로는 어디에서나, 당신의 방식대로죠.*

당신의 편지가 무척 흥미롭고 더 가깝게 접촉하는 느낌이 들기도 했고 이게 내 평화로운 마지막 저녁이기 때문에 지금 편지를 씁니다. 나는 내일 런던으로 돌아가요. 그럼 끊임없이 사람들을 만나고, 서둘러 돌아다니고, 콘서트에 가고, 약속을 잡고, 그리고 약속 잡은 걸 후회할 거예요. 편지 쓰기의 어려움 중 하나는 너무 많이 단순화시켜야만 하고 나 자신에게 크게 흥미로운 작은 재앙들을 깊이 생각할 용기가 없다는 점입니다. 그래서 나는 일종의 비현실적인 인격을 몸에 걸쳐야만 해요. 예를 들어, 내가 당

* 자크와 그웬 부부는 블룸즈버리 그룹의 일원이었고, 영국 시인 루퍼트 부르크의 신이교도 모임에도 참여했다. 자크는 버지니아에게 글쓰기와 회화의 문제점들에 대해 편지를 쓰면서 '신이교도' 같은 단어는 마치 연못에 자갈을 던지는 것처럼 많은 연상을 일으킨다고 했다.

신에게 편지할 때 내 인격은 불가피하게 익살스러워져요. 지난 11년간 본 적 없는 인격이죠. 익살스러움은 편리한 가면 같아요. 그런데 작가로서의 가면들은 나를 짜증 나게 합니다. 나처럼 많은 나이에는 모든 과잉을 그만두고 바로 내 정신의 파도 꼭대기에서 언어들을 형성해야만 합니다. 이건 엄청난 과제죠.

하지만 당신의 편지에 대해서는, 사적인 관계들이 나를 지루하게 한다는 의미는 아니었어요. 이건 정말 내 진정한 의미를 참을 수 없이 왜곡하는 거예요. 나는 모든 종류의 관계들이 점점 더 마음을 사로잡고 (비록 품격과 예의범절 같은 모든 것을 친밀함에 굴복시키고 싶은 나의 충동으로 인해 너무 자주 바보가 됨에도 불구하고) 어떤 면에서는 궁극적이며 영속적이고 거대하며 아름답다고 느껴요. 실제로, 나는 내가 사람들과 맺고 있는 관계 속에서 이 모든 걸 발견하고 다른 사람들이 맺고 있는 관계도 그럴 거라고 짐작합니다. 내가 의미한 건 '성적인' 관계들이 예전보다 훨씬 더 나를 지루하게 한다는 것이었어요. 내가 얌전한 체한다고요? 내가 여성적이라고요? 어쨌든 지난 2년 동안 나는 감히 말하건대 열두 건의 격렬하고 혹

독한 마음의 정사들에 대한 구경꾼이었습니다. 그러면서 사랑은 질병이고 일시적 착란이며 전염병이지만 몹시 따분하고 몹시 단조로우며 그 젊은 남성들과 여성들을 평범함의 심연으로 축소시킨다는 결론에 도달하게 됐어요. 내 모든 연인이 가장 단순한 타입들이었다는 게 사실입니다. 그들은 마치 푸른빛을 띠다가 붉은빛을 띠는 말미잘처럼 단지 화끈거리기만 하고 미숙하게 시들해질 수 있었어요. 그게 내가 뜻했던 거라고 생각해요. (…)

당신의 V.W.

하코트, 브레이스에게(뉴욕)*

W.C.1, 타비스톡 스퀘어 52
1924년 11월 15일

두 책을 모두 봄에 출간하려고 합니다

친애하는 브레이스 씨,

당신의 편지가 도착했을 때 나는 막 당신에게 편지를 쓰려던 참이었습니다. 나는 3월쯤 《보통 독자》라는 산문집 한 권과 《댈러웨이 부인》이라는 소설 한

* 미국 출판사 하코트, 브레이스 앤드 컴퍼니Harcourt, Brace & Company는 원고를 읽어 보기도 전에 《댈러웨이 부인》과 《보통 독자》 두 권 모두의 미국 판본을 출판하는 데 동의했다. 이 출판사는 《등대로》의 미국 초판본도 1927년 뉴욕에서 출간했다.

편을 당신에게 보내길 희망하고 있습니다. 우리는 두 책을 모두 봄에 출간하려고 합니다. 아마도 산문집은 3월, 소설은 4월 말일 것 같습니다. 나는 소설보다 산문집이 먼저 출판되는 게 더 좋습니다. 하지만 만약 당신이 이 책들을 출간하길 원한다면 그건 우리가 나중에 조율할 수 있는 문제입니다. 지난여름에 여기서 당신을 보지 못 해서 아쉬웠습니다. 올해에는 당신과 만나는 기쁨을 누리길 소망합니다.

진심을 담아, 버지니아 울프

자크 라베라트에게

서섹스, 로드멜, 몽크스 하우스
1924년 12월 26일

그녀는 순결하고 야만적이며 귀족적이에요

나의 친애하는 자크,

(…) 다음은 누구에 대해 얘기할까요? 글쎄요, 비타 색빌웨스트*라고 불리는 고위 귀족 한 사람밖에 없겠네요. 그녀는 색빌 경의 딸이자 놀의 딸이고 해

* 비타 색빌웨스트는 영국의 작가이자 정원 디자이너이며, 외교관 해럴드 니콜슨의 아내다. 버지니아와 비타는 1925년부터 1935년까지 친구이자 연인으로 친밀한 관계를 맺었으며, 1925년부터 1928년 사이에 그 관계가 절정에 달했다.

럴드 니콜슨의 아내이며 소설가예요. 하지만 그녀가 정말 내세울 만한 건, 음탕하게 말하면 그녀의 다리입니다. 날씬한 기둥들처럼 그녀의 몸통까지 이어지고 있는 그녀의 다리는 절묘해요. 그녀는 (아이가 둘이 있는데도) 가슴이 없는 흉갑기병 같은 몸을 지녔지만 그녀를 둘러싼 모든 건 순결하고 야만적이며 귀족적이에요. 그녀는 완전한 능력과 금빛 펜을 갖고 글을 쓰는데, 그녀가 글을 쓰는 이유가 내게는 수수께끼입니다. 만약 내가 그녀라면 말을 탄 채, 열한 마리의 엘크 하운드 사냥개들이 내 뒤를 따르는 가운데, 조상으로부터 물려받은 숲을 마냥 달릴 겁니다. 그녀는 도싯, 버킹엄, 필립 시드니 경, 그리고 영국 역사 전체의 후손입니다. 그녀는 1300년부터 현재까지 영국 역사의 모든 것을 관에 하나씩 넣어 식당 바닥에 보관하고 있죠. 하지만 가엾은 프랑스 양반, 당신은 이 모든 것에 전혀 신경 쓰지 않겠죠. (…)

당신의 사랑하는 V.W.

자크 라베라트에게

W.C.1, 타비스톡 스퀘어 52
1925년 1월 24일

같은 성별을 사랑하는 것에 대해 어떻게 생각하세요?

나의 친애하는 자크,

오늘 아침 침대에서 머핀을 먹고 있을 때 다양한 색깔과 향기의 꽃들로 가득한 아름다운 상자 하나가 프랑스 남부로부터 도착했어요. 그래서 나는 침대에서 미친 듯이 굴러 내려와 누가 그것들을 보냈는지 봤더니 당신의 카드가 있었어요! 장담하는데, 당신이 내 생각을 했다는 사실이 내 무정한 두 눈에 눈물이 나게 했어요. 그리고 만약 당신이 정말 좋다면, 방금 도착한 내 소설《댈러웨이 부인》의 교정쇄를 당신에게 보내겠다고 말하기 위해 막 편지를 쓰고 있었어요. 이 책에 관해 내게 편지를 보내거나 심지어 읽는 것이 당신에게 성가시지 않다면 말이죠. 하지만 아무에게도 이 책을 언급하지 말아 주세요. 이 책을 요청할까 봐 우려돼서요. 5월까지는 출판하지 않을 거거든요. 이 세상의 어떤 다른 인간 때문에 내가 이렇게 하는 건 아니에요. 왜인지, 나는 모릅니다. 하지만 나는 내 책을 읽는 사람들에 대해 약간 병적으로 집착해요. (…)

나는《보그》같은 패션 잡지에 높은 비용으로 논설을 쓰는 것의 윤리에 대해서 피어솔 스미스라고 불리는 한 나이 많은 미국인과 크게 언쟁을 벌여 왔습니다. 그는 그것이 품위를 손상시킨다고 말해요. 그는 내가 오직 TLS The Times Literary Supplement(타임지 문학 증보판)와《네이션》, 로버트 브리지스 같은 시인, 그리고 명망과 후세를 위해서만 글을 써야 하며 수준 높은 모범을 보여야 한다고 말합니다. 이에 대해 나는 헛소리라고 말합니다. 귀부인들의 의상과 골프를 즐기는 귀족들은 내 스타일에 영향을 끼치지 않아요. 그리고 그런 것들은 그에게도 도움이 될 겁니다. 아, 이 미국인들이란! 그들은 언제나 모든 걸 뒤죽박죽으로 만들어 버려요! 그가 원하는 건 명망입니다. 내가 원하는 건 돈이고요. 이제 나의 친애하는 예리하고 신랄한 프랑스 사람 자크 님, 우리 사이에서 결정해 주세요. (…)

당신은 자신과 같은 성별을 사랑하는 것에 대해 어떤 견해든 갖고 있나요? 모든 젊은 남성이 그런 경향이 있고 나는 그것이 어리석다는 생각이 들지 않을 수 없어요. 비록 특별한 이유는 없지만요. 우선 첫째로, 요즘은 모든 젊은 남성이 어떤 이유 때문인지 예뻐지려 하고 여자처럼 되려는 경향이 있어요. 그들은 색조 화장도 하고 분도 발라요. 이런 게 우리 시대 케임브리지에서의 스타일은 아니었습니다. 내 생각에 이건 사람에 대한 약간의 의존성을 암시하는 것 같아요. 며칠 전에 색빌웨스트라 불리는 작은 애완견이 나를 보러 찾아왔어요. (내 귀족의 사촌이 대저택 놀을 상속받을 거래요.) 그러자 내 요리사가 "거실에 있는 부인은 누구죠?"라고 말했죠. 그는 소녀 같은 목소리에다 온통 하얗고 진지하며 큰 보라색 눈과 폭신한 볼살을 지닌 페르시안 고양이 같은 얼굴을 지녔어요. 당신은 그와 같은 생명체의 연애 사건들은 존중할 수 없겠죠. 그런데 젊은 여성들도, 자기 보호로 또는 모방으로, 또는 진심으로 곧잘 자기 성별을 좋아해요. 나의 귀족은 (아, 하지만 내가 당신에게 얘기해 줄 귀족이 두세 명은 있어요. 그들은 내게 흥미로워요) 지독하게 동성애적이에요. 그래서 한 여자 사촌에 대한 열정에 사로잡혔고 그들은 함께 티롤이나 산악 휴양지로 도망쳤는데 그들의 남편들이 비행기로 쫓아갔대요.* 두 여성의 어머니들은 이 일을 깊이 마음에 두었다고 합니다. 나는 이런 일탈 중 어느 것도 심각하게 받아들일 수 없어요. 당신에게 비밀 하나를 말하자면, 나는 내 귀부인이 다음번에는 나와 함께 달아나자고 부추기길 원합니다. 그러면 당신에게 내려가 그에 관한 모든 걸 말해 줄게요. (…)

당신의 사랑하는 V.W.

* 사실 비타는 사촌이 아니라 어린 시절부터 친구였던 바이올렛 트레퓨시스와 함께 달아난 적이 있다. 1920년 2월에 그들은 프랑스 아미앵까지 도망쳤고, 그녀들의 두 남편이 비행기를 타고 쫓아가 이들을 설득해 돌아오게 했다.

C. P. 생어[†]에게

W.C.1, 타비스톡 스퀘어 52
1925년 5월 20일

동정심의 결여에 관해서는 당신이 옳을 거예요

친애하는 찰리,

내게 편지로《댈러웨이 부인》에 대해 어떻게 생각하는지 말해 줘서 몹시 감사합니다. 그리고 당신의 견해는 대단히 흥미롭습니다. 동정심의 결여에

† 찰스 퍼시 생어는 영국의 법정 변호사이자 작가다. 호가스 출판사에서 그의 책《폭풍의 언덕의 구조The Structure of Wuthering Heights》(1926)를 출간했다.

관해서는 아마 당신이 옳을 거라고 생각하지만 자기 방어 차원에서 나는 그 방법의 기이함이 당신이 그렇게 느끼는 데 일부 책임이 있다고 말해야겠습니다. 우선, 실험의 기술적인 특성들을 느끼는 게 어떤 감정을 얻는 것보다 훨씬 더 쉽다고 생각합니다. 나는 당신이 체호프에 대해 한 말에 동의합니다. 다만 러시아 작가들은 우리보다 엄청난 이점을 갖고 출발합니다. 그들은 자신들보다 오래된 문학적 배경이 없으며 묘사하기에 훨씬 더 단순한 사회라는 점에서요.

하지만 이런 것들은 변명이며 당신의 비평 속에 상당한 진실이 있다는 사실을 지울 수는 없습니다. 사실, 이런 실험들로 당신을 괴롭히는 이유는 내 분석적인 두뇌를 작동시키는 대신 내 동정심을 해방시킬 어떤 방법을 발견할 때까지는 평화롭게 누울 수가 없기 때문입니다. 하지만 상황은 지금 소설가가 그렇게 하기 힘들게 됐습니다. 어쨌든 영국에서는요.

와서 만나요. 말로 그 질문에 대해 논쟁합시다.

아무튼 당신의 편지는 내게 커다란 즐거움을 주었습니다. 편지 써 주셔서 정말 감사해요.

당신의 사랑하는 버지니아 울프

제럴드 브레넌에게

W.C.1, 타비스톡 스퀘어 52
1925년 6월 14일

지금은 다양한 의견들이 쌓이도록 놔두고 있어요

편지 보내 주셔서 정말 감사해요. 하지만 당신의 비평에 답변하지는 않겠어요. (그리고 감히 말하건대 당신도 내가 그렇게 하길 원하지 않을 것 같아요.) 왜냐하면 지금 나는 당신의 비평을 다른 사람들의 비평에 맞붙게 할 수 있을 뿐 그걸 《댈러웨이 부인》 자체와 관련시킬 수는 없기 때문이에요. 이는 부분적으로는 내가 로저 프라이와 긴 대화를 나누었고, 그가 《댈러웨이 부인》에 대해서 당신과 전혀 다른 견해를 들려줬기 때문인 것 같아요. 사실, 나는 당신과 로저가 실제로 중요한 모든 점에 있어서 상반된다고 생각해요. (내가 지금 기억하는 두 가지는 첫째, 셉티머스예요. 로저에게는 《댈러웨이 부인》의 가장 핵심적인 부분이죠. 그리고 이건 내가 분명 의도했던 거예요. 셉티머스와 댈러웨이 부인이 전적으로 서로에게 의존하고 있다는 점이요. 만약 당신 말처럼 셉티머스가 '이 책에서 아무런 기능을 하지 않는다'면 물론 이 책은 실패작이죠. 둘째는 운명이에요. 로저는 이보다 더 운명으로 가득 찬 책은 없다고 합니다.) 한편으로는, 내가 이 책을 8개월 전에 완성했고 지금은 뭔가 다른 작업(《등대로》)을 하는 중이기 때문에 아주 멀리 떠나온 느낌이에요. 마치 당신과 로저가 작은 밀랍 인형 하나를, 지금은 나와 거의 연결돼 있지 않은 뭔가를 이리저리 돌려 보는 모습을 내가 바라보는 것만 같아요.

어쩌면 내게 좋은 책 쓰기를 어렵게 만드는 건 이러한 비평의 부족, 또는 오히려 내가 다양한 사람들에게 매우 다양하게 영향을 미친다는 사실인 것 같아요. 나는 언제나 어쩌면 모건 포스터를 제외한 누구도 내가 해낸 걸 파악하지 못 한다고 느껴요. 사람들의 의견은 막연하게 충돌해요. 그래서 나는 매번

나 자신을 위해서 그 전체를 새롭게 다시 창조해야만 해요. 아마 모든 작가가 지금 같은 배를 타고 있을 거예요. 이게 전통과 결별하기 위해 우리가 치르는 형벌이며 그 고독이 비록 흥미롭게 읽히지는 않더라도 더욱 흥미로운 작품을 만듭니다. 어쩌면 나는 바다 밑바닥으로 가라앉아 내 언어들과 혼자 살아야 할지도 몰라요. 하지만 이런 말은 별로 진심이 아니에요. 토론되고 칭송받고 비난받는 건 커다란 자극제이기 때문입니다. 나는 당신의 편지를 간직해서 몇 달 후에 아주 주의 깊게 읽어 볼 거예요. 지금은 다양한 의견들이 쌓이도록 놔두고 있어요. (여기 대단히 지적인 사람들이 보낸 두 통의 편지가 있어요. 하나는 모든 관심이 셉티머스와 레치아에게 집중돼서 댈러웨이 부인 자신이 실패자라고 말하는 리튼 스트레이치가 보낸 편지입니다. 다른 하나는 나더러 좀 더 체호프처럼 글을 쓰라고 간청하고 내가 '게으른 부자들의 생활을 깊이 응시한다'는 사실을 한탄하는 찰스 생어의 편지입니다.) 그런 다음 모두가 잠잠할 때 나는 내 구멍에서 기어 나와 그 의견들을 종합할 거예요. (…)

진심을 담아, V.W.

필립 모렐에게

W.C.1, 타비스톡 스퀘어 52
1925년 7월 27일 월요일

자주 만나는 사람들에 관해서는 글을 쓰지 않습니다

친애하는 필립,

만약 당신이 작가들은 칭찬에 무관심하다고 생각한다면 당신은 그들에 관해 정말 모르는 겁니다. 《댈러웨이 부인》에 대한 당신의 칭찬은 내게 큰 즐거움과 격려를 줍니다. 나는 많은 비난을 받고 때로는 사람들이 하는 말에 너무 당황해서 계속 작품을 써 나가기 어렵다고 느낍니다. 이제, 당신의 편지를 받았으니, 생기를 되찾고 다시 시작하려 합니다.

한 가지 내게 정말 많이 흥미로운 건 당신이 자신을 이 책에서 가장 따분한 남자로 여긴다는 거예요.* 나는 이게 어떤 특별한 콤플렉스에서 비롯되는지 궁금합니다. 이에 대해 최소한의 근거도 없거든요. 첫째, 당신에 대한 나의 인상은 휴 화이트브레드 또는 리처드 댈러웨이에 대한 나의 인상과 전혀 일치하지 않습니다. 둘째, 내 친구들은 나로부터 정말 안전합니다. 왜냐하면 내가 자주 만나고 있는 사람들에 관해서는 글을 쓸 수 없기 때문입니다. 마치 내가 정말 장소들을 잊을 때까지는 그 장소들을 묘사할 수 없는 것처럼요. 이건 유머가 아니라 단순히 내 정신이 작동하는 방식이에요.

《댈러웨이 부인》에 나오는 인물 중 일부는 모델이 있었어요. 하지만 아주 멀리 떨어진 사람들이죠. 내가 마지막으로 10년 전에 만났었고 심지어 그때도 잘 몰랐던 사람들이요. 그들이 내가 쓰고 싶어 하는 사람들입니다.

* 필립 모렐은 7월 22일에 버지니아에게 보낸 편지에 다음과 같이 적었다. '당신의 어느 책을 읽을 때나 나는 항상 내가 모든 가장 따분한 인물들의 모델이라고 느낍니다. 휴 화이트브레드와 리처드 댈러웨이를 결합한 것 같은 인물.'

하지만 당신 생각에 내가 당신을 어떻게 생각하는지 드러난 게 너무 흥미로워서 어쩌면 조만간 내 규칙을 어기고 당신에 관해 써 보고 싶어질 것 같은데요.

하지만 아닙니다. 나는 그럴 수 없을 겁니다.

그건 그렇고, 나는 리처드 댈러웨이는 사랑을 받도록 의도했고 휴 화이트브레드는 미움을 받도록 의도했습니다. 내가 이해하기에 당신은 둘 다 미워하는군요.

어쨌든 편지 보내 준 건 정말 고마워요.

영원한 당신의 버지니아 울프

재닛 케이스*에게

서섹스, 로드멜, 몽크스 하우스
1925년 9월 1일 화요일

스스로가 느끼는 즐거움만이 유일한 길잡이예요

나의 친애하는 재닛,

더 일찍 답장했어야 하는데 두통에 시달리느라 대부분의 시간을 침대에서 보냈습니다.

당신이 《보통 독자》가 맘에 든다니 정말 기쁩니다. 《보통 독자》와 《댈러웨이 부인》이 동시에 출판되다니 매우 특이한 일이에요. 마흔이 넘은 사람들

* 영국 고전학자, 고대 그리스어 교사이며 여성 인권 옹호자다.

은《보통 독자》를 더 좋아하고, 마흔 아래인 사람들은《댈러웨이 부인》을 더 좋아합니다. 나는 이 둘 사이에서 망설이고 있습니다. 당신이 기억하듯, 내 유일한 소망은 두 책 모두 최대한 많은 찬사를 받는 것입니다. 하지만《댈러웨이 부인》이 찬사와 판매에 있어서 현재 앞서고 있기 때문에(사실 우리는 이 책 재판을 찍고 있어요)*《보통 독자》에 대한 칭찬을 들으면 기쁩니다.

하지만 당신에게 간청하는데, 사물이 중요하지 않고 사물이 기록되는 방식이 중요하다는 당신의 신조를 나에게 강요하지 마세요. 어떻게 내가 그걸 믿는다고 비난할 수 있죠? 나는 당신이 어떤 상상의 작품에서 표현을 사유로부터 분리할 수 있다고 생각지 않습니다. 어떤 사물이 더 잘 표현될수록 그건 더 완전하게 사유되기 때문입니다. 내게 로버트 스티븐슨†은 서툰 작가예요. 그의 사유가 빈약하기 때문입니다. 따라서 비록 그가 아무리 기교를 부려도 그의 스타일은 몹시 불쾌합니다. 그리고 어떻게 당신은 내용으로부터 분리된 기교를 즐길 수 있는지 난 모

* 7월까지 1,550부 정도 판매됐다.

† 《보물섬》,《지킬 박사와 하이드 씨》 등을 쓴 스코틀랜드 출신의 소설가다.

르겠습니다. 하지만 어쩌면 내가 당신을 잘못 표현하고 있는지도 모르죠. 당신이 의미하는 걸 모르겠어요.

그러나 비평은 얼마나 어려운가요! 단 하나의 단어도 두 사람에게 동일한 의미를 지니지 않습니다. 내 작품에 도움을 받는 것에 대해서는 모든 희망을 포기했습니다. 비난은 불쾌하고 찬사는 유쾌하지만 어느 쪽도 내가 하고 있는 것과는 관련이 없습니다. 하지만 내가 늘 주장하듯이, 스스로가 느끼는 즐거움만이 유일한 길잡이이며, 그 즐거움이 현재 네 권의 책을 더 계획하도록 저를 이끌고 있습니다.

우리 정원은 서섹스에서 선망의 대상입니다. (…) 정말로, 나는 무더운 날의 정원만큼 사랑스러운 건 없다고 생각해요. 중년의 나이인 나는 이런 단순하고 평범한 것들을 심오한 신념으로 말합니다.

이제 나더러 비평을 써서 내 영혼을 판다고 말하며 내 모든 에너지를 영원히 소설 쓰기에 헌신하길 소망하는 한 (서른세 살) 여성으로부터 나를 지켜야겠습니다. 아, 당신들 독자들이란!

음, 이 모든 것이 평소처럼 무척 자기중심적이라고 생각해요. 내 책, 내 정원, 내 남편. 그러니 당신도 내게 당신의 책, 당신의 정원, 당신의 여동생에 관해 얘기해서 복수하세요. (…)

당신의 사랑하는V.W.

재닛 케이스에게

서섹스, 로드멜, 몽크스 하우스
1925년 9월 18일 금요일

형식은 무엇일까?
소설은 무엇일까?

아닙니다. 나의 친애하는 재닛, 그건 불가능해요. 나를 칭찬하려는 당신의 다정한 바람은 알지만 당신이 말한 건 전혀 효과가 없을 거예요. 이런 문제들에 대한 전문가로서 장담할 수 있는데요, 사물들이 분리되고 기교가 교묘하고 단어들이 매혹적이고 그래서 전체적으로 무척 아름답다는 것으로부터 당신은 어떤 즐거움도 얻을 수 없습니다. 얻을 만한 가치가 있는 진정한 즐거움 말입니다. 그게 바로 내가 스티븐슨에 대해 지적하는 점입니다. 나는 항상 그의 내용으로부터 기교를 분리할 수 있어요. 그러면 그 즐거움이 너무 얄팍해서 나로서는 그의 작품 중 단 하나도 두 번은 읽을 수가 없습니다. (아마 그의 시들 중 일부는 제외하고요.) 하지만 찰스 램을 읽어 보세요. 당신이 《댈러웨이 부인》에 대해 한 말을 램에 대해서도 말해 보세요. 내용은 완벽하게 얄고 재미없으며 비현실적이지만 스타일은 굉장히 사랑스럽고 기발하며 기운차고 재기 넘치기 때문에 모든 단어를 읽을 수밖에 없죠. 내가 장담하는데 기교적으로 완벽한 그의 수필 중 단 하나도 그와 같이 둘로 분리될 수는 없습니다. 그 차이는 정말 흥미롭고 중요한 것이라고 생각해요. 나는 이것에 관해, 즉 소설을 읽는 올바른 방법에 관해 여학생들에게 강연해야만 합니다.* 그게 내가 《댈러웨이 부인》을 더 높은 목적들, 즉 당신의 완전한 패배와 전환을 위해 기꺼이 희생하고 있는 이유입니다. 당신은 내가 이걸 해냈다는 걸 인정할 거예요. 하지만 당신은 정말 친절해요. 나는 그

* 1926년 1월 헤이스 커먼에서 한 이 강연은 산문 〈책은 어떻게 읽어야만 할까〉로 출판됐다.

걸 부인하지 않습니다.

나는 여전히 지독한 두통에 시달리고 있어요. 그래서 글을 쓰는 대신 글쓰기에 대해 생각해야만 하고 이 모든 문제가 끔찍이 어렵다는 걸 깨닫습니다. 형식은 무엇일까? 인물은 무엇일까? 소설은 무엇일까? 나를 위해 이런 것들을 곰곰이 생각해 주세요. 물론 사람들이 시에 관해 생각하듯이 아무도 100년 동안 소설에 대해서는 생각하지 않은 게 사실입니다. 그래서 지금 우리는 숨통이 짓눌린 채 잠에서 깨어나 완전히 어둠 속에 있는 자신을 발견합니다. 하지만 당신도 인정하겠지만, 흥미로운 시대입니다. 단지 소설가에게만 혼란스럽죠. 당신이 나이가 많은 빅토리아 시대 작가들, 그리고 젊은 조지 왕조 시대 작가들로 분류함으로써 이 문제를 해결할 수 있다고 생각하진 않아요. 이 모두가 내가 객실로 가서 새벽까지 일어나 앉아 논쟁해야만 한다는 걸 증명합니다. 엠피에게 사랑을 전합니다.

진심을 담아, V.W.

비타 색빌웨스트에게

W.C.1, 타비스톡 스퀘어 52
1926년 1월 26일 화요일

글을 빠르게 순식간에 쓰고 있어요

(…) 당신에게 진실을 말하자면, 글을 쓰면서 몹시 흥분돼요. 지금까지 《등대로》처럼 이렇게 빠르게 써 본 적이 없어요. 1년, 2년 동안 아프지만 않다면 나는 소설 세 권을 연속해서 쓸 겁니다. 이게 환상일 수도 있죠. 하지만 (지금 내게 전화가 왔어요. 그리즐이 짖어 댑니다. 다시 자리 잡고 앉았어요. 부드럽고 푸른 저녁이라 사우스햄튼 로우에 조명이 밝혀지고 있어요. 어제 광장에서 크

로커스를 봤을 때 나는 당신이 페르시아에서 돌아왔던 5월을, 비타를 생각했다고 당신에게 말할 수 있어요) 내가 무슨 얘기를 하고 있었죠? 아, 내가 전례없이 지금 글을 쓸 수 있다고 생각하는 거였죠. 이게 50페이지를 쓰는 동안 내내 나를 따라다니고 있는 환상이에요. 하지만 내가 글을 빠르게, 순식간에 쓰고 있는 게 사실이에요. 그러고는 하나님 감사합니다, 이제 끝났습니다, 라고 느끼죠. 하지만 한 가지, 나는 당신이 나를 자기중심주의자로 만들도록 놔두지는 않겠어요. 결론은, 당신의 글에 대해서는 왜 얘기하지 않는 거예요? 왜 언제나 내 글, 내 글, 내 글이죠? 이런 이유로, 내 생각에 당신은 아주 여러 방식으로 풍부하고 나는 단지 막대기에 묶인 완두콩 같아요. (…)

아, 출판사의 기계 돌아가는 소리가 내 귀에 웅웅거리네요. 읽어야 할 원고들이 너무 많고 준비해야 할 시들과 써야 할 편지들, 그리고 차를 마시러 온 도리스 대글리시가 있어요. 그녀는 어느 불쌍하고 작고 의뭉스럽고 초라하고 속임수를 쓰는 하녀인데 케이크 한 덩어리를 먹었죠. 일부는 교육의 결핍으로 인해, 그리고 일부는 자신은 천재적이고 나는 매우 존경할 만한 명랑하고 저속한 두뇌라고 생각하는 것으로 인해 그녀는 놀랄 만한 반항심과 자신감을 갖고 있었어요. "하지만 울프 부인, 내가 당신에게 묻고 싶은 건, 당신의 견해로는 내가 문학에 내 삶을 전적으로 헌신할 만큼 충분한 재능을 갖고 있는가입니다." 그러고 나서 그녀에게 보살펴야 할 병약한 아버지가 있고 이 세상에 땡전 한 푼 없다는 사실이 밝혀졌죠. 레너드는 이걸 한 시간 동안 듣고는 가장 단호한 목소리로 그녀에게 요리사가 되라고 조언했어요. 그건 그녀가 천재성과 소설과 희망과 야망을 끌어내고 T. S. 엘리엇 등등에게 소설들을 보내는 계기가 됐죠. 그녀는 원즈워스로 떠났어요. 그리고 우리는 교황에 관한 그녀의 산문을 읽을 겁니다. (…)

이제 나는 편지를 끝내야 해요. 토요일에 헤이스커먼에 있는 학교에서 강연을 해야만 하기 때문이에요. 메리가 자신의 자동차를 내게 빌려준다고 제안하네요. 하지만 싫어요. 빌리지 않을 거예요. 나는 비타의 자동차를 원해요. 나는 비타에게 친절하게 대접받고 싶어요. 그런데 그러지 못하겠죠.

내게 더 많은 편지들을 쓰고 그것들을 당신이 거쳐 가는 이상한 기차역들에서 부쳐 줄 순 없나요?

물론 (당신 편지에 대답하자면) 나는 항상 당신의 무

뚝뚝함에 대해 알고 있어요. 그럼에도 다만 나는 상냥함을 고집하자고 나 자신에게 말했어요. 이런 목표를 마음에 품고 롱반에 갔어요. 당신 셔츠의 맨 위 단추를 풀면 그 안에 자리 잡은 활기 넘치는 다람쥐 한 마리가 보일 거예요. 가장 호기심 많은 습성을 지녔지만 여전히 상냥한 생명체요.

당신의 버지니아

비타 색빌웨스트에게

W.C.1, 타비스톡 스퀘어 52
1926년 3월 2일 화요일

당신과 함께 헤브리디스 제도에 있으면 좋겠어요

(…) 런던의 중심부에서 소설을 쓴다는 건 불가능에 가까워요. 마치 걷잡을 수 없이 거센 돌풍 속에서 돛대 정상에 깃발을 꽂고 있는 듯한 기분이에요. 매우 당혹스러운 건 관점의 변화입니다. 나는 헤브리디스 제도에서 10년의 지나감을 어떻게 다뤄야 할지 생각하면서 여기 앉아 있어요.* 그런데 전화벨이 울

* 《등대로》의 2부 〈시간이 흐르다〉.

리죠. 그런 다음 매력적이고 야윈 핑크빛 볼을 지닌 평론가 루카스가 찾아와 차를 마셔요. 자, 그가 편집하고 있는 웹스터의 생애에 관해 물어보고 있는 나는 여기에 있는 건가요, 아니면 헤브리디스 제도의 침실에 있는 건가요? 내가 어느 쪽을 가장 좋아하는지 나는 알죠. 헤브리디스 제도요. 이 순간 당신과 함께 헤브리디스 제도에 있으면 좋겠어요. (…)

당신의 V.W.

비타 색빌웨스트에게

W.C.1, 타비스톡 스퀘어 52
1926년 3월 16일

내가 어떻게 자라 왔는지 생각해 보세요

(…) '적확한 단어'에 관해 말하자면, 당신이 정말 틀려요. 스타일은 아주 단순한 문제예요. 그건 순전히 리듬이죠. 일단 당신이 리듬을 얻기만 하면, 당신은 잘못된 단어를 쓸 수가 없어요. 그러나 반면에 나는 적절한 리듬이 부족하기 때문에 오전의 절반이 지나도록 아이디어와 비전으로 가득한 채 여기에 앉아 있고 그것들을 몰아내지 못 하고 있죠. 이제 이것, 즉

리듬이 무엇인가는 매우 심오하고 단어들보다 훨씬 더 중대합니다. 어떤 광경, 어떤 감정은 마음속에 이런 파동을 창조해요. 파동이 그것에 딱 맞는 단어들을 만들기 훨씬 이전에요. 그래서 나는 글을 쓰면서 (이게 내 현재 믿음이에요) 이 파동을 다시 포착해 작동하도록 설정해야만 합니다. (이런 게 단어들과는 아무 상관이 없어 보이죠.) 그런 다음 이 파동이 마음속에서 부서지고 요동치면서 그것에 딱 맞는 단어들을 만듭니다. 하지만 분명 내년에 나는 다르게 생각하겠죠. 그리고 내 캐릭터에 관해 말하자면, (나 자신에 관한 질문에만 답변해서 당신은 내가 얼마나 이기적인지 알겠네요) 쾌활한 범속함이 부족하다는 데 동의해요. 하지만 내가 어떻게 자라 왔는지 생각해 보세요! 학교에 가지도 못 하고 내 아버지의 책들 사이에서 혼자 멍하니 보냈죠. 학교에서 진행되는 모든 과정을 익힐 기회라고는 전혀 없었어요. 공 던지기, 장난, 비속어, 천박함, 소란스러운 싸움, 질투 같은 거요. 나는 그저 내 의붓오빠들에게 분노하고 내 아버지 손에 이끌려 서펜타인 호수 주변을 지치도록 걸었을 뿐입니다. 이게 변명이에요. 나는 그 쾌활한 범속함의 부족에 대해 종종 의식하지만 프루스트가 그런 길을 지나

왔을까요? 당신은 그랬나요? 당신은 같은 테이블의 장교들에게 농담을 던질 수 있나요?(…)

당신의 V.W.

레이먼드 모티머*에게

W.C.1, 타비스톡 스퀘어 52
1926년 4월 27일

여성이 남성보다 훨씬 친절한 것 같아요

친애하는 레이먼드

(…) 모든 젊은 여성들이 모든 젊은 남성들보다 훨씬 친절한 것 같아요. 이건 그들의 잘못은 아니죠. 만약 남성들이 케임브리지에 보내져서 잘게 자른 건

* 영국 평론가이자 문학 편집자. 《뉴 스테이츠먼》의 문학 편집자로도 일했다. 그는 비타와 친구이면서 비타의 남편인 해럴드 니콜슨과 연인 관계였다.

초로 가득 채워진 채 블룸즈버리를 마네킹처럼 행진하도록 내보내진다면요. 내 말은, 그들이 오직 절반만 살아 있고 자만심으로 뻣뻣하고 자기주장이 강하고 독단적이고 독선적이고 추하고 속물적이고 똑똑하지만 미적 감각은 모자라 보인다는 뜻입니다. (내가 페르시아로 편지를 보낼 수 있어서 좋은 점 하나는 내 작은 권총들을 발사할 수 있단 거예요.* 그리고 아무런 해도 끼치지 않고요.) 한마디로, 내가 가장 싫어하는 모든 것들이죠. 그런데 여성은 더 영리하지 않을지는 몰라도 그녀의 겸손함이 그녀를 계속 신선하게 만들고, 그녀가 받은 훈련(이는 하루 종일 지속되는 가장 엄격한 형식의 정신적 체조죠)은 그녀에게 반응의 유연성과 다양성을 가져다주었죠. 이런 건 내가 엄청 흥미롭게 느끼고 부러워하는 거예요. 나는 남자처럼 훈련받아서, 이걸 가지지 못 했기 때문이죠. 당신도 알다시피 나는 절대 내 머리 손질은 못 할 거예요. (…)

당신의 사랑하는 버지니아 울프

* 모티머는 페르시아를 여행하고 있는 비타와 니콜슨을 만나기 위해 페르시아로 갔었다.

비타 색빌웨스트에게

W.C.1, 타비스톡 스퀘어 52
1927년 2월 2일 수요일

사물이 스스로 보이게 만들 수 있을 때까지 기다리기

(…) 그래요, 난 당신이 좋은 시를 쓰는 게 좋아요. 나의 고별 강연은 그다지 일관성이 없었어요. 나는 감정, 아이디어 같은 어떤 것이 되기 이전의 사물 그 자체에 대한 무언가를 말하려고 했어요. (신의 선물이긴 하지만) 전통과 그 모든 말들에 대한 감각을 지닌 당신에게 위험성은 이게 너무 쉽게 나타나도록 한다는 거예요. 내 말은 과시적으로 표현적으로 쓰기 위해

무리하라는 뜻이 아닙니다. 단지 사물이 스스로 보이게 만들 수 있을 때까지 양손을 모으고 바깥에 서 있어야만 한다는 뜻입니다. 우리, 타고난 작가들은, 은수저를 지닌 채 너무 일찍 준비된 경향이 있어요. 나는 당신이 지금까지 드러나게 해 온 것보다 더 기이하고 더 깊고 더 모난 생각들이 당신 마음속에 있다고 생각해요. 하지만 당신은 호손든 상*을 받을 거죠, 아 그래요, 그럼 나는 약간 질투 나고 자랑스럽고 메스꺼울 거예요…….

당신의 V.

* 영국에서 가장 오래 된 문학상 중 하나로 1919년에 제정됐으며 비타 색빌웨스트는 1926년 《대지The Land》, 1933년 《시 선집Collected Poem》으로 두 차례에 걸쳐 이 상을 수상했다.

에델 샌즈[†]에게

W.C.1, 타비스톡 스퀘어 52
1927년 2월 9일 수요일

위험을 감수하는 게 옳았을 거예요

친애하는 에델,

(…) 어젯밤에 내가 아이들에 대해 너무 터무니없는 말을 했나요? 내가 바네사의 아이들을 사랑하지 않는다고 당신이 생각하다니 좀 충격 받았어요. 그 아이들은 내게 엄청난 기쁨의 원천이에요. 하지

† 미국 태생 예술가이자 사교 모임의 안주인. 20세기 초 교양 있는 영국 사회에서 가장 중요한 안주인 중 한 명으로 잘 알려져 있다.

만 난 그게 뭔지 알아요. 나는 강제로 레너드에게 의사들의 의견을 무릅쓰고 위험을 감수하도록 만들지 않은 것에 대해 언제나 나 자신에게 화가 나 있어요. 그는 나를 염려해서 그러려고 하질 않았죠. 하지만 만약 내가 좀 더 자기 통제력이 있었다면, 분명 위험을 감수하는 게 옳았을 거예요. 내 생각에 그게 내가 바네사의 아이들에 관해 얘기하지 않는 이유예요. 내가 전혀 얘기하지 않는 게 사실이죠. 내가 사랑하는 아이들인데도요. 여기엔 여성적 심리가 작은 기여를 하지만, 당신이 대답해 주는 건 꿈도 꾸지 않을 게요. (…)

당신의 사랑하는 V.W.

바네사 벨에게

호텔드프랑스, 팔레르모(시칠리아)
1927년 4월 9일

로마가 내가 죽으러 올 도시라고 확신해

사랑하는 언니,

(…) 거리에서 터지고 있는 폭죽들과 사방에서 들리는 웅성거림과 흥얼거림이 나를 광장으로 나가 영화관으로 가도록 유혹해. 그러나 우리는 내일 일찍 세제스타로 출발할 생각이라 조용한 밤을 보내고 있어. 지금 사람들이 행진하며 광장을 지나가고 있어. 등불을 들고 갑옷 아래 어떤 성스러운 물건을

지닌 채 밴드 연주를 하면서. 오늘이 부활절인 것 같아. 나는 로마 가톨릭 종교가 좋아. 나는 그게 예술에 대한 시도라고 말하지. 레너드는 격분하고. 오늘 아침 우리는 하얀 베일을 쓴 어린 소녀들의 의식에 불쑥 들어갔는데, 그게 나를 크게 감동시켰어. 나한테 그건 단지 창조하려는 욕망이 살짝 변형됐을 뿐이지 그 안에 신은 전혀 없어 보여. 거기다 어린 소년들이 붉은 리본으로 묶은 종려나무를 휘두르고 있고, 설탕으로 만든 양들이 어디에나 있어. 확실히 꽤 공감이 가고 카시스의 길모퉁이에서 노신사들이 늘 그리고 있는 그 올리브 나무들보다 내 취향에 더 잘 맞아.

우리는 치비타베키아에서 객실 창밖을 내다보다가 D. H. 로렌스와 노먼 더글러스가 벤치에 나란히 앉아 있는 걸 봤어. 틀림없어. 그들은 편도 기차에 휩쓸려 가 버렸고 우리는 계속 로마로 향했지. 나는 로마가 내가 죽으러 올 도시라고 확신해. 하지만 죽기 몇 달 전이어야 해. 왜냐하면 로마 주변의 시골은 이 세상에서 가장 아름다운 곳이 분명하니까. 나는 해 질녘에 그림엽서 색으로 변하는, 이곳의 멜로드라마적인 산들은 별로 신경 쓰지 않아. 하지만 로마 외곽 지역은 완벽해. 부드럽고 순하고 물 흐르는 듯하고 고전적이며 한편에는 바다가, 다른 편에는 언덕이, 양 떼들과 올리브 밭이 있지. 나는 거기에 죽으러 올 거야. 그리고 언니가 고려해 볼 만한 아이디어로 나는 노인들의 공동체를 설립하자고 제안할게. 로저, 언니, 리튼, 나, 이렇게. 모두 움푹 들어간 뺨을 한 채, 비틀거리면서 점잖게, 서로의 발걸음을 지탱해 주면서 로마의 길들을 따라 걷는 거야. 길모퉁이에서 내가 죽더라도 나는 상관 안 해. 언니는 머리 위에 아름다운 손수건을 쓰고 우리는 손에 커다란 지팡이를 짚고. 이 죽음 공동체는 분명 바람직할 거야. (…)

언니의 빌리

바네사 벨에게

W.C.1, 타비스톡 스퀘어 52
1927년 5월 8일 일요일

언니는 내 안의 문학적 감각을 자극하는 것 같아

사랑하는 언니,

(…) 언니에게 《등대로》를 두 권 보냈어. 한 권은 출판사에서, 한 권은 내가(하지만 그 안에 언니 이름 쓰는 걸 잊어버린 거 같아). 언니가 읽어 보고 비평해 주길 바라고 있어. 나는 언니의 좋은 의견을 듣고 싶어. 그게 다른 많은 사람들의 의견보다 더 중요해. 어쩌면 주제는 약간 현명하지 않았던 거 같아. 하지만 완전

히 순식간에 이 내용들에 푹 빠져 버렸지. 나는 어느 날 오후 광장에서 그 책을 구상했어. 전혀 미리 계획하지도 않고. 언니는 어떻게 그림들을 구상해? 갑자기 순식간에? 책에 있어 지겨운 점은 모든 사람들이 내게 그 책에 관해 얘기해야만 한다고 생각한다는 거야. 다음 주부터, 이게 시작될 것 같아. 사람들은 모두 다른 얘기를 하겠지. 그럼 나는 무척 화가 나거나 무척 기뻐할 테고, 어느 쪽이든 좀 지겨워질 거야. 왜냐하면 나는 쓰고 싶은 다른 책이 두 권 더 있거든. 하지만 나는 여전히 언니의 의견은 듣고 싶어, 좋든 나쁘든. 던컨와 모건, 리튼의 의견도. 그 정도면 충분하다고 생각해. 레너드는《등대로》가 내 최고의 책이라고 말해. 그는 그렇게 말해야만 하니까. (…)

어떤 이유인지 런던이 무척 진저리가 나. 로마에 다녀온 후로, 너무 단조롭고 너무 뻔해. 하지만 그 얘긴 더 이상 하지 않을게. 단지 언니의 무분별함을 만회하기 위해서 언니가 라파엘과 미켈란젤로에 관해 어떻게 생각하는지 말할지도 모르니까. 하지만 언니가《등대로》에 관해 내게 말해 주기 전까지는 안 돼.

우리 자동차는 이 책의 판매에 달려 있어. 지금까

지는《댈러웨이 부인》보다 훨씬 더 잘 팔리고 있지만 순식간에 멈출 수도 있어.

정말 멋진 편지네!

그건 그렇고, 나방에 관한 언니의 이야기가 나를 너무 매료시켜서 나는 그것에 관한 이야기를 쓰려고 해. 언니의 편지를 읽은 후에 나는 한 시간 동안 언니와 그 나방들 외에는 아무것도 생각할 수 없었어.

이상하지 않아? 내가 언니의 그림 감각을 자극한다고 말하듯이 아마 언니는 내 안의 문학적 감각을 자극하는 것 같아.

맙소사!《등대로》속 그림 그리기에 관한 부분을 언니가 얼마나 비웃을까!

언니의 빌리

* 앞의 편지에 대한 바네사의 답장

버지니아 울프에게

1927년 5월 11일

나의 빌리,

내가 용서받았다니, 정말 안심이야. 내가 얼마나 초조하게 편지를 고대했는지 네가 안다면 너의 돌같이 이성적인 마음조차 뭉클할 거라 생각해. 하지만 네가 용서하지 않는다고 해도, 네게 편지하려고 했어. 무시하라고 청하면서. 어떤 경우든 순전히 《등대로》 때문에 내 모든 자만심은 겸손해졌고 나는 네 발치에서 먼지를 먹고 있었어.

내 문학적 견해가 정말 네게 어떤 흥미를 준다며

우쭐해하지는 않을게. 요약해서 그걸 네게 전달하는 건 어렵거나 불가능할 거야. 사실 나는 이 세상의 그 누구보다도 그 책에 대한 미학적 판단을 내릴 능력이 없어. 단지 내가 아는 건, 네가 내 안에 불러일으키는 다른 감정들 외에도 아마 점진적으로 형태를 갖추고 내게 어떤 인상을 남길 만큼 분명 엄청나게 강력한 예술 작품으로서 내가 그 책에 대한 감정을 어느 지점에선가 느낀다는 거야. 이 세상에서 내가 어쨌든 그 정도로 이런 감정들을 느낄 수 있는 유일한 사람일 거야. 아마 그런 것들이 네게 중요하지 않을지도 모르지만, 네가 얼마나 많이 내가 그런 감정들을 느끼도록 만들었는지 안다면 흥미로울 수도 있어. 게다가 감히 말하자면, 그런 게 너의 특이한 글쓰기 기법 안에 있는 미학적인 가치들에 대한 뭔가를 보여 줘. 어쨌든 그 책의 첫 번째 부분에서 너는 내가 그동안 가능한 한 마음에 품을 수 있었던 그 어떤 모습보다 더욱 어머니와 비슷한 어머니의 초상을 내게 전해 준 걸로 보였어. 죽은 사람에서 그렇게 부활한 어머니를 만나다니 거의 고통스러울 정도야. 너는 내가 어머니 성격의 특별한 아름다움을 느끼게 만들어 줬어. 이건 세상에서 가장 하기 어려운 일이 틀림없어. 마치 어른으로 성장한 나 자신으로, 그리고 대등하게 그녀와 다시 만나는 것만 같았어. 그리고 그런 방식으로 어머니를 볼 수 있게 된 건 창조의 가장 놀라운 위업인 것 같아. 너는 아버지에 대해서도 선명하게 보여 줬다고 생각해. 어쩌면 내가 틀릴지도 모르지만 그건 별로 어렵지 않아. 파악해야 할 게 더 있긴 하지. 하지만 내게는 아버지에 관해 진실한 생각을 전달해 준 유일한 것으로 보여. 그러니 초상화 그리기에 관한 한 너는 내게 최고의 예술가로 보인다는 걸 알아 두렴. 그리고 그 두 분과 다시 얼굴과 얼굴을 맞대고 있는 나 자신을 발견하는 게 너무 충격적이어서 다른 건 거의 자세히 음미할 수도 없었지. 실은 지난 이틀 동안 거의 일상생활에 집중할 수 없었어. 던컨과 나는 둘만 있을 때마다 각자 한 부씩 들고서 그분들에 관해 얘기했어. 우리만 그럴 수 있어서, 로저가 자기는 거기 끼지 못했다고 몹시 화를 냈지. 하지만 이 모든 걸 느끼게 만드는 건 내가 부모님들을 알았기 때문만은 아니라고 생각해. 왜냐하면 그분들을 알지 못했던 던컨도 처음으로 어머니를 이해한다고 말했기 때문이야. 따라서 어머니에 대한 너의 비전은 그 자체로 완전체로서 존재해. 단지 사실 중 하나를 상기시키는 게 아니야.

나는 내 감정을 묘사하는 데 정말 서툴러. 아마 너는 이해할 거라고 생각해.

물론 어머니와 아버지 사이에는 아마도 네 주제를 넘어서는 관계가 있을 거야. 하지만 그건 다른 관계와 너무 섞여 있어서 단지 하나의 관계만 느낄 수는 없어. 그러나 그것 역시 완전해서 내게는 하나의 완전체로서 이해되고 상상될 수 있어 보였어.

나는 레너드 말에 동의해. 이 책이 너의 최고의 작품이라고 생각해. (…)

너의 VB

비타 색빌웨스트에게

W.C.1, 타비스톡 스퀘어 52
1927년 5월 13일 금요일

저녁 식사 장면은 지금까지 내가 쓴 것 중에 최고예요

사랑하는 비타,

당신은 정말 너그러운 여자예요! 당신의 편지가 방금 도착했고 나는 이것에 답장해야겠어요. 비록 내가 혼돈 속에 있지만요. (넬리가 돌아왔어요. 그녀의 의사, 그녀의 친구들, 그녀의 음식 등등도요.) 솔직히 나는 당신이 《등대로》를 좋아하지 않을 거라고 생각했어요. 내 생각에, 너무 심리적이고 너무 많은 개인적 관계가 나오기 때문에요. (모조 판본에 관한 이야기가 아니에요.) 저녁 식사 장면은 지금까지 내가 쓴 것 중에 최고예요. 작가로서 나의 결점들을 정당화시킨다고 생각하는 단 한 가지. 바로 이 빌어먹을 '방법'이죠. 왜냐하면 내가 어떤 다른 방식으로는 그런 특별한 감정들에 도달할 수 없었을 거라고 생각하기 때문이에요. 〈시간이 흐르다〉에 대해서는 의문이 들었어요. 이 부분은 총파업의 음울함 속에서 쓰였어요. 그래서 나중에 다시 썼죠. 그러고는 이게 산문으로는 불가능하다고 생각했어요. 당신이라면 이 부분을 시로 쓸 수 있었을 거라고 생각했죠. 내가 램지 부인과 같은지는 모르겠어요. 내가 열세 살일 때 어머니가 돌아가셨으니 아마 어머니에 대한 어린아이의 시선인 것 같아요. 당신이 그녀가 맘에 든다고 하니 어떤 감상적인 기쁨이 느껴지네요. 어머니에 대한 생각이 나를 늘 따라다녔죠. 늙고 가엾은 내 아버지에 대해서도 그랬어요. 이런 게 감상적이라고 생각하나요? 이런 게 아버지에 대해 불손하다고 생각하나요? 알고 싶어요. 나는 어머니보다는 아버지와 더 비슷했다고 생각해요. 그러니까 더 비판적이죠. 하지만 아버지는 존경할 만한 사람이었고, 아무튼 대단한

분이었죠. (…)

그런데 당신은 왜 내가 '외롭다'고 생각하죠? '사랑스럽다'로 이해할게요. 전적으로 외로운 건 아니고요.

그래요, 당신이 책이 맘에 든다니 엄청나게 안도가 돼요. 당신이 좋아하지 않을 거라고 확신했었거든요. 내 머릿속에는 너무 많은 책이 더 있어서 그 전체 결과물이 우리를 더욱 분열시킬 수밖에 없다고 생각하면 슬퍼져요. 다음 책은 이 책보다 더 좋을 거라고 생각해요. 어느 나이 많은 사람이 편지를 보내 말하길 내가 쓴 헤브리디스 제도의 동물상과 식물군이 완전히 부정확하대요. 맙소사! 이건 어떻게 해야 할까요? (…)

V.W.

바네사 벨에게

서섹스, 로드멜, 몽크스 하우스
1927년 5월 22일 일요일

그들 정신의 완전한 오만함과 비현실성이 좋아

사랑하는 언니,

언니의 편지에 너무 기쁘고 흥분이 돼서 마치 뼈다귀를 입에 문 강아지처럼 하루 종일 깡충깡충 뛰어다녔어. 정말로 언니가 내 일할 능력을 완전히 파괴해 버렸지. 나는 항상 언니 편지를 꺼내서 다시 읽어 보고 있어. 어쩌면 과장하는 건지도 모른다는 생각이 들 때까지. 그리고 그 편지를 들고 레너드에게 달려가서는 언니가 정말 진심이라고 생각하는지 물었어. 레너드는 자기가 잘 아는 언니의 성격을 고려하더니 결국 언니가 진심인 것 같다고 결론을 내려 줬지. 그 뒤에 나는 마음이 진정되면서, 다른 어떤 사람의 편지도 내게 주지 못 했던 완전한 만족감을 느끼기 시작했어. (여기에는 도라 생어의 성격을 상기시켜 줄 수 있는 편지도 있지. 답장하고 싶지 않아.)

하지만 내가 엄마에 관해 뭘 알았다고 생각해? 많은 걸 알 수는 없었어. 만약 퀜틴이 열세 살 때 언니가 죽었다면 그가 언니에 대해 뭘 알았을까? 나는 어떤 근원에 대해 곰곰이 생각해 본 것 같아. 하지만 엄마의 편지나 아빠의 삶을 읽는 건 특별히 삼갔어. 아빠에 관해 생각하는 게 더 쉬웠지만 언니가 나를 감상적이라고 생각할까 봐 무척 걱정했어. 내가 사람들이 스티븐 가족은 미친 듯이 우울한 가족이었다고 생각하게 만든 것처럼 보여. 나는《등대로》가 충분히 쾌활한 책이라고 생각했거든. 내 정확성에 대해서는 변호하지 않으려고 해. 비록 와츠가 청금석을 구매해서 그걸 작은 망치로 깨부순 뒤 축축한

천 아래 보관한다고 생각하고, 라파엘전파*가 색을 내기 위해 가능할 때마다 정원 찰흙을 사용하는 게 더 자연적이라고 여겼다고 생각하지만 말이야. 올리비에 경은 내 원예학과 자연사가 모든 경우에 있어 잘못됐다는 편지를 보냈어. 헤브리디스 제도에는 떼까마귀도, 느릅나무나 달리아도 없대. 내가 쓴 참새도 틀렸고 내 카네이션도 그렇대. 게다가 여성이 결혼한 지 석 달 만에 출산으로 사망하는 건 불가능하다며, 그는 프루가 (헤브리디스 제도에서 흔히 볼 수 있는) 실수를 저질렀고 9개월이 지난 거라고 추론해.†(…)

남녀 젊은이들에게 시와 소설에 관해 강연하기 위해 옥스퍼드에 갔어. 그들은 어리고 미숙해. 시 또는 소설, 어느 쪽에 관해서든 아무것도 몰라. 그들은 바닥에 앉아서 조이스에 관한 순진한 질문들을 하지. 내가 보기에 케임브리지 젊은이들보다 몇 년은 뒤처져 있는 것 같았어. 퀜틴과 줄리언이라면 그들을 때려눕혀 진흙 파이로 만들어 버릴 수 있을 거야. 하지만 그들만의 매력을 지니고 있어. (…) 그리고 굉

* 1848년 영국 화가들이 결성한 모임으로 라파엘로와 미켈란젤로를 비판하며 라파엘로 이전 화풍으로 돌아가길 희망했다.

† 《등대로》에서 프루는 봄에 결혼했고, 그해 여름에 출산과 관련된 질병으로 죽었다고 쓰여 있다.

장히 매력적인 비타가 있었지. 그녀는 버드나무 같아. 진홍색 리본이 달린 그녀의 길고 하얀 다리로 인해 매우 늠름하지만 날벌레들 때문에 저녁식사 때 스타킹을 내리고 자기 다리에 연고를 문질러 줘야 하는 건 좀 어색해. 나는 귀족의 이런 모습이 마음에 들어. 나는 그 다리가 좋아. 나는 그 곤충에 물린 자국이 좋아. 나는 그들 정신의 완전한 오만함과 비현실성이 좋아. 예를 들어, 5파운드짜리 실크 목욕 가운을 아무렇지 않게 구입하고, 타르트에서 포크로 빼낸 두부 크림(노란 음식)으로 점심 식사를 하고 그 빵은 다시 접시에 떨어뜨리고, 경비원에게 아무것도 하지 않은 대가로 1실링 팁을 주는 것 등등. (자세한 내용은 말할 수 없지만) 그 모두가 정말 멋지고 관능적이고 우스꽝스러워. 또한 비타는 금빛 심장을 가졌고, 느리더라도 끈질기게 일하며, 순간순간 명석한 정신을 지니고 있어. 하지만 이 정도만 할게. 언니는 언니와 같은 성별의 어느 누구의 매력에도 결코 굴복하지 않을 거니까. 언니에게 세상은 얼마나 무미건조한 정원일까! 돌 포장도로와 철제 난간이 얼마나 긴 거리일까! 비록 나는 남성의 정신을 존경하고 던컨을 좋아하지만(하지만 정말 다행스럽게, 그는 모든 위대한 예술가들처럼 자웅동체이고 양성의 특징을 모두 지녔지) 남성들이 그 주변에 반딧불이만큼 가치를 지니는 매력이 있는지는 모르겠어. 이 세상의 풍경은 그들의 현존으로부터는 어떤 광채도 얻지 못 해. 물론 그들은 이 세계의 품위와 안전에 엄청나게 보탬이 되지. 하지만 작은 설렘에 관해서는—! (언니는 이 모두를 언니 자신의 매력으로 귀착시킬 거라는 사실을 알아. 감히 말하는데, 그 점에 있어 언니가 크게 틀린 건 아냐.) (…)

언니의 빌리

로저 프라이에게

W.C.1, 타비스톡 스퀘어 52
1927년 5월 27일

어떤 게 무엇을 의미한다는 말을 직접 들으면 나는 몹시 싫어져요

나의 친애하는 로저,

당신 편지 정말 고마워요. 《등대로》가 맘에 든다니 무척 기뻐요. 이 책을 당신에게 바쳤더라면 좋았을 텐데요. 이제야 책을 다시 읽으면서 당신에게 물어볼 엄두를 내지 못 했던 게 너무 잘못한 것 같아요. 그 당시에는 우연히도 바로 그날 내가 어디선가 당신을 만났고, 당신의 웅장함과 화려함, 그리고 (육체가 아닌 지성의) 순수함에 압도돼 (짐작했나요?) 집에 돌아가서 이런 책을 그런 사람에게 헌정하는 건 안 되겠다는 확신이 들었어요. 그러니까 실은 '헌정하지 않음'이 '헌정함'보다 더 큰 칭찬이에요. 하지만 당신이 받아 준다면, 비공개 사본을 드릴게요. 내가 하고 싶은 말은 (하지만 인쇄물로 말하진 않았죠) 당신의 모든 빼어난 개인적 미덕 외에도, 만약 그게 올바른 길이라면, 당신이 글쓰기에 관한 한, 그 누구보다 더 나를 올바른 길로 계속 가게 해 주었다고 생각한다는 거예요.

나는 그 '등대'에 아무 의미도 부여하지 않았습니다.* 책 한가운데에 그 줄거리를 한데 묶어 줄 핵심 문구를 써야만 했어요. 모든 종류의 감정들이 이 부분에 누적될 거란 사실을 알았지만 내가 직접 그것들을 생각해 내길 거부했고 사람들이 이걸 그들 자신의 정서를 위한 침전물로 만들 거라고 믿었어요. 사람들은 정말로 그렇게 했죠. 어떤 사람은 이게 이런 걸 의미한다고 생각하고 또 다른 사람은 다른 걸 의미한다고 생각하면서요. 나는 이렇게 모호하고 일

* 로저 프라이는 버지니아에게 보낸 편지에서 등대에 도착하는 게 자신은 이해하지 못하는 상징적인 의미를 지니는 것 같다고 썼다.

반화된 방식 외에는 상징주의를 다루지 못해요. 이게 옳은지 그른지는 모르겠지만 어떤 게 무엇을 의미한다는 말을 직접적으로 들으면 나는 몹시 싫어져요.

내가 램지 부인에 관해 쓰고 있을 때 의식적으로 바네사를 떠올리지는 않았습니다. 사실, 그녀와 내 어머니는 내게 매우 다른 사람들로 보였어요. 하지만 아마 바네사의 무언가가 새어 들어갔을 겁니다. 어쨌든, 내가 열세 살 때 어머니가 돌아가셨기 때문에 그녀에 관한 생각은 어떻게든 발전시켜져야만 했어요. 하지만 글쓰기의 전체적인 과정은 내게 완전한 수수께끼로 남아 있습니다. 내가 깨달은 한 가지는 마침내 어떤 이유인지 쉽게 글을 쓰기 시작하고 있다는 거예요. 물론, 이런 게 쇠퇴의 징조인지도 모르죠. (···)

당신의 V.W.

비타 색빌웨스트에게

W.C.1, 타비스톡 스퀘어 52
1927년 10월 9일

이걸 쓰자마자
내 몸은 황홀함으로 넘쳐흘렀죠

(…) 어제 아침 나는 절망했어요. 데이디*와 레너드가 내 가슴으로부터 한 방울씩 억지로 끌어내는 그 피 같은 책 알죠? 소설, 또는 그런 의미의 제목(〈소설의 단계Phases of Fiction〉)이요.† 나는 나로부터 단 한 마디도 우려낼 수 없었어요. 그래서 마침내 양손 안

* 영국의 문학자이자 연극연출가인 조지 데이디 라이랜즈를 가리킨다.
† 〈소설의 단계〉는 1929년 발표한 버지니아의 산문이다.

에 고개를 떨어뜨렸죠. 그리고 내 펜을 잉크에 살짝 담갔다가 깨끗한 종이 위에 마치 저절로인 듯 이런 글자들을 썼어요. '올랜도: 전기.' 이걸 쓰자마자 내 몸은 황홀함으로, 그리고 내 두뇌는 아이디어들로 넘쳐흘렀죠. 나는 열두 시까지 빠르게 썼어요.[‡] 그런 다음 한 시간 동안 로맨스를 썼죠. 그래서 매일 아침 열두 시까지 소설(나만의 소설)을 쓰고 한 시까지 로맨스를 쓰려고 해요. 하지만 잘 들어 봐요. 올랜도가 비타로 밝혀진다고 가정해 보세요. 모두가 당신과 당신 육체의 욕망, 그리고 당신 정신의 유혹에 관한 거예요. (당신에게 마음은 없죠. 메리 캠벨과 함께 시골길을 따라 여기저기 돌아다니고 있으니까요.[§]) 내 인물들에게 때때로 달라붙어 있는 일종의 현실의 희미한 빛이 있다고 가정해 보세요. 마치 굴 껍데기 위의 광택처럼요. (그런데 그건 또 다른 메리, 즉 메리 허친슨[¶]이 생각나게 하네요.) 내 말은, 시빌 콜팩스[**]가 내년 10월에

‡ 비타는 버지니아가 소설 《올랜도》에서 4세기에 걸쳐 남성과 여성의 삶을 모두 경험하는 주인공 올랜도를 구현하는 데 영감이 됐다.

§ 남아프리카 시인 로이 캠벨의 아내인 메리 캠벨과 비타의 연애 사건을 버지니아가 질투했다.

¶ 영국 단편소설 작가이자 블룸즈버리 그룹의 일원. 허친슨과 클라이브 벨은 각자 배우자가 있었지만 1914년부터 1927년까지 연인 사이였다.

** 20세기 초 영국 사교계의 유명 인사였다.

"버지니아가 비타에 관한 책을 썼어요."라고 말하면, 오지가 친구들과 장황하게 지껄이고 바이어드가 깔깔댈 그 모습을 상상해 보라고요. 괜찮겠어요? 그렇다, 또는 아니다, 라고 말해 주세요. 하나의 주제로서 당신의 탁월함은 대개 당신이 귀족 출생이라는 점으로부터 발생해요. (하지만 400년 동안 내내 귀족이면 어떨까요?) 그리고 그 덕분에 화려한 묘사적 문구들을 위한 기회가 엄청 풍부하게 주어지는 거죠. 또한 나는 당신 안의 어떤 아주 이상하고 불일치한 가닥들을 풀었다가 다시 꼬고 싶어 한다는 사실을 인정할게요. 캠벨에 관한 문제를 자세히 논의하는 거죠. 그리고 당신에게 말했듯, 내가 하룻밤에 전기를 혁명할 수 있는 방법이 갑자기 떠올랐어요. 그래서 만약 당신이 동의한다면 나는 이걸 공중으로 던져 무슨 일이 일어나는지 보려고 해요. (…)

당신의 V.W.

(캠벨 때문이에요.)

비타 색빌웨스트에게

W.C.1, 타비스톡 스퀘어 52
1927년 10월 13일 금요일

사진 몇 장을 고르려면 당신을 만나야 해요

(…) 빠른 속도로 쓰고 있어요. 세 번째로 문장을 시작합니다. 《올랜도》에 너무 몰두해 있어서 다른 아무것도 생각할 수 없는 게 사실이에요. 《올랜도》가 로맨스와 심리, 그리고 그 끔찍한 책의 나머지 부분을 완전히 쫓아내 버렸죠. 내일 나는 바이올렛 트레퓨시스와 당신이 얼음 위에서 만나는 장면을 묘사하는 장을 시작해요. 모든 게 철저히 자세하게 얘기돼

야만 해요. 나는 아이디어들로 가득해요. 당신이 어떤 종류의 싸움을 했는지 약간 힌트 좀 줄래요? 어떤 특별한 특징 때문에 그녀가 처음 당신을 선택했나요? 여기를 보세요. 사진 몇 장을 고르려면 내려가서 당신을 만나야 해요. 내겐 제임스 1세 시대 젊은 남성 색빌 사진 한 장, 그리고 조지 3세 시대 젊은 여성 색빌 사진 한 장이 필요해요. 제발 내 계획에 당신을 빌려 주세요. 이건 많아야 3만 단어 정도인 작은 책이 될 거예요. 그리고 열광적인 현재 속도면 (나는 하루 종일 다양한 걸모습을 한 당신, 그리고 바이올렛과 얼음, 그리고 엘리자베스 여왕과 조지 3세 외에는 아무것도 생각하지 않아요) 크리스마스까지는 완성할 거예요. 다시 말해, 우리가 러시아에 가지 않는다면요. 당신은 내가 러시아에 가면 좋겠어요? 우리는 한 달 동안 혁명 기념일을 축하하기 위해 정부로부터 무료로 거기 가도록 요청받았어요. 내가 이 기회를 붙잡아 모피도 사고 추위도 감수해야 한다고 생각하지 않나요? 당신이 생각하는 걸 말해 줘요. 화요일까지 결정해야만 해요.

《올랜도》는 사진들과 지도 한두 장이 들어간 작은 책이 될 거예요. 나는 이걸 밤에 침대에서, 거리를 걸으면서, 어디에서나 구상해요. 등불 아래에 있는 당신을, 에메랄드 옷을 입은 당신을 보고 싶어요. 사실 지금보다 더 당신을 보길 원했던 적이 없어요. 그저 앉아서 당신을 바라보고 당신이 말하도록 하고는 빠르고 몰래 어떤 의문스러운 점들을 정정하려고요. (…)

V. (비타에게)

W. (캠벨에게)

비타 색빌웨스트에게

W.C.1, 타비스톡 스퀘어 52
1928년 3월 20일

내가 당신을 만들어 냈나요?

사랑하는 니콜슨 부인

아, 이 번역가들이 얼마나 저주스러운지! 당신의 절친한 친구 보이트* 부인에게 내가 말할 수 있는 건 독일 인젤 출판사로부터 수표를 받았고 그들과 계약을 체결했다는 게 전부라고 얘기해 주세요. 그들은

* 마거릿 보이트는 작가이자, 독일에서 영국 작가들을 위한 출판 에이전트로 활동했다. 그녀는 버지니아의 책들을 독일에서 출판하는 일을 주선하길 원했다.

이번 가을에 《댈러웨이 부인》을, 그리고 나중에 《등대로》를 출판하려고 해요. 하지만 모든 소통은 커티스 브라운을 통해서 해야만 하죠. (…)

《올랜도》가 완성됐어요!!!

지난 토요일(3월 17일) 한 시 5분 전에 마치 당신의 목이 부러지는 듯한 일종의 강한 끌어당김을 느꼈나요? 그때 올랜도가 죽었어요. 또는 세 개의 작은 점 '…'과 함께 말하기를 멈췄죠. 이제 모든 단어가 다시 쓰여야만 할 거예요. 그래서 9월까지 끝낼 수 있을 것 같지 않아요. 일관성 없고, 참을 수 없고, 불가능한 그런 단어가 사방에 널려 있어요. 그래서 지긋지긋하죠.

이제 질문은 '당신에 대한 내 감정이 바뀔 것인가?'예요. 지난 몇 달 동안 나는 당신 안에서 살다가 나왔죠. 당신은 정말 어떤 사람인가요? 당신은 존재하나요? 내가 당신을 만들어 냈나요? (…)

버지니아

비타 색빌웨스트에게

서섹스, 로드멜, 몽크스 하우스
1928년 9월 8일 토요일

언어로는 건널 수 없는 만의 머나먼 저편

(…) 소설을 쓰기 시작할 때 주요한 점은 당신이 그걸 쓸 수 있다는 사실이 아니라 그게 언어로는 건널 수 없는 만의 머나먼 저편에 존재한다는 사실을 느끼는 거라고 믿어요. 오직 숨 막히는 고뇌를 통해서만 도달할 수 있는 사실을요. 자, 내가 논설 한 편을 쓰려고 자리에 앉으면 그 아이디어를 설명할 언어의 망을 반드시 한 시간 정도 안에 갖게 되죠. 그러나 내

가 말했듯이, 소설이 훌륭하려면 그걸 쓰기 전에는 쓰기 불가능한 것처럼 보이면서도 오직 눈에 보일 뿐인 무언가여야 해요. 그래서 9개월 동안 절망 속에 살다가 내가 의도했던 걸 잊어버렸을 때에야 그 책이 참을 만해 보이죠. 내가 장담하는데, 내 모든 소설은 그것들이 쓰이기 전에는 일류였어요. (···)

당신의

퀜틴 벨*에게

W.C.1, 타비스톡 스퀘어 52
1929년 3월 20일

완전히 새로운 종류의 책을 쓸 거야

사랑하는 퀜틴

(…) 나는 진지한 책을 쓰고 싶어. 나는 너무 많은 말들에 뒤덮여 있어. 쓰는 거라곤 비평밖에 없어. 상

* 바네사 벨과 클라이브 벨 사이에 줄리언 벨과 퀜틴 벨, 두 아들이 있었다. 개방적인 결혼 생활 속에서 바네사는 화가 던컨 그랜트와 연인이 됐고 두 사람 사이에 딸 안젤리카를 낳았다. 하지만 바네사와 클라이브는 공식적으로는 부부 관계를 계속 유지했고 클라이브는 안젤리카도 자기 딸로 키웠다.

상적인 작품을 쓰려면 말하기를 멈춰야만 해. 네 그림은 어때? 그리고 삶은 어때? 나는 탄성 베일 속을 방황하면서 지금 런던 도서관으로 향하고 있어. 그건 내가 '나방들'(《파도》)이라고 부를 것 같은 책에 관해 생각하기 위해서야. 완전히 새로운 종류의 책이지. 하지만 그 책은 결코 내 머릿속에서 아직 쓰이지 않은 지금 상태만큼 좋지는 않을 거야.

우리는 새 차를 샀어. 제발 네가 어디에 있든지 네 머릿속에 무슨 생각이 들든지 지금 바로 편지해 주렴.

너의 사랑하는 버지니아

바네사 벨에게

W.C.1, 타비스톡 스퀘어 52
1929년 6월 25일 화요일

표지를 위해 신선한 디자인을 만들어야만 해

사랑하는 돌고래,

표지들에 대해 많은 고마움을 표하고 싶어.* 유감스럽게도 인쇄된 표지만 사용할 수 있게 됐네. 언니가 재배치한 표지 말이야. 새로운 표지는 실용적

* 1929년 9월에 호가스 출판사는 버지니아 책들의 균일판을 발행하기 시작했다. 먼저 《출항》, 《제이콥의 방》, 《댈러웨이 부인》, 그리고 《보통 독자》가 나왔다. 모두 똑같이 바네사가 디자인한 연한 공작 파랑색의 커버로 돼 있다.

인 어려움이 너무 커 보여. 그 테두리 안에 글자가 다 안 들어가서 모든 표지를 두 번 인쇄하거나 언니가 각 표지를 위해 새로 디자인을 해야만 해. 그래서 그 재배치된 표지를 사용하는 게 내 생각에 좀 따분하긴 하지만 더 간단해 보여. 어쨌든 그게 이전보다는 훨씬 나아. 나는 짜증이 나. 계속 이 판형을 써야 하거든. 만약 언니가 그 현장에 있었다면 우리가 무언가를 고안해 낼 수 있었을 텐데. 하지만 대개 시간이 문제긴 하지. 새로운 표지의 판형이 정해지면 곧바로 알려줄게. 내가 말하는 건 10월에 케임브리지의 젊은이들을 위해 했던 강연인 《자기만의 방》이라고 불리는 책이야.† 나는 그 새 표지가 정말 맘에 들어. (…)

B.

† 바네사가 디자인한 연한 핑크색 커버로 1929년 10월에 출판됐다.

에델 샌즈에게

W.C.1, 타비스톡 스퀘어 52
1929년 10월 28일 월요일

이건 단지 젊은 여성들에게 했던 강연이에요

친애하는 에델

(…) 그래요, 꼭 차를 마시러 오세요. 다음 주 금요일, 8일 네 시 반에. 바네사도 데려오려고 해요. 그녀는 이제 막 널찍한 작업실에 자리 잡았어요. 예전과 같은 집이에요. 그게 피츠로이가 6인지 8인지는 잊어버렸어요. 넓은 주택 안에, 던컨의 옆집에 있기 때문에 모두 무척 편하죠.

그런데 내 '책'은 책은 아니에요(《자기만의 방》). 이건 단지 내가 작년 가을에 젊은 여성들에게 했던 강연이에요. 당신처럼 어른스럽고 세련된 사람을 위한 건 아니죠. 내가 표현을 잘 못 해서 미안해요. 나는 말을 만들어 내질 못해요.

진심을 담아, 버지니아

G. L. 디킨슨*에게

W.C.1, 타비스톡 스퀘어 52
1929년 11월 6일

말해질 수도 있는 것,
말해지지 않은 것이 아주 많습니다

친애하는 골디,

편지 써 주셔서 정말 감사해요. 당신이 내 작은 책 《자기만의 방》이 맘에 드신다니 얼마나 기쁜지 이루 말할 수 없네요. 당신에 대해서 말로 다 할 수 없는 존경과 애정을 깊이 키우고 있습니다. 책이 온화하

* 골즈워디 로우즈 디킨슨은 영국 정치학자이자 철학자이며 블룸즈버리 그룹과 친했다.

게 조절됐다고 생각하신다니 정말 기뻐요. 내 피는 이 한 가지 주제에 대해 끓는 경향이 있거든요. 마치 당신의 피가 원주민이나 전쟁에 대해서 그런 것처럼요. 그래서 그렇게 되길 바라지 않았죠. 나는 젊은 여성들을 격려하고 싶었어요. 그들이 심하게 우울해하는 것 같아서요. 또한 나는 토론을 유도하고 싶었어요. 말해질 수도 있는 것, 그리고 말해지지 않은 것이 아주 많습니다. 양성적 정신이 그중 하나입니다. 그리고 교육도 그렇습니다. 비록 나는 완전한 아웃사이더이지만, 이대로 두는 건 남녀 모두에게 옳다고 생각하지 않습니다. 하지만 확실히 내가 여기 너무 오래 머문 것 같아요. 며칠 전 밤에 나는 당신의 BBC 청취자 중 하나였고 당신이 계속 진행했더라면 좋아했을 거예요.† (이런 일이 내게는 거의 일어나지 않거든요. 내 말은 일반적인 강의의 경우에요.) 그래서 나는 크게 웃었답니다.

진심을 담아, 버지니아 울프

† 1929년 11월 4일 디킨슨은 '관점–요약'이라는 강연을 방송했다.

테오도라 보즌켓*에게

W.C.1, 타비스톡 스퀘어 52
1929년 11월 7일

젊은 여성들을 위해 읽기 쉽게 쓰고 온건하게 절제하고 싶었어요

친애하는 보즌켓 양,

당신의 편지처럼 그토록 친절한 편지에 기뻐하지 않는다면 정말 이상한 작가일 거예요. 내 작은 책 《자기만의 방》이 지성적인 독자들의 흥미를 끈다니 특히 기쁩니다. 나는 젊은 여성들을 위해 읽기 쉽게 쓰고 온건하게 절제하고 싶었습니다. 그래서 그 과

* 헨리 제임스 말년에 그의 비서였다.

정에서 내 진지한 의도가 훼손될까 봐 걱정했습니다. 당신이 흥미로웠다니 정말 격려가 됩니다.

당신의 편지에 많이 감사합니다.

진심을 담아, 버지니아 울프

도로시 타일러*에게

W.C.1, 타비스톡 스퀘어 52
1930년 1월 1일

당신이 그 안에서 진실한 무언가를 발견했다니 기쁩니다

친애하는 타일러 양,

《자기만의 방》이 마음에 든다고 내게 편지를 보내 말해 줘서 정말 감사해요. 이 책은 매우 비과학적인 정신의 산물이었어요. 그럼에도 당신이 여전히 그 안에서 진실한 무언가를 발견했다니 나는 기쁩니다.

그리스 역사에 관한 내 지식은 적어요. 하지만 한

* 미시간, 디트로이트의 독자다.

섬에서 어떤 집단의 여성들에게는 시를 쓰는 게 특정한 기간 습관이었던 듯합니다. 그리고 사포가 유일무이한 작가가 아니라서 많은 다른 여성 시인들의 지지를 받았던 것 같아요. 영국에서는 18세기 말까지 그런 경우가 전혀 없었다고 생각해요. 물론 왜 사포와 다른 여성들에게 글쓰기가 허용됐는지는 내가 주제넘게 말하지 않겠어요. 아마 역사가들이 도와줄 거예요. 고마움을 전합니다.

진심을 담아, 버지니아 울프

도널드 브레이스*에게

W.C.1, 타비스톡 스퀘어 52
1930년 2월 28일

우리는 1만에서 1만 1,000부 정도 판매됐어요

친애하는 브레이스 씨,

편지 정말 감사해요. 당신이 《자기만의 방》의 판매량에 만족한다니 기쁩니다. 이 책은 미국에서보

* 미국의 출판인이자 하코트, 브레이스 앤드 컴퍼니의 공동 설립자다. 도널드 브레이스와 앨프리드 하코트는 편집자 윌 데이비드 하우와 더불어 출판사 하코트, 브레이스 앤드 하우를 설립했고, 하우가 회사를 떠나자 하코트, 브레이스 앤드 컴퍼니로 그 이름을 바꿨다. 버지니아 울프의 책 다수를 미국에서 출간했다.

다 여기 영국에서 훨씬 더 잘 팔렸어요. 우리는 1만에서 1만 1,000부 정도 판매됐어요. 물론 전체적으로는 우리 판매량이 당신의 판매량보다 훨씬 적죠. 하지만 이 책의 주제가 미국인들보다는 우리에게 더 흥미롭다고 생각하기 때문에 나는 놀라지 않아요.

내 글씨체를 용서하길 바랍니다. 지금 감기에 걸려 침대에 누워 있거든요.

진심을 담아, 버지니아 울프

에델 스미스*에게

W.C.1, 타비스톡 스퀘어 52
1930년 3월 15일

사람들은 내가 글을 아름답게 쓴다고 말하죠

(…) 말할 수 있는 그 모든 것들을 어디서부터 시작해야 할까요? 내 어머니? 당신의 조카? 자웅동체 인간? 나는 허영심이 있어서, 아름다움에 관한 주제를 잠시 끄집어내다가 내가 정말 추한 작가라는 데(그게 바로 저예요) 대한 당신의 옹호에 황홀경에 빠질 거예

* 70대에도 열정적이었던 여성 작곡가 에델 스미스는 1930년 초부터 버지니아의 삶에 들어와 버지니아의 주요한 편지 상대가 된다.

요. 다만 나는 마치 숨을 헐떡이는 고래처럼 수면 위로 올라오는 정직한 작가죠. 그게 내게는 문구를 발견하는 노력과 고뇌인데 (그게 내가 말하려는 뜻이에요) 사람들은 내가 글을 아름답게 쓴다고 말해요! 나는 언제나 아직 말해지지 않았고 처음으로 정확하게 말해져야만 하는 무언가를 말하려 하고 있는데 어떻게 아름답게 쓸 수 있을까요? 그래서 나는 아름다움을 포기하고 아름다움은 다음 세대에게 유산으로 남겨 줍니다. 내 역할은 아마도 그들이 거래할 저장물을 늘려 주는 것인가 봐요. (…)

친애하는 버지니아

비타 색빌웨스트에게

콘월, 론서스턴, 킹스 암스 호텔
1930년 5월 8일 목요일

우리 출판사 판매량이 꾸준히 줄었어요

(…) 천년의 역사가 있는 영국의 고대 유물을 상상해 본 적 있나요? 우리가 머무는 모든 여관이 아서 왕이나 앨프리드 왕 시대부터 여관이었던 곳이에요. 여기 우리는 벨이 울리지 않고 온수는 차갑지만, 커피 마시는 방은 여전히 18세기의 위대한 공기로 차 있는 세계에 내려와 있어요. 이 방에서 우리는 거대한 난로 앞에 앉아 있고, 목사와 여행자들은 비스킷을

먹고 있죠. 우리 출판사 판매량이 꾸준히 줄었어요. 서적상들이 종종 몹시 무례하게 굴어서 레너드가 거의 화를 낼 뻔하죠. 그들은 모두 서적 협회에 맹렬하게 반대하면서 협회가 자신들을 망치고 있다고 말해요. 우리가 에드워드 시대 작품들이 다음 달 책이라고 말해도 그들은 들으려고도 안 해요. 그건 모두 대실패이고 편애라는 거예요. 콘월에서는 책방들이 전적으로 콘월 소설들을 판매해서 살아간다는 게 참 이상해요. 어제 한 작은 책방이 가스틴이라는 (내게는) 알려지지 않은 사람의 책을 2,000부 팔았대요. 우리는 펜잰스에서부터 황무지를 가로질러 순수하고 푸른 바다를 배경으로 불타오르는 가시금작화로 뒤덮인 젠노를 지나 세인트 아이브스까지 최고의 드라이브를 했어요. 세인트 아이브스에서 나는 눈물을 흘리며 나의 등대와 내 집의 정문을 봤어요.* 내 어머니가 어떻게 내 나이에 또는 그다음 해에 돌아가셨는지 생각하면서요. 또 우리는 가끔 고대의 십자가가 있고 완전히 고독한 보드민 황야를 가로질러 달렸죠. (…)

V.

* 세인트 아이브스 만의 가드레비 등대. 《등대로》에 나오는 등대의 모델이다.

도로시 브렛*에게

서섹스, 로드멜, 몽크스 하우스
1930년 5월 10일

젊은이들이 두뇌를 작동시키길 원했어요

(…) 당신이 《자기만의 방》을 좋아했다니 정말 기쁩니다. 이 책은 젊은 층을 대상으로 한 대중적인 책이었기 때문에 더 많은 내용을 담았어야 했어요. 하지만 나는 젊은이들이 특정한 아이디어들을 삼켜서 그들의 두뇌를 작동시키길 원했어요. 나는 가족생활

* D. H. 로렌스의 제자 중 한 명이다. 로렌스는 뉴멕시코 주의 타오스에 이상적인 공동체를 세우길 희망했고 브렛도 여기에 참여했다.

의 여전한 공포를 폭로하는 편지들을 사방에서 받습니다. 당신의 남자 형제와 비교해서 당신의 교육에 얼마나 많은 돈이 쓰였는지 궁금합니다. 아마 2펜스 반 페니일 겁니다. 하지만 당신은 승리한 것 같습니다. 당신에게는 당신의 원주민들이 있으니까요. 그들이 잡지 《삶과 편지》에 자금을 대고요. (…)

당신의 버지니아 울프

에델 스미스에게

서섹스, 로드멜, 몽크스 하우스
1930년 8월 15일

나는 정말 다양하다니까요

비가 쏟아지는 오후에 나는 마치 한 마리 까치에게 바치는 제물처럼 몇 가지 단편적인 논평들을 적어 봅니다. (…)

(2) 심리학자로서 나는 둔감하다기보다는 근시안이에요. 나는 세부 사항이 아니라 그 둘레와 윤곽이 보여요. 당신과 바네사는 내가 마룻바닥 위의 파리를 보지 않기 때문에 지독하게 멍청하다고 말해

요. 하지만 나는 벽들과 그림들, 그리고 몽크스 하우스 정원의 배나무를 배경으로 비너스 상이 보여요. 따라서 그 파리의 위치와 주변 환경은 내가 정확하게 알고 있죠. 당신이 한 마리 파리라고 해 보세요. 나는 당신이 실제로 무엇을 하고 무엇을 말하는가에 관해 잘못 해석할 수 있어요. 하지만 이 세계에서 당신이 서 있는 위치는 내게 알려져 있어서 나는 결코 당신을 전체적으로 시야에서 벗어나게 하지 않아요. 그러니 당신 좋을 대로 미친 듯이 행동하고 말하세요. (첫날 오후 소파에 누운 채) 당신의 영역, 즉 당신의 벽, 조각상, 배나무를 스케치했기 때문에 전면의 어떤 작은 동요도 날 속상하게 하진 않을 거예요. 내가 당신의 둘레를 좋아한다는 걸 당신은 알지요.

(3) 따라서 만약 내가 아프면 나는 비타에게 찾아간 것만큼 당신에게 찾아갈 준비가 돼 있어요. 비록 전혀 다른 이유들 때문이지만요. 4년 전 내가 아파서 침대에서 3개월을 보내야만 했을 때 비타가 나를 롱반에 데려갔어요. 거기서 나는 백조 솜털 안에 누워 회복됐죠. 그래서 평화의 감각이 그녀 주위에 깃들어 있어요. 그게 제 연상의 일부예요. 하지만 나는 조명과 베개, 그리고 모든 사치품을 대체로 미학적으

로 그리고 종종 단지 구경거리로 사랑하면서 직접 그런 소유물들을 가져 본 적은 없으니, 만약 내가 아프면, 당신도 마찬가지로 위안이 돼 줄 거예요. 아니, 위안이 아니라 아마도 지지가 더 나은 단어겠죠. 내가 원하는 건 멀쩡한 정신입니다. 사실에 대한 확고한 감각. 자, 당신이 내게 그걸 주지 않겠어요? 어쨌든 내 감각으로 볼 때 당신은 세상과 충분히 전쟁을 치러 평화의 휴식 기간을 만들지 않았나요?

이 말의 목적은 내 생각에 나는 비타와 에델과 레너드와 바네사 그리고 아, 어떤 다른 사람들도 원할 만큼 충분히 다양하다는 사실을 입증하는 겁니다. 하지만 질투는 아주 나쁜 잘못은 아니에요. 그렇죠? 나는 종종 다른 사람들의 재능을 질투해요. 내가 단지 백조 솜털만 원한다고 생각하는 건 내 정신의 정확한 묘사가 아닙니다.

(4) 그리고 성도착.

그래요, 유감스럽게도 이걸 어리석다고 생각하는 데 나도 동의해요. 하지만 우리가 틀렸다는 의심이 들어요. (…) 나로 말하자면, 내게 아무것도 느끼지 못하는 남자에게 내가 딱 한 번 육체적인 감정을 느꼈다는 사실을 왜 당신에게 말했을까요? 아편에 취해 부정확한 무아지경에 빠진 걸까요? 아닙니다. 만약 그때 내가 그에게 육체적인 감정을 느꼈다면 분명 우리는 결혼했거나 어떤 시도라도 했을 거예요. 하지만 내 감정은 순전히 정신적이고 지성적이고 정서적인 종류였어요. 그리고 내가 다 합해서 두세 번 남자에 대해 육체적으로 느꼈을 때 그는 너무 둔감하고 여우 사냥을 하는 듯 당당하고 따분해서 내가 방향을 돌려 다른 방향으로 질주할 수밖에 없었어요. 나는 정말 다양하다니까요. 아마 이런 것이 클라이브가 언제나 나를 물고기라고 불렀던 이유를 보여 주는 것 같습니다. 그에게는 자신만의 이유가 있긴 했지만요. 비타 역시 나를 물고기라고 불러요. 그럴 때 (나는 그들의 손을 잡은 채 남성의 몸 또는 여성의 몸과 접촉하면서 절묘한 쾌락을 느끼는 동안 종종 생각해요) "하지만 내가 당신에게 원하는 건 환상, 즉 세상을 춤추게 만드는 거예요."라고 대답하죠. 더욱이, 끊임없이 자극받지 않는다면 나는 통일성과 일관성에 대한 나의 감각을, 그리고 나로 하여금 《등대로》 같은 작품들을 쓰고 싶게 만드는 모든 걸 얻을 수 없어요. 책을 들고 정원에 앉아 있거나 사실들을 수집해도 소용이 없죠. 이런 부채질과 드럼 연주가 있어야만 해요. 물론 나는 이걸 레너드로부터 엄청나게 얻습니다. 하지만 다른 방식으로죠. 주님, 나는 얼마나 많은 것들을 원하는지요. 나는 얼마나 많은 다른 꽃들을 방문하는지요. 그래서 나는 차와 저녁 식사 사이에 종종 런던에 뛰어들어요. 내 불꽃을 되살리면서 도시에서, 어떤 초라한 빈민가에서 걷고 또 걸어요. 거기서 나는 술집 문간에서 몰래 들여다봐요. 사람들이 실수하는 부분은 이 엄청나게 복합적이고 넓게 펼쳐진 열정들을 끊임없이 좁히고 이름 붙이는 것, 즉 그들에게 말뚝을 박고 그들을 장막들 사이로 몰아넣는 거예요. 하지만 당신은 '성도착'을 어떻게 정의하나요? 우정과 성도착 사이의 경계는 뭘까요?
(…)

V.

에델 스미스에게

서섹스, 로드멜, 몽크스 하우스
1930년 8월 19일 화요일

오직 여성들만 내 상상력을 불러일으켜요

(1) "나는 누구도 정말 많이 좋아하는 것 같지 않아."

나는 한밤중에 깨어나서 말하죠. "하지만 나는 여성들에게 가장 열정적이야. 나의 애정을 빼앗아 간다면 나는 물 밖의 해초와 같을 거야. 게의 껍데기, 겉껍질 같겠지. 내 모든 내장, 빛, 골수, 과즙과 과육은 사라져 버릴 거야. 첫 번째 웅덩이에 빠져 익사하겠지. 내 친구들에 대한 나의 사랑, 그리고 인간 삶의 중요성과 사랑스러움과 호기심을 향한 나의 열렬하고 열성적인 감각을 빼앗아 간다면 나는 단지 무채색의 생명 없는 세포막, 섬유질이 돼 어떤 다른 배설물처럼 버려질 거야. 그럼 내가 에델에게 '나는 누구도 정말 많이 좋아하는 것 같지 않아요.'라고 한 건 무슨 뜻이었을까?"

(2) 나는 오직 여자들에게만 과시하고 싶은 게 사실이에요. 오직 여성들만 내 상상력을 불러일으켜요. 그 점에서 나는 당신 말에 동의해요.

(3) (…) 이제 본론으로 들어가죠. 그래서 내가 언젠가 당신의 편지들을 읽어 봐도 될까요? 당신의 일기도요. 정말 많은 걸 담아내야 한다는 점을 잊지 마세요. 그리고 고백하건대, 당신이 이런 기본적인 사실을 잊어버릴 위험에 처한 것 같지는 않은데요, 마치 박람회장의 금이 간 거울처럼 내가 얼마나 정신 나간 작품인지도 기억하세요. 그렇지만 나는 이 글을 쓰면서, 내가 어떤 구절의 유혹에 저항할 수 없을 만큼 이끌려서 평소처럼 연애를 하고 있다는 생각이 들었어요. 그리고 사실 버지니아는 매우 단순하고, 매우 단순하고, 매우 단순하니까 마치 어린아이처럼 그녀에게 가지고 놀 만한 것들을 주기만 하면 된

다는 생각이 드네요. (…)

당신의 V.

에델 스미스에게

서섹스, 로드멜, 몽크스 하우스
1930년 8월 28일 목요일

내 어려움은 플롯이 아니라 리듬에 따라 글을 쓴다는 점이에요

이제 애정에 관해 얘기해 보죠. 내가 일어나 앉아서(잠을 자고 있었거든요) 당신의 질문들에 답변하는 편지를 쓰고 있는 것보다 무엇이 더 큰 증거일 수 있나요.

(…) 사려 깊어서 하지 못 한 《파도》에 관한 특별한 질문은 무엇이었나요? (…) 내 어려움은 플롯이 아니라 리듬에 따라 글을 쓰고 있다는 점이라고 생각해요. 이 말이 어떤 의미든 전달해 주나요? 그렇게

내게는 리드미컬한 게 서사적인 것보다 더 자연스럽지만 이건 소설의 전통에 완전히 반대되고 나는 항상 독자에게 던져 줄 어떤 밧줄을 찾아내려 애쓰고 있죠. 이게 대략적인 준비 상태예요. 하지만 고의적으로 부정확한 건 아녜요. (…)

윌슨 부인*에게

서섹스, 로드멜, 몽크스 하우스
1930년 9월 12일

당신의 방을 독서하는 곳으로 사용하고 있다니 기뻐요

친애하는 윌슨 부인,

당신의 편지에 답장하고 편지에 대해 당신에게 감사하며 흰색 철쭉꽃에 대해서도 감사를 표하는 일이 늦어진 점 용서해 주길 부탁드려요. 당신의 편지는 내게 큰 기쁨을 줬어요. 그 흰 철쭉은 틀림없이 역경 속에서 채집됐을 거예요. 그걸 꽃병에 꽂자마자 기

* 《자기만의 방》의 팬인 독자다.

절해 쓰러져서는 어제까지 침대에 누워 있었죠. 하지만 지금은 회복됐고, 어쩌면 죽었을지도 모른다는 생각에 그래도 다행이라고 생각하려고요.

당신에게 새로운 방이 생겼고 내가 그 많은 불편함의 원인이라는 사실이 기쁩니다. 글을 쓰지 않겠다는 여성이 한 명 있다는 소식을 들으니 무척 고무적이네요. 내 작은 책을 출간한 이후 나는 작가들의 수가 독자들의 수보다 더 많아질까 봐 걱정해 왔거든요. 하지만 이제 나는 당신이 당신의 방을 독서하는 곳으로 사용하고 있다는 걸 큰 기쁨으로 생각할 겁니다. 그리고 당신의 멀리 떨어져 있는 후원자들 중 한 명으로 나도 포함되길 희망합니다.

진심을 담아, 버지니아 울프

에델 스미스에게

서섹스, 로드멜, 몽크스 하우스
1931년 7월 19일 일요일

레너드가 《파도》를 마음에 들어 해요

자, 에델, 레너드가 그걸 읽었어요. 《파도》 말예요. 그리고 마음에 들어 해요. 그래서 나는 약혼반지를 받은 소녀처럼 정말 안심이 돼요. 그가 첫 100페이지를 견뎌 낼 사람은 아주 드물 거라고 생각하는 게 사실이에요. 그래서 이제 나는 그의 힌트에 따라 약간 단순화시키고 명료화시킬 수 없을지 고민해 봐야만 해요. 그런데 그는 내가 할 수 있을지 의심해요. 어쨌든 이제 끝났어요. 그러니 내가 말한 대로, 나는 순전히 무책임한 안도감으로 송어만큼 가볍고 이제 물에 스위트피를 넣으며 한 시간 내내 보낼 수도 있고 무기력과 불신 그리고 나른한 탐욕 상태에서 서둘러 내 쉼표와 세미-콜론으로 향할 필요도 없다고 느껴요. 만약 당신이 좋다면, 여기 자기중심주의의 섬뜩한 비명이 있어요. (…)

존 리먼*에게

서섹스, 로드멜, 몽크스 하우스
1931년 9월 17일

캐릭터들이 여러 명이면서 오직 한 명이어야만 해요

친애하는 존,

당신 편지에 정말 감사해요. 그 편지가 어제 하루 종일 나를 행복하게 만들었어요. 나는 《파도》가 실패작이라고 굳게 확신했었어요. 그 책이 아무에게도 아무것도 전달해 주지 않을 거라는 의미에서요.

* 영국의 출판인이자 시인이자 문필가. 존 리먼은 1938년에서 1946년 사이에 레너드와 버지니아와 함께 호가스 출판사 운영에 참여했다.

그런데 지금 당신은 매우 통찰력 있고, 내가 가능하다고 생각했던 것보다 내 취지를 이해하는 데 있어 훨씬 더 멀리, 더 깊이 나아갔기에 굉장히 안도가 됩니다.

그런 독자가 많을 거라고 기대하지는 않아요. 그래서 우리가 7,000부를 인쇄했다는 소식을 듣고는 좀 당황했어요. 왜냐하면 3,000부가 모든 식욕을 채워 줄 것이고 나머지 4,000부는 마치 부패해 가는 시신들처럼 작업실에서 영원히 내 주위에 앉아 있을 거라고 확신하기 때문이에요(테이블은 시신들이 아니라 당신을 위해 치워 놓았지만요). 이 소설이 너무 어렵다는 데 동의합니다. 그걸 완화하기 위해 내가 두려움을 가득 안고 이 작품만큼이나 열심히 작업한 책이 없긴 하지만요. 그래도 역시 그건 어려운 시도였다고 생각해요. 나는 모든 세부 사항을 제거하고 싶었어요. 모든 사실, 그리고 분석, 그리고 나 자신을요. 하지만 형식적이지 않고 수사적이며, 단조롭지 않고(나는 단조롭죠), 산문의 민첩성을 유지하지만 한두 번 불꽃이 튀게 하고, 시적인 산문이 아니라 순종의 산문을 쓰며, 캐릭터의 요소들을 유지하고 싶었어요. 그리고 캐릭터들이 여러 명이면서 오직 한 명이어야만 하고 그 배경이 무한성이길 원했죠. 이런, 내가 욕심이 너무 많았다는 걸 인정합니다.

시인들이 말하듯이, 하지만 충분합니다. 만약 내가 50년을 더 산다면 이 방법을 활용해 볼 것 같아요. 하지만 50년 안에 나는 연못 아래에 있고 금붕어들이 내 위로 헤엄치고 있을 테니 나는 이런 원대한 야망이 약간 어리석고 출판사를 망칠 거라고 감히 생각합니다. (…)

당신의 버지니아 울프

G. L. 디킨슨에게

W.C.1, 타비스톡 스퀘어 52
1931년 10월 27일

나 자신을 모아 한 명의 버지니아로 만드는 일이 점점 더 어려워요

나의 친애하는 골디,

내게 편지해 주시다니 정말 친절하십니다. 당신의 편지가 날 얼마나 기쁘게 해 주었는지 이루 말할 수 없어요. 당신이 《파도》에 대해 느꼈다고 말한 게 정확히 내가 전달하고 싶었던 거예요. 많은 사람들이 이 소설이 절망적으로 슬프다고 해요. 하지만 나는 그걸 의도하지 않았어요. 단지 나 자신의 만족을 위해 나는 어떻게든 세상만사에 대한 어떤 이치를 이해하길 원했어요. 물론 이건 내가 가진 권리보다 더 확실하게 표현한 거예요. 왜냐하면 내가 생각한 이치라고 해 봐야 런던을 돌아다닐 때 내게 떠올라서는, 내 작은 인물들을 그 안에 맞추려고 노력하는 일반적인 개념에 불과하기 때문입니다. 하지만 내 의도는 막연하게나마 우리가 별개의 사람들이 아니라 동일한 사람이라는 것이었어요. 그 여섯 인물이 한 사람으로 여겨졌죠. 나는 늙고 있어요. 내년에 쉰 살이 됩니다. 그리고 나 자신을 모아 한 명의 버지니아로 만드는 일이 점점 더 매우 어렵다고 느끼게 됩니다. 당장 그 몸을 위해 살고 있는 그 특별한 버지니아조차 온갖 종류의 분리된 감정들에 지독히 영향받기 쉽죠. 그래서 나는 연속성의 감각을 부여하길 원했어요. 그런데 그 대신 많은 사람이 "아니, 당신은 흘러감과 사라짐의 감각을, 그리고 아무것도 중요하지 않다는 감각을 부여했다."라고 말합니다. 하지만 나는 모든 게 엄청나게 중요하다고 느껴요. 그 의미가 무엇인지는 나도 짐작할 수 없지만 의미가 있다는 사실은 내가 강력하게 느낍니다. 아마 나로서는 내 한계로 인해(추론 능력의 부족 등등을 뜻해요), 내가 할 수 있는 전부는 어떤 예술적인 완전체를 만드는 것, 그리고 그 정도에서 그치는 것 같아요. 하지만 내가 단지 단어들과 단어들을 한데 묶는 기술자에 불과하다는 말을 들으면 짜증이 납니다. (…)

변함없는 진심을 담아, 버지니아 울프

휴 월폴*에게

서섹스, 로드멜, 몽크스 하우스
1931년 11월 8일 일요일

우리 이걸 토론해야겠어요

나의 친애하는 휴,

(…) 글쎄요, 비현실성과 《파도》에 대해 정말 많이 흥미가 생깁니다. 우리 이걸 토론해야겠어요. 내 말은, 왜 당신이 《파도》가 비현실적이라고 생각하는지, 그리고 왜 내가 당신의 소설 《주디스 파리Judith

* 영국의 소설가로, 대중적으로 인기가 있었다. 1928년 버지니아가 《등대로》로 페미나 비 외뢰즈 상을 수상할 당시 시상자였다.

Paris》에 대해 '이 인물들은 내게는 현실적이지 않다'며 바로 그 용어를 사용했는지 말입니다. 당신은 믿지 않겠지만, 내가 존경하고 부러워하는 모든 종류의 특성을 지닌다고 생각해요. 물론 비현실성은 책에서 색채를 빼앗아 갑니다. 동시에 그게 우리 중 어느 쪽에도 최종 판단인지는 모르겠어요. 당신도 어떤 사람들에게는 현실적입니다. 나도 다른 사람들에게는 현실적이고요. (···) 그래요, 정말 놀랍게도, 《파도》가 내 어떤 소설보다도 더 잘 팔리고 있어서 저는 기쁩니다. 그리고 E. M. 포스터는 《파도》가 내 어떤 소설보다 더 그에게 감동을 준다고 말해서 더욱더 기쁘고요. 그 외에는, 좋다는 의견이든 나쁘다는 의견이든 점점 더 쓸데없고 얼토당토않은 것 같아요. (···)

진심을 담아, V.W.

조지 라이랜즈에게

서섹스, 로드멜, 몽크스 하우스
1931년 11월 22일

그래서 나는 내 다음번 낙타의 등에 오릅니다

(…) 내가 당신의 편지에 그토록 감사하는 이유는 단지 그 찬사의 지성과 분별력 때문만이 아니라 (내겐 허영심이 있거든요) 내가 후속 작품들에 관한 아이디어로 가득 차 있고, 그 모두가 《파도》로부터 발전한 것이기 때문입니다. 지금 만약 《파도》가 당신에게 마치 버지니아가 발톱으로 공중그네에 매달려 있는 듯이 황량하고 냉랭한 실험으로 보였다면, 나는 '왜

계속해야 하지?'라고 느껴야만 했을 거예요. 그리고 《댈러웨이 부인》과 《등대로》 같이 멀리까지 되돌아갈 수도 없기 때문에 나는 어색한 난관에 도달한 나머지 영원한 침묵의 서약을 해야만 했을 거예요. 이게 당신의 격려가 사막에서의 샴페인 한 모금, 그리고 사막을 건너는 대상인大商人의 종이 울리고 개들이 짖는 이유입니다. 그래서 나는 내 다음번 낙타의 등에 오릅니다. 몇 달 뒤에는 그럴 거예요. 아직 당분간은 이런 끔찍한 모험을 또 시작할 셈은 아닙니다.

(…) 내가 당신에게 보낸 《파도》 한 부는 마지막 남은 초판본이었어요. 이거 자랑하는 겁니다. 존이 가질 뻔한 걸 내가 낚아챘죠. 그러니 만약 당신이 그 책을 갈색 포장지에 싸서 10년 정도 매우 주의해서 간직한다면 열 배 넘는 가치가 나가게 될 거예요. 이건 책 수집가로서 당신에게 주는 조언입니다.

V.

3부

평화

1932~1941년

이 시기 유럽 대륙은 나치즘과 파시즘의 발흥으로 정치적으로 혼란한 상태였다. 나치가 독일과 오스트리아에서 문제를 일으키자 버지니아와 유대인인 레너드도 불안해졌다. 1934년에 버지니아에겐 친구였고 바네사에겐 연인이었던 예술비평가 로저 프라이가 세상을 떠나 자매는 크게 상심했다. 버지니아는 프라이의 배우자와 여동생으로부터 그의 전기를 써 달라는 의뢰를 받고 마지못해 수락했다. 이 로저 프라이 전기 작업은 소설《세월》의 집필과 함께 오랜 기간을 끌면서 버지니아에게 큰 부담이 됐다.

마침내 1937년에 출간된 버지니아의 소설《세월》은 빅토리아 시대 말기부터 1933년 '지금, 여기'의 현재에 이르기까지 50년에 걸친 한 가족의 역사를 추적하면서 이 기간 사회 조건의 변화가 가족 구성원들에게 끼친 영향을 이야기한다. 계급 구조와 제국주의, 가부장제는 쇠퇴하고 페미니즘과 여성 참정권 운동이 활성화하며, 민족주의가 확산하는 한편 파시즘과 또 다른 전쟁의 위협이 도사리고 있는 영국의 상황이 '파지터' 일가의 가족사를 통해 서술된다. 버지니아는 긴 세월 동안 영국 사회가 겪은 역사적 사건들을 다루면서도 각 장은 특정한 해의 어느 하루를 묘사하는 방식을 취하고 인물들의 작고 세부적인 일상생활에 초점을 맞춤으로써 개인의 섬세한 일상으로 경험되는 역사를 보여 주고자 한다.

히틀러와 무솔리니, 프랑코의 행보로 인해 레너드의 정치적 활동이 늘어났다. 버지니아도 파시즘에 투쟁하는 작가 위원회에 잠시 참여했다가 글쓰기로 돌아와, 전쟁에 저항하는 강력한 페미니스트 선언문인 《3기니》를 쓰기 시작했다. 버지니아가 반전 팸플릿이라고 부르는 산문 《3기니》는 1938년에 출간됐다. 남성 법조인에게 보내는 한 통의 긴 편지 형식으로 '어떻게 하면 전쟁을 막을 수 있겠습니까?'라는 질문에 답하는 이 작품은 전체주의와 가부장제 사이의 뗄 수 없는 관련성을 간파하고 파시즘의 기원이 가부장제적인 가족 안에 있다고 지적한다.

버지니아는 전체주의와 전쟁의 위협은 가부장제에서 기원한다고 진단하면서 고학력 남성의 아들들이 비싼 비용으로 엘리트 교육을 받는 동안 '고학력 남성들의 딸들과 누이들'은 교육과 전문직, 정치 참여에서 배제되어 온 현실을 통렬히 비판한다. 나아가 여성들이 고등 교육을 받고 전문직에 종사하더라도 부패에 물들지 않고 국가주의를 넘어 약소민족을 포함한 전 세계의 평화와 자유를 염원하는 '아웃사이더 공동체'를 형성하자고 제안한다. 버지니아는 방대한 문헌과 통계 자료를 조사해 작품 뒷부분에 주석으로 실어 사실적 근거를 토대로 성적 불평등과 전쟁에 맞서고자 했다. 따라서 《3기니》는 《자기만의 방》과 함께 버지니아의 페미니즘적인 목소리가 가장 직설적으로 드러난 산문이다.

아들 줄리언 벨이 프랑코에 저항하는 스페인 내전에 참전했다가 스물아홉의 나이로 전사하자 바네사는 크게 상심했고 버지니아는 언니를 위로하려 애썼다. 이 시기 히틀러에 대한 뉴스는 버지니아에게 매우 중요했다. 1938년 10월 버지니아의 편지에는 뮌헨 협정 전후로 히틀러가 당장 런던을 폭격할 계획이고 전쟁이 불가피하다는 소문으로 인해 불안에 휩싸인 영국의 분위기가 잘 묘사된다. 결국 1939년 9월에 2차 세계 대전이 발발했다. 울프 부부는 어쩔 수 없이 이사해야만 했고 블룸즈버리에 있는 메클런버그 스퀘어를 또 다른 집으로 택했지만 안전을 위해 시골에 머물렀다. 1940년에 로저 프라이의 전기가 드디어 완성됐다. 버지니아는 한 사람의 삶이 객관적 사실들의 나열일 수 없다고 생각하며 새로운 형식의 전기를 시도했다.

버지니아가 1940년 4월 6일 마거릿 데이비스에게 보낸 편지에는 여성 협회의 한 회원으로부터 마을 주민들이 상연할 연극을 써 달라는 요청을 받았다는 내용이 담겨 있다. 그녀가 실제로 로드멜 마을을 위한 희곡을 쓰지는 않았지만 그녀의 마지막 소설인 《막간》에서 여성 연극연출가 라 트롭이 마을 야외극을 창작하고 연출한다. 버지니아는 《막간》을 '포인츠 홀Poyntz Hall'이라는 제목으로 1938년 4월부터 집필하기 시작해서 1940년 11월 중순 초고를 완성했다. 하지만 그녀는 아직 최종 수정을 하지 않아 출간을 연기해 달라고 요청한 상태였고 마침내 《막간》은 1941년 그녀가 세상을 떠난 직후에 출간됐다. 버지니아는 프라이의 전기를 완성해야 하는 힘든 작업에 대한 기분전환으로 《막간》을 집필했고, 여기에는 여성 연출가와 마을 평민들의 참여로 공연되는 야외극과 이를 감상하는 신사 계급의 반응, 그리고 다양한 인간관계의 얽힘이 담겨 있다.

2차 세계 대전 발발 직전인 1939년 6월 어느 날 영국 시골 저택 포인츠 홀 정원에서 상연한 이 야외극은 선사 시대부터 1939년 현재에 이르는 영국 역

몽크스 하우스에서 버지니아 울프

사를 시대별로 새롭게 재현한다. 《막간》에는 버지니아가 히틀러의 영국 영토 침략에 관한 소식을 얻을 수 있었던 신문, 전화, 라디오 같은 통신 미디어에 대한 그녀의 관심, 그리고 파시즘과 나치즘을 경계하는 민주주의적 공동체, 흩어지면서도 통합하는 새로운 공동체에 대한 그녀의 염원이 드러난다.

버지니아는 에델에게 보낸 편지에 히틀러가 자신을 멈추지만 않는다면 앞으로 10년은 더 쓸 만한 아이디어들을 지니고 있다고 적었다. 하지만 언제 적기가 나타나 폭탄을 떨어뜨릴지 모르는 공습에 대한 두려움에 신경이 쇠약해진 그녀는 '청중이 다 사라져 버리고 텅 빈 진공 속에서 글을 쓰는 느낌이 든다'고 토로했다. 공습으로 파괴된 런던의 모습은 버지니아의 마음을 아프게 했다. 그녀의 집도 폭격당해 거주할 수 없게 됐다. 그런데도 서섹스의 우즈 강이 폭격을 맞아 들판이 일시적으로 바다가 돼 버리자 그녀는 거기서 헤엄치는 걸 즐겼다고 감각적으로 묘사한다.

1941년 1월 버지니아는 쉰아홉이 됐다. 다시 환청을 듣기 시작했고 이번에는 회복할 수 없다고 확신했다. 레너드에게 부담 주는 걸 견딜 수 없었던 그녀는 바네사와 레너드에게 마지막 편지인 유서를 남겼다. 그러고는 3월 28일 코트 주머니에 돌을 가득 채운 채 스스로 우즈 강에 걸어 들어갔다. 그녀의 시신은 4월 18일에야 하류로 좀 내려간 곳에서 어린아이들에 의해 발견됐다. 레너드는 버지니아를 화장해 그 유해를 몽크스 하우스의 느릅나무 아래에 묻었다. 그녀의 묘비명에는 '정복당하지 않고, 굴복하지 않으며, 너를 향해 내 몸을 던지리라, 아 죽음이여!'라는 《파도》의 마지막 구절이 쓰여 있다.

에델 스미스에게

서섹스, 로드멜, 몽크스 하우스
1934년 3월 29일 목요일

그때 문득 이게 끝이라는 생각이 들었어요

(…) 내 삶에서 가장 유쾌하지 못 한 6주를 겪었고 내가 오늘에야 무척 행복하고 자유롭다는 걸 당신은 아나요?

물론 모르겠죠. 이런 일이 벌어졌어요. 이렇게 얘기하자니 조금 우스꽝스럽게 들리네요.

요리사 넬리 박솔, 우리가 18년 동안 고용해 온 이 요리사가 지난 12개월 정도 내 속을 태워 왔답니다.[*] 그래서 나는 우리가 헤어져야만 한다고 점차 확신하게 됐어요. 넬리가 신장 제거 수술을 받았고 의사가 내게 그녀를 다시 받아 달라고 호소해서 잘못인 걸 알면서도 내가 그렇게 했던 거 기억해요? 그런데 그녀는 자신의 옛 성미와 우울감으로 다시 빠져들었고 나는 어떻게 해야 할지 결정을 내리지 못 했어요. 때때로 그녀는 천사 같고 존경할 만한 요리사였죠. 그러다 6주 전, 내가 아팠을 때, 전기 오븐에 대해 심각한 의견 대립이 있었어요. 넬리가 사용하지 않겠다는 거예요. 그때 문득 이게 끝이라는 생각이 들었어요. 만약 그녀를 더 있게 한다면, 그녀는 우리에게 더욱 정들다가 결국 시들고 쇠락할 거예요. 하지만 해고 통지를 받은 그녀와의 한 달을 마주할 수는 없었어요. 그래서 나는 하나의 계획을 세웠고, 6주간 이걸 지켰습니다. 내가 그것 때문에 거의 죽을 뻔할 때까지 말이죠. 그건 바로 내가 평온하지만 엄격하게 그녀와 거리를 두는 것이었어요. 그러자 넬리는 거듭 나를 무너뜨리려 했죠. 그녀는 회유하고

* 넬리 박솔은 가정부로서 버지니아를 위해 일했던 것으로 유명하다. 로저 프라이가 버지니아에게 입주 하인으로 넬리와 로티 두 사람을 소개했다. 버지니아가 넬리와의 관계에서 겪은 어려움은 그녀의 편지와 일기에 흥미롭게 잘 기록돼 있다.

사과했으며, 벌어지고 있는 일을 반쯤 의심하면서 완전히 확신하지 못 했어요. 우리는 온 집 안을 장식했어요. 바닥을 들어 올리고 책들을 내리고 방마다 엉망진창에 고심했고 그녀는 단 한마디도 내뱉지 않기로 결심한 듯 굴었죠. 내가 그녀를 거실로 불러서 더 이상 이런 긴장을 견디지 못 하겠으니 그녀가 나가야만 한다고 분명하게 얘기한 이번 화요일까지 우리는 계속 그렇게 지냈어요. 그래서 화요일 내내 그리고 어제 우리는 욕설과 사과, 히스테리와 호소, 그리고 미친 듯한 협박이 몰아치는 가운데 지냈어요. 넬리는 나가길 완전히 거부했고, 내 통지서와 큰 액수의 수표를 거절하며 내 주머니에 다시 쑤셔 넣고는 나를 따라다녔어요. 급기야 나는 어제 아침 찬 바람 속에 옥스퍼드 스트리트를 걸어 다니면서 보내야 했죠. 내 서재는 또다시 건축업자의 손에 맡겨진 채로요.

우리는 두 시 반에 출발하기로 했고 마침내 마지막 전투, 마지막 호소, 그리고 욕설과 눈물이 찾아왔어요. 그녀가 레너드와 악수하기를 거절해서 우리는 싱크대에서 젖은 천을 움켜쥐고 우리를 바라보는 그녀를 놔둔 채 자리를 떠 버렸어요. 그녀는 여전히 나가지 않겠다고 말해요. 나는 그녀가 "싫어요, 싫어요, 싫어요, 나는 당신들을 떠나지 않을 거예요."라고 크게 고함치는 걸 들었고, 거기에 나는 하지만 당신은 나가야만 한다고 말했어요. 그런 뒤 우리는 문을 쾅 닫았죠.

왜 이 장면, 한 불쌍한 단순 노무자와의 너무 길게 끈 이 싸움이 나와 같은 부류의 사람과의 어떤 사랑이나 분노보다 더욱 나를 의기소침하게 만들까요? 몇 주 내내 어떻게 그녀를 해고해야만 할지 생각하면서 너무 부담감을 느낀 나머지 때로는 의자에 거의 앉아 있을 수도 없었어요. 솔직히, 책 한 권 진지하게 읽기 시작하지 못 했어요. 일단 그 순간이 찾아오자, 내 두려움은 사라졌고 욕설과 눈물도 신경 쓰이지 않았어요. 사실 나는 그녀의 가엾고 혼란스러우며 겁먹었지만 순전히 이기적인 마음을 매우 깊이 들여다보았기 때문에 1,000배는 마음이 놓였어요. 그래서 이제 다 끝났고, 그 앓던 이를 영원히 뽑아 버렸죠! 이게 무척 어처구니없게 읽힐 거라 여겨지지만 어떻게 그녀가 몇 해 내내 매달려 왔는지, 그리고 그녀의 미덕들과 영원히 머물려는 그녀의 철저한 결심을 고려하면서 노력하는 게 얼마나 어려웠는지 당신은 모를 거예요. 그럼 이게 내 무정한 침묵의 일부에 대한 변명이 될 수 있겠네요. 우리 가정에 공포가 한창일 때, 참을 수 없이 지저분했어요. 컵마다 먼지 맛이 났으니까요. 나는 열흘 동안 오후마다 책들의 먼지를 털고 다시 꽂아 놓으며 보내야만 했고 매시간 넬리는 "차 한잔 만들어 드릴게요. 너무 피곤해 보이세요."라며 환심을 사려고 끔찍하게 다가왔죠. (…) 아, 넬리가 없으니 이번 여름은 얼마나 멋질까요! 나는 그저 일상을 누리고 자유로울 거예요. 동물원에서 저녁을 먹을 거고요. 결코 어떤 미련도 없을 거예요. 아, 오늘 아침 얼마나 시원하고 조용한지 느낍니다. 우리는 한 쌍의 비둘기처럼 빙그레 웃으며 수다를 떱니다. (…)

V.

줄리언 벨*에게

서섹스, 로드멜, 몽크스 하우스
1936년 5월 21일

나는
정말 속물이야!

(…) 지금은 별로 런던에 뛰어들고 싶지 않아. 내 바람은 콘월의 제노 위쪽 황야에 호젓한 농장을 얻는 거야. 거기가 어떤지 넌 상상도 못 해. 우리는 아널드 포스터 부부와 머물렀어. 그들은 매우 칭찬받을 만한 공익적인 정신을 지닌 부부지. 우리 블룸즈버리 그룹의 매력이나 흥미진진함은 거의 없고 정말 딱딱

* 바네사의 첫째 아들이자 버지니아의 조카다.

한 침대에서 자고 초라한 식사를 하면서 육체를 무시해. 하지만 항상 지역 위원회들로부터 오는 전화를 받고, 항상 연설하고 법을 집행하고 가난한 사람들을 돕고, 머나먼 산골에서 평화에 대해 강연하며 알려지지 않고 어려움을 겪는 아주 사소하고 누추한 지식인들에게 좋은 차들을 대접하지. 나는 정말 속물이야! 사실 나는 블룸즈버리 그룹을 훨씬 더 좋아하지만 다른 종류의 사람들도 얼마나 가치 있고 필요한지 안 볼 수 없어. 세상이 그런 세상이니까. (…)

나는 왜 네가 소설을 쓰는 것에 대해 걱정하는지 모르겠어. 그건 길고 점진적이고 냉정한 일이야. 내가 소망하는 건 네가 반은 시이고, 반은 희곡이고, 반은 소설인 어떤 매체를 발명하는 거야. (나도 반이 셋이나 되는 거 알아. 글쎄, 네가 내 계산을 고쳐 줘야 해.) 이제는 매체들을 함께 혼합해야만 한다고 생각해. 옛것은 너무 경직됐어. 옛 형식을 깨뜨리고 새로운 형식을 만들어 내는 뛰어난 기술이 있어야만 해. 머릿속의 불덩어리는 말할 것도 없고. 그렇지 않으면 새로운 형식은 단지 걸치레일 뿐이야. (…)

사랑하는 V

에델 스미스에게

W.C.1, 타비스톡 스퀘어 52
1936년 6월 25일

심하게 질투가 나요

(…) 콜레트*의 빼어난 솜씨와 통찰력, 그리고 아름다움에 어안이 벙벙할 정도예요. 그녀는 어떻게 그렇게 하죠? 영국을 통틀어 아무도 그렇게 할 수 없었어요. 만약 사본이 나온다면 그걸 갖고 싶어요. 다시 읽어 보고 그게 어떻게 이뤄졌는지 알아보거나 추측

* 프랑스 소설가 시도니-가브리엘 콜레트. 두 여성 작가는 서로의 친구들을 통해서 메시지를 주고받았다.

해 보려고요. 그런데 생각해 보니, 내가 그녀의 책들을 거의 알지 못하네요! 모두 소설인가요? 그녀를 그토록 차분하게 상승시키다가 타오르는 불빛과 함께 그녀가 말하고 있는 것으로 점차 하강시키는 건 그 위대한 프랑스의 전통일까요? 나는 심하게 질투가 나요. (그래도 방금 내 첫 번째 교정 작업을 마쳤어요. 내 머릿속이 거의 그 둘레가 시뻘겋게 달아오른 신경들로 장식된 삶은 푸딩 같다는 걸 고려하면, 이건 여성으로서 내 공로죠. 비록 그 책이 책으로서 형편없긴 하지만요.) (…)

V.

줄리언 벨에게

W.C.1, 타비스톡 스퀘어 52
1936년 11월 14일

정치가 여전히 빠르고 맹렬하게 휘몰아치고 있어

(…) 나는 스펜더와 폴머 같은 젊은 시인들과 만났고 젊은 시인들의 잡지인《레프트 리뷰》를 구독하도록 설득됐어. 그런 게 정치가 여전히 빠르고 맹렬하게 휘몰아치고 있다는 걸 보여 주지. 심지어 나도《데일리 워커》에 예술가와 정치에 대한 논설을 써야만 했어. 아널드 헉슬리는 그의 평화 프로파간다를 미친 듯이 전하고 있고, 레너드는 이제 고립 정책만이 유

일한 길이라고 노동당을 설득하려고 해. 버트런드 러셀의 책이 그를 설득했지. 그런데 노동당의 국제부 장관인 윌리엄 길리스를 설득할 실질적인 제안을 하려면 버트런드의 책은 별로 소용이 없어. 하지만 내 편지에서는 이 내용은 빼고 쓸 거야. 지금 모든 문제 중 가장 격렬한 스페인 내전도. 분명 너는 내게서 소문을 듣고 싶을 테니. (…) 그런 게 나를 문학의 현재 상태로 데려오지. 내 경우엔, 내 책을 거의 700에서 420페이지를 잘라냈다는 뜻이야.* 정말 나쁘지만 어쩔 수 없어. 의심스럽긴 하지만 만약 이 책이 출판될 만한 가치가 있다면 레너드의 조언에 따라 출판할 거야. 나는 이 책이 너무 지긋지긋해져서 판단할 수가 없어. 이제 나는 거의 자유롭게 로저의 전기를 시작할 수 있어. 그래서 그 서류들을 정리하려고 해. (…)

오늘 아침, 스페인으로부터 사진 한 묶음을 받았어. 모두 폭탄에 의해 죽임당한, 숨진 어린이들 사진이었어. 참 유쾌한 선물이기도 하지. 개인적으로 우리는 정신을 가다듬고 있어. (…)

버지니아

* 소설 《세월》을 말한다.

스티븐 스펜더*에게

W.C.1, 타비스톡 스퀘어 52
1937년 4월 7일

사회 전체의 모습을 그리고 싶었어요

친애하는 스티븐,

(…) 내가 《세월》에 대해 편지하겠다고 말했죠. 평소처럼 범람하는데, 평소보다 훨씬 더 상충하는 서평들로 인해 너무 성가신 나머지 그 책을 거의 잊

* 영국의 시인이자 비평가. 사회 부정과 계급 투쟁에 대한 주제에 집중했다. 나치즘이 대두할 시기 반파시즘 운동을 벌였고 T. S. 엘리엇 이후 새로운 시단 세력으로 주목받았다. 한때 공산당에 입당하고 스페인 내란에 참가한 뒤 사회주의의 모순을 인정하고 차츰 자유주의자로 변모했다.

고 말았어요. 아, 왜 우리 가운데 단 한 명의 품격 있는 비평가도 없는 걸까요? 하지만 내가 의도했던 건 사회 전체의 모습을 그리는 거였어요. 모든 측면의 인물들을 제공하고 그들을 개인적 삶이 아닌 사회로 향하게 하고 예식들의 효과를 보여 주는 거요. 날짜들과 사실들의 도움으로 한 발가락은 땅 위를 계속 딛고 있으면서 변화하는 일시적인 분위기로 전체를 감싸는 거요. 끝에 가서는 여러 측면을 지닌 하나의 방대한 집단이 되도록 구성한 다음 그 중점을 현재에서 미래로 전환하는 거요. 오래된 구조가 죽음이나 폭력 없이 눈에 띄지 않게 서서히 미래로 변화해 가는 걸 보여 주는 거요. 그렇게 중단은 없고 계속되는 발전, 아마 어떤 패턴의 반복이 있다는 걸, 그리고 물론 우리 연기자들은 그에 관해 모르고 있다는 걸 제시하는 거예요. 미래는 서서히 밝아 오고 있었고요.

물론 난 완전히 실패했어요. 일부는 질병 때문에요. 출판사를 위해 제때 수정하지 못한 한 부분 전체를 빼 버려야만 했어요. 일부는 순전히 무능함 때문이죠. 주제가 너무 야심찼어요. 하지만 나는 그 책 쓰는 걸 굉장히 즐겼습니다. 수정하는 건 그렇지 않았지만요. 그리고 나는 무언가 다른 걸 계속 하려고 갈망하고 있어요. 내가 그 책 분량을 줄여 인물들의 얼굴이 사회를 향할 수 있게 하려다가 그 인물들의 목소리를 너무 많이 줄여 버린 것 같아요. 그래서 그 균형을 완전히 망쳤죠. 가는 선이 아니라 동그라미가 나왔어야 했어요.

줄리언이 트럭을 운전하려고 생각하고 있어요.* 나는 그가 스페인에 가기 전에 당신이 그에게 얘기해 줄 수 있길 바라요. 하지만 아마 당신은 바쁘고 줄리언은 노동당, 사회주의자들 등등과 인터뷰하느라 사방을 다니겠죠. (…)

당신의 사랑하는 V.W.

* 시인이었던 줄리언은 점차 사회주의와 반파시즘 운동을 지지했고 부모와 버지니아의 만류에도 불구하고 파시즘에 대항해 싸우기 위해 스페인 내전에 자원입대했다. 어머니 바네사의 걱정이 심해 군인이 아니라 구급차 운전사로서 스페인에 가기로 결정했다.

스티븐 스펜더에게

W.C.1, 타비스톡 스퀘어 52
1937년 4월 30일

성별의 차이가 다른 견해를 만드는 것 같아요

친애하는 스티븐,

(…) 모든 인물이 자기 경험의 비현실성과 무효함을 느꼈다는 데 당신에게 동의하지 않습니다. 엘리너의 경험은 비록 부분적으로 그녀의 성별과 빅토리아 시대 훈육의 속박으로 인해 제한받기는 했지만 정상적이고 건전하며 뿌리 깊은 걸로 의도됐어요. 다른 인물들의 경험은 어떤 식으로든 제대로 기능

못 하게 됐고요. 매기와 사라는 그 특별한 감옥 바깥에 자리하도록 의도하긴 했지만요. 당신 말대로 나는 전선을 묘사할 수는 없었어요. 한편으로는 전투가 여성으로서 내 경험 안에 있지 않기 때문이고, 다른 한편으로는 전투가 일반적으로 비현실적이라고 생각하기 때문이에요. 전투는 더욱 현실적인 어둠 속에서 우리가 하는 일입니다. 우리가 사람들의 시선 때문에 하는 일은 내게는 연극하듯 과장되고 어린 남자아이처럼 철없어 보여요. 하지만 나는 이걸 표현하진 않았어요. 아마도 성별의 차이가 다른 견해를 만드는 것 같아요. 어느 쪽이 옳을까요? 하나님만 아시겠죠.

하지만 당신이 그 책 《세월》의 경향이 나침반에서 4분의 1 기울어져 있어서 내 다른 책들의 경향과 다르다는 걸 알았다는 사실이 정말 기쁩니다. 그래요, 나는 이 책을 더 발전시키고 싶어서 안달입니다. 이 책에 시 부분을 좀 더 써 보려고 했어요. 어떤 코러스를, 어떤 상당히 다른 수준을 얻길 원했어요. 하지만 일단 서사가 진행되면서 그 추진력을 가로막기에는 너무 무겁고 어려웠어요. 그게 내게는 소설의 공포입니다. 그리고 《세월》에서 나는 일반 독자들의 주의를 붙잡길 원했어요. 아마 내가 이게 너무 지쳤나 봐요. (…)

당신의 사랑하는 V.W.

비타 색빌웨스트에게

W.C.1, 타비스톡 스퀘어 52
1937년 7월 26일

멍청한 분노와 절망 외에 느낄 수 있는 게 없어요

사랑하는 당신,

당신 편지에 정말 기뻤어요. 나는 하루 종일 바네사 곁에 있느라 답장할 수 없었어요.* 믿을 수 없는 악몽이에요. 우리는 둘 다 줄리언이 죽임당할 거라고 확신해 왔었죠. 지금 언니를 짓누르는 중압감이, 어

* 줄리언은 7월 18일 스페인 내전 중에 폭탄 파편에 상처를 입어 스물아홉의 나이에 전사했다.

쩌면 다행히도, 언니를 너무 녹초로 만들어서 언니는 침대에 머물러 있을 수밖에 없어요. 하지만 나는 우리가 화요일에 언니를 차에 태워 찰스턴으로 데려갈 거라고 생각해요.

주여, 왜 이런 일들이 일어나는 건가요? 나는 각종 멍청한 분노와 절망 외에 다른 무엇을 느낄 수 있을 만큼 머릿속이 충분히 선명하지 않아요. 줄리언에겐 재능이 참 많았어요. 무엇보다도 활기와 즐거움이 있었죠. 왜 그는 스페인에 가기로 결심해야만 했을까요? 하지만 설득해 봐야 소용없었어요. 그리고 그의 감정은 매우 복합적이었어요. 내 말은, 전쟁에 대한 흥미, 신념, 그리고 상황의 중심에 있으려는 갈망이 섞여 있었다는 뜻이에요. 그는 언니의 첫 아이였고 나는 우리 관계가 얼마나 가깝고 현실적이고 언제나 살아 있었는지 묘사할 수조차 없어요. (…)

당신의 V.

에델 스미스에게

W.C.1, 타비스톡 스퀘어 52
1938년 2월 24일

이 책을 혐오하며 각 페이지에서 깊은 상처를 보게 돼요

대답해야 할 정말 많은 것들이 있는데, 어떻게 시작해야할까요? (…)

《세월》. 그래요, 당신이 언젠가는 이 책을 더 좋아하게 될 수도 있다고 생각했지만 알을 품고 있는 암탉을 재촉하지는 않으려고 당신에게 주지 않았어요. 레너드는 이 책이 내 작품 중 최고이지만 가장 어렵다고 늘 주장하죠. 난 이 책을 혐오하며 각 페이지에서 땀자국, 눈물자국, 깊은 상처를 (200페이지를 잘라 냈죠) 보게 돼요. (…)

원하는 정보. 오케스트라에서 여성들이 연주하는 게 허용되나요? 만약 그렇다면, 언제 허용됐나요? 그리고 지금 여성들은 음악적으로 (훈련에 관한) 다른 성별과 동등한가요? 나는 지금 평소처럼 분노와 절망과 조급함 속에 원래 소책자였어야만 했는데 책 한 권으로 불어난 작품을 창작해야만 해요. 이 책 안에서 이런 사실 또는 허구가 벌어지고 나는 그게 정확하길 원하는데 내 메모를 잃어버려서 당신에게 호소하는 거예요. (…)

V.

론다 자작 부인*에게

W.C.1, 타비스톡 스퀘어 52
1938년 5월 24일

그 아웃사이더 아이디어로 뭘 할 수 있을지 궁금합니다

친애하는 레이디 론다,

당신의 편지가 내게 하루 종일 큰 기쁨을 줬습니다. 《3기니》에 대해 긴장되는 거 인정합니다. 내가 남의 웃음거리가 되는 것에 대해서가 아니라 말썽꾸러기 바보가 되는 것에 대해서요. 그 주제가 위험하기

* 여성 실업가이자 활발한 여성 참정권 운동가. 영국 여성 참정권 운동 역사에 있어 중요한 인물이다.

때문이죠. 하지만 만약 당신이 읽은 그 발췌문이 당신을 기쁘게 했다면 내가 생각했던 대로 그건 그렇게 공허한 몸짓은 아니겠네요. 한편으로는 나 자신의 정신을 맑게 하기 위해서, 한편으로는 다른 어떤 것도 쓸 수 없었기 때문에 나는 이 책을 썼습니다. 그리고 비록 지금 아무런 영향력도 미치지 못 할까 걱정되지만 어쨌든 당신이 읽은 내용을 좋아했다는 사실이 내 두려움을 어느 정도 덜어 줍니다. 그래서 당신이 편지로 그렇게 말해 준 데 대해 정말 감사하고 있습니다. 나는 우리가 그 아웃사이더 아이디어로 정말 어떤 걸 할 수 있을지 궁금합니다.[†] 나는 그저 그 아이디어와 여러 다른 아이디어들의 표면을 스치듯 훑기만 했죠. 하지만 당신이 당신 자신을 아웃사이더라고 부르다니 정말 기쁩니다. 당신이 가장 먼저 그 이름을 따랐습니다! 정말 고맙습니다.

진심을 담아, 버지니아 울프

† 《3기니》에서 버지니아는 아웃사이더 협회를 만들길 제안했다. 그들 자신만의 방법으로 자유와 평등, 그리고 평화를 위해 일하려는 '교육받은 남자들의 딸들'을 위한 익명의 조직이다.

에델 스미스에게

서섹스, 로드멜, 몽크스 하우스
1938년 6월 7일

평화주의가
커지고 있는 걸 목격해요

반쯤 예상했던 대로 내가 모든 애정으로부터 단절되지 않았다는 사실에 정말 안도합니다. 이제 당신이 《3기니》를 읽었으니 나는 서둘러 (우리는 외출하려고 해요) 감사 인사 한 줄을 휘갈겨 써야 합니다. 당신의 비평이 가장 흥미롭다고 생각해요. 짐작하겠지만 이 작은 생명체의 목적은 대체로 반박들을 불러일으키는 것이었어요. 그래서 일단 펜들이 일하기 시작하면 나는 그것들에 숨이 막힐 지경일 거예요. 당신의 비평만큼 좋지는 않겠지만요.

(1) 내게 일어난 어떤 개별 사건들이 있어요. 당신은 본머스에서 내쫓긴 음악가들에 관해 진술할 거라고 말하죠. 그 사실들을 쓰고 싶었지만 내가 가진 정보가 너무 많다 보니 책을 얇게 유지하고 지나치게 반복하지 않기 위해서는 교정쇄의 주석에서 그 내용은 빼야만 했어요. 하지만 당신이 아는 사실들을 시민의 자유를 위한 위원회에 제출하는 게 좋을 것 같다는 생각이 듭니다.

레너드와 내가 구독하고 있죠. 레너드는 이게 그들의 분야인지 의심하지만 나는 그렇다고 생각하고 총무인 로널드 키드가 어떤 노선을 취할지 정말 많이 알고 싶어요. 그는 가끔 내 후원금을 받으니까요. 어째서 진술하기 전에 그 이야기를 키드에게 제출하지 않으세요? 명백한 사실이 유일한 무기입니다. 그리고 만약 내가 재판관이라면 그건 무시무시한 이야기입니다. 그리고 노골적인 히틀러주의를 숨기고 있고요.

(2) 젊은 남성과 전쟁에 관해서는 일반화하지 못하겠어요. 나는 단지 내 조카가 예술에 대한 열정이

있었다는 사실밖에는 몰라요. 그리고 스스로 싸우고 싶은 (본능적이고 비이성적인) 갈망이 있었다는 것도요. 하지만 왜일까요? 이 마을에서 그렇듯이, 만약 당신이 영국 군대와 돈을 빌미로 농장에서 온 신병들을 때릴 수 있다면, 좀 더 세련된 지역에서도 완화됐을지언정 분명 그런 본능이 존재할 것입니다. 하지만 나는 이에 대한 강한 반감이 있다고 말해야겠네요. 평화주의가 커지고 있는 걸 목격해요. 단지 '강력한' 개념으로 전달되고 있어요. 그래서 나는 무관심을 제안합니다.

(3) 애국심. 내 친애하는 에델, 물론 나는 '애국적'이에요. 영어, 언어, 농장, 개, 사람들에 대해서요. 단지 우리는 그 상상적인 것을 확장해야만 하고 그 정서를 잘 검토해야만 합니다. 그리고 나는 할 수 있다고 확신해요. 왜냐하면 나는 부분적으로 아웃사이더이니까요. 그래서 심지어 유대인인 레너드보다도 더 잘 기득권 밖에서 이해할 수 있죠.

(4) 주석. 맞아요, 주석을 페이지 하단에 넣을지 책 끝에 넣을지가 문제였어요. 나는 사람들이 이 책의 가장 알찬 부분인 주석들을 읽을 수 있다고 생각하면서, 끝에 따로 넣기로 결정했어요. 에드워드 기

번*은 이렇게 하고 싶었지만, 친구들에게 항복했죠. 피파 스트레이치는 주석이 끝에 있어서 좋다는 편지를 보냈어요. 내겐 주석들이 더 잔뜩 있었고 여전히 있어요. 네, 그건 정말 힘든 작업이었죠. (…)

V.

* 18세기 영국 역사가. 《로마제국쇠망사》로 유명하다. 기번에 대해 버지니아는 산문 《역사가와 '기번'The Historian and 'The Gibbon'》(1937)을 쓰기도 했다.

론다 자작 부인에게

서섹스, 로드멜, 몽크스 하우스
1938년 6월 10일

아마 그건 단지 단어들의 모닥불이 되진 않을 거예요

친애하는 레이디 론다,

(…) 당신이 《3기니》를 좋아한다니 얼마나 기쁜지 이루 말할 수 없어요. 그 책의 대부분이 대략적이고 개선할 필요가 있다는 걸 알고 있어요. 하지만 내게는 시간이 없었죠. 총소리가 너무 가까이에서 들립니다. 하지만 그 책이 생각을 불러일으킨다면, 그게 내가 그 책을 쓴 이유입니다. 그리고 만약 당신 같

은 누군가가 그 안에서 날아다니는 어떤 흩어진 진실을 느낀다면, 아마 그건, 내가 글을 쓰면서 자주 느끼듯이, 단지 단어들의 모닥불이 되진 않을 거예요.

애국심에 관해 말하자면, 내 안에도 당신만큼 강한 애국심이 있다고 생각해요. 하지만 내 애국심은 총을 쏘고 말을 달리고 몇 에이커를 소유하는 내 이부 오빠(조지 더크워스 경)의 애국심만큼 강한 것 같지는 않습니다. 이건 당신이 자만심과 허영심, 그리고 호전성의 반향에 관해 한 말에도 적용됩니다. 물론 우리 안에도 그런 것들이 있습니다. 나는 매 순간 그런 것들이 찔러 대는 걸 느껴요. 하지만 우리 안에서는 그런 것들이 거의 고무되지 않습니다. 분명 우리 눈앞에서 타오르지 말아야 할 대표적인 것들이라 그들이 장악하기 전에 우리가 그 기세를 꺾어 버릴 수 있는 겁니다. 만약 우리가 아웃사이더로서의 입장을 강조하고 그걸 자연스러운 차이로 생각하게 된다면, 이튼, 그리고 킹스 칼리지나 크라이스트 처치의 교육을 받은 그 불행한 젊은 남성들보다는 우리가 그렇게 하기 더 쉬울 겁니다. (…)

간절한 진심을 담아, 버지니아 울프

A. G. 세이어스*에게

W.C.1, 타비스톡 스퀘어 52
1938년 6월 15일

전혀 언급하지 않은 게 후회가 됩니다

친애하는 세이어스 경,

내 책《3기니》에 대한 당신의 편지는 내게 큰 기쁨을 줬습니다. 그리고 당신의 너그러운 인정에 감사드립니다. 당신은 내가 과장한다고 생각하지 않는다니 다행입니다. 나는 한 가지 직업에 대한 경험

* 공인회계사 사무소 세이어스, 시튼, 앤드 버터워스Sayers, Seaton and Butterworth의 런던 회사에서 시니어 파트너였다.

만 있을 뿐이어서 다른 직업들을 다루며 책들과 풍문에 의존해야만 했습니다. 따라서 내가 틀렸을 수도 있습니다. 그 책은 단지 개관이지만 사례가 크게 중요해 보이기 때문에 가능한 한 간략하게 그 사례를 언급하길 원했습니다. 당신의 공감에 정말 기쁩니다. 내가 어떤 독자들을 무척 화나게 만들었습니다.

여성 참정권 운동가인 페식 로렌스 부부†의 업적에 관해서는 나도 엄청난 존경심을 갖고 있습니다. 정말 우연히 다른 인용들을 사용했고 그들을 언급하지 않았을 뿐입니다. 실은 책을 쓸 때까지는 페식 로렌스 부인의 책을 읽어 보지 않았습니다. 하지만 전혀 언급하지 않은 게 후회가 됩니다. 그들은 받을 수 있는 모든 찬사를 받을 자격이 있습니다.

편지 보내 주시고 나를 믿어 주셔서 감사합니다.

진심을 담아, 버지니아 울프

† 팽크허스트 부인과 더불어 여성 참정권 운동의 리더들이다.

레이디 시몬, 셰나*에게

W.C.1, 타비스톡 스퀘어 52
1938년 6월 15일

아웃사이더가 우리가 될 수 있는 유일한 것입니다

나의 친애하는 셰나,

당신의 편지에 감사하기 위해 단 한 줄만, 아주 급한 한 줄만 보내야겠습니다. 당신이 《3기니》를 좋아한다니 무척 안도가 됩니다. 그 책이 모든 사람을 화나게만 하고 아무 소용은 없을 것 같아서 신경이 쓰였습니다. 어떤 소용이 있으리라고 생각하진 않지

* 영국 정치가, 페미니스트, 교육전문가이자 작가다.

만 당신이 그 책을 즐겼다니 정말 기쁩니다. 그리고 뉴넘 학장인 퍼넬 스트레이치를 격노시키지 않아서 다행입니다. 주석들을 수집하고 압축하고 조심스럽게 사실들을 끼워 넣으며 독자들을 유혹하기 위해 충분한 춤을 계속 추는 건 너무나 고된 일이었어요. 그러다 보니 나는 전반적인 측면을 집중해서 볼 수 없었고 전체에 대해서는 무척 어두웠습니다.

물론 당신은 아웃사이더입니다. 나보다 훨씬 더 실질적으로요. 아웃사이더가 우리가 될 수 있는 유일한 것이라고 생각합니다. 그 아이디어를 훨씬 더 깊이 탐색하고 싶습니다. 많은 다른 아이디어들도요. 내가 말하는 것들을 행동하고 있는 당신과 같은 사람들에게서 내가 존경하는 것만을요. 나는 제법 큰 가방 하나 분량의 이상한 편지들을 받고 있습니다. 어떤 분노한 서평들도요. 아, 이걸 잠시 끝낼 수 있어 정말 다행입니다. 우린 내일 스카이 섬에 갑니다. 2주 뒤에 돌아올 거라 짐을 꾸려야 해요. 그러니 이런 소용돌이 같은 글씨체와 급히 질주하는 아이디어를 용서하세요. 그 책이 마음에 들었다니 그저 기쁠 뿐입니다.

당신의 V.W.

마거릿 데이비스*에게

W.C.1, 타비스톡 스퀘어 52
1938년 7월 4일

내 피가 끓어서 평소와 같은 잉크 방울들이 되게 만들었어요

사랑하는 마거릿,

(…) 내 책《3기니》를 읽어 봤다니 정말 고마워요. 그런 주제에 대해 내 견해를 드러내는 게 꽤 건방지다고 느낍니다. 하지만 우리 가운데 그런 명백한 공포가, 그런 독재가, 그런 위선이 자리할 때, 입을 다물

* 영국의 사회운동가다. 1889년부터 1921년까지 협동경제 여성협회의 사무국장을 역임했다.

고 앉아 이 모든 멍청한 문자 서명과 강경한 평화주의에 순응하는 건 결국 내 피가 끓어서 평소와 같은 잉크 방울들이 되게 만들었어요. 맞아요, 나는 너무나 많은 자료로부터 임의로 선택해야만 했기에 내가 더욱 잘, 더욱 핵심에 맞게 인용했을 수도 있다는 사실을 알고 있어요. 올바르게 인용하기가 늘 어렵습니다. 그리고 부분적으로는 이런 이유로 인해 장황해지게 됐죠. 나는 사람들의 목구멍을 따라 인용문이 흘러 내려가게 할 젤리를 감춰야만 하는데, 언제나 너무 많은 젤리를 감춰요. 하지만 그때 나는 아주 평범하고 매우 주저하는, 정말 쉽게 지루해하는 독자를 위해 쓰고 있었어요. 당신을 위해서가 아니라요. (…)

버지니아

바네사 벨에게

서섹스, 로드멜, 몽크스 하우스
1938년 10월 1일

모두 전쟁이 확실하다고 말했고,
또한 전쟁은 없을 거라고도 말했대

(…) 런던은 정신없이 바쁘고 음울하면서 동시에 절망적이지만 냉소적이고 차분했어. 거리는 인파로 붐볐어. 사람들은 어디서나 전쟁에 관해 큰 소리로 얘기하고 있었지. 거리에 모래주머니들이 쌓여 있고 남자들은 참호를 파고, 트럭들은 널빤지를 나르고 있었어. 시끄러운 스피커들이 천천히 운전하며 웨스트민스터 시민들에게 방독면을 착용하라고 엄

숙하게 권고했어. 메리 워드 교육 센터 밖에는 방독면을 착용하기 위해 기다리는 사람들이 길게 줄 서 있었지. 레너드는 당장 킹슬리 마틴*을 만나러 나갔고 나는 하녀 메이블과 문제들을 상의했어. 우리는 그녀가 브리스톨로 가는 편이 낫겠다는 데 동의했어. 그녀가 브리스톨에 갔는지 여부는 아직 알 수 없어. 그런 뒤 레너드가 돌아와 킹슬리가 절망에 빠졌다고 말했어. 두 시간 동안 대화했는데 모두 뉴 스테이츠먼 사무실로 찾아와서 얘기를 나눴대. 전화가 끊임없이 울려 댔고. 그들은 모두 전쟁이 확실하다고 말했고, 또한 전쟁은 없을 거라고도 말했대. 킹슬리가 저녁 식사를 하러 왔어. 그의 눈 주변에 짙은 회색 자국들이 있었고 그 어느 때보다 더 멜로드라마적이고 역사적이었지. 히틀러가 여덟 시에 연설을 하기로 돼 있었어. 우리에겐 라디오가 없었지만 그는 연설이 끝난 후 BBC에 전화를 걸어 진실을 알아보겠다고 말했어. 그런 뒤 우리는 앉아서 문명의 불가피한 종말에 관해 논의했지. 그는 방 안을 이리저리 걸어 다니면서 스스로 목숨을 끊을 거라고 암시

* 킹슬리 마틴은 영국의 언론인이다. 좌파 성향 잡지인 《뉴 스테이츠먼》을 1930년부터 1960년까지 편집했다.

했어. 그리고 전쟁이 평생 지속될 거고 우리가 패배할 가능성이 매우 높다고 말했지. 어쨌든 히틀러가 런던을 폭격하려고 했어. 아마 아무런 경고도 없이. 그 계획은 48시간 동안 20분 간격으로 런던에 폭탄을 떨어뜨리는 것이었어. 또한 그는 모든 도로와 철로를 파괴하려 했어. 따라서 로드멜은 거의 블룸즈버리만큼 위험해질 거였어. 킹슬리는 말을 멈춘 뒤 BBC 기자인 존 클라크에게 전화를 걸었지. 그는 "아, 절망적이군요……."라고 하더니 우리에게 "히틀러가 고함치고 있고 군중이 야생 짐승들처럼 울부짖고 있어."라고 말했어. 침울한 종류의 대화가 더 이어졌지. 레너드는 "이제 내가 클라크에게 다시 전화해 볼게요. …… 아, 우리에게 이보다 더 나쁠 수는 없겠군요. 히틀러가 그 어느 때보다 더 미쳐 있군요. …… 킹슬리, 위스키 좀 마셔요."라고 했어. 킹슬리는 어느 쪽이든 별로 중요하지 않다고 말했어. 마침내 그는 가 버렸지. (…)

다음 날 화요일 아침 모든 사람이 전쟁이라고 확신했어. 가게에서 내가 봉투 한 묶음을 달라고 했을 때 냉정을 잃은 채 반쯤 울먹이던 한 가엾은 어린 소년을 제외하고는 모두가 차분했어. 그리고 모두 희망이 없기도 했지. 1914년과는 상당히 달랐어. 모두 말하길 아마 우리가 이길 것 같지만 이긴다고 해도 안 좋을 거라고 했어. 나는 로저에 대한 몇 가지 문서들을 찾아보려고 런던 도서관으로 갔어. 1910년도 《더 타임스》를 펼쳐 놓은 채 지하에 앉아 있었지. 한 노인이 먼지를 털다가 가 버렸어. 그런데 되돌아와서는 "부인, 우리에게 방독면을 쓰라고 합니다."라고 아주 상냥하게 말했어. 나는 공습이 시작됐나 생각했지. 하지만 그는 확성기가 다시 한번 웨스트민스터의 시민들에게 그렇게 말했다고 설명해 줬어. 그러고는 내 의자 밑을 닦아도 되겠는지 물었고 모래주머니를 쌓아 놓기는 했지만 폭탄이 떨어지면 많은 책이 남아 있지 못할 거라고 말했어. 그런 다음 나는 내셔널 갤러리로 걸어갔는데 어떤 목소리가 당장 방독면을 쓰라고 다시 촉구했어. 내셔널 갤러리는 평소보다 더 가득 차 있었어. 한 멋진 노인이 집중하는 사람들에게 프랑스 화가 와토에 관해 강연하고 있었어. 내 생각에 그들은 모두 마지막 관람을 하고 있었던 것 같아.

나는 집으로 돌아가 레너드가 호가스 출판사는 계속 운영되지만 직원들이 원한다면 그들은 시골로

가도록 준비해 뒀다는 사실을 알게 됐어. 외판원 헵워스 양은 서점들이 대부분 구매하길 거부하고 있고 문을 닫으려 하고 있다고 말했어. 그래서 우리도 출판사 문을 닫아야만 할 것 같았어. 직원들은 시골에 있을 장소가 없고 물론 돈도 없기 때문에 운영이 계속되길 원했어. 우리는 할 수 있는 한 임금을 지불하려고 계획을 세웠지만 모호했지. 매니저 노라 니콜스 부인은 광장에 파인 참호에 누워 있는 편이 더 좋겠다고 말했고, 직원인 퍼킨스 양은 자신이 매트리스 등을 준비해 놓은 창고에 앉아 있는 걸 더 좋아했어. 그런데 점심 식사 후에 한 미국인 편집자가 와서는 내게 미국 문화에 관한 글을 써 달라고 요청했어. 우리는 문화가 위험에 빠져 있다는 데 동의했지. 실제로 그녀는 대부분의 영국 작가들은 서퍽 주에 있거나 미국으로 출발하고 있다고 말했어. 서퍽에서 그들은 이미 동부 끝에서 온 어린이들을 오두막집에 임시 숙박시키고 있었어. 이어서 로진스키가 찾아왔어. 그는 자신에게 미국행 비자가 있다고 생각해 당장 미국으로 갈 시도를 하려 했어. 그런 뒤 울프 부인에게서 전화가 와서는 그녀가 방들을 구할 수 있다면 메이든헤드로 갈 거라고 했어. 그러고 나서 아르헨티나 작가 빅토리아 오캄포로부터 속달이 도착했어. 그녀는 남미에서 방금 도착해 당장 날 보길 소망했고 미국으로 날아가려 하고 있었어. (…) 이런 모든 것에 우리는 다소 시달렸어. 만약 우리가 휘발유나 자전거 없이 로드멜에 고립된다면 우리에겐 무엇이 필요할까? 레너드는 그의 우비와 두꺼운 코트를 집어 들었고 나는 언니에게 쓴 로저에 관한 편지들과 우표를 붙인 봉투들 뭉치를 집어 들었지. 그러고는 출판사 직원들에게 작별 인사를 했어. 나는 겁쟁이가 된 것 같았어. 그들은 매우 분별 있긴 했지만 긴장한 게 분명했고 정원도 없었잖아. 하지만 정부는 런던을 떠날 수 있는 사람은 모두 떠나라고 했어. 그리고 지휘를 맡은 존 리먼이 있었지. 그래서 우리는 떠났어.

엄청난 급류가 쏟아졌어. 도로는 꽉 찼지. 사람들은 가게 창문의 셔터에 못을 박고 있었고 모래주머니가 쌓여 있었어. 전반적으로 도망치고 서두르는 분위기였어. 게다가 몹시 어두웠지. 그래서 우리가 되돌아오는 데 세 시간 정도 걸렸어. 열 시에 퍼킨스 씨가 문을 두드리더니 우리에게 잘 맞는 방독면 한 상자를 가지고 들어왔어. 그가 가자마자 제이슨 씨가 상자 하나를 더 가져왔어. 그는 내일 아침에 어린이들이 이스트 엔드로부터 도착할 거라고 했어. 물론 다음 날 그랬지. 하지만 어떻게 우리가 총리의 놀랄 만한 성명, 즉 뮌헨 협정에 관한 뉴스를 알게 됐는지 내가 언니에게 말했었지. 우리는 어쨌든 이게 일종의 중지를 의미한다고 생각했어. 그런데 퍼킨스 씨가 찾아와 어린이들이 오고 있으며 9,000명이 서섹스에서 숙박해야만 하고 그중 50명은 로드멜에서 묵어야 하는데, 우리는 얼마나 많은 어린이를 받아 줄 수 있느냐고 물었어. 우린 두 명을 받아 주기로 약속했어. 그때쯤 악몽 같은 느낌이 더욱 악몽이 돼 가고 있었어. 점점 더 모순된 상황이었어. 아무도 어떤 일이 벌어지고 있는지 알지 못 했기 때문이야. 하지만 모든 사람이 마치 전쟁이 시작된 것처럼 행동하고 있었어. 하트먼 씨는 자신의 헛간을 병원으로 탈바꿈시켰지. 물론 우리는 이런 게 우스꽝스럽다고 여겼어. 하지만 그들은 여전히 런던을 떠나라는 것, 그리고 안전하게 맡겨지겠지만 어디인지는 물어서는 안 되는 난민들에게 보내지는 우표 붙은 우편엽서에 대한 메시지를 방송하고 있었어. 언제든지 50명의 어린이들이 도착할 수 있어. 대주교도 기도를 드렸지. 어느 순간 교황의 목소리도 들렸어. 하지만 짧게 줄이고 우리가 화요일에 갔던 시싱허스트로 넘어갈게. 우리는 이탈리아 왕이 왕위에서 물러나겠다고 협박함으로써 상황을 구했다는 소식을 들었어. 해럴드는 총리가 그에게 건넨 메시지를 읽을 때 10년은 더 젊어지는 걸 봤대.* 모두 다 끝났어. 나는 볼링을 해야만 해. 레너드는 퀜틴에게 메시지를 보내고. 그의 견해로는 우리가 6개월 동안 불명예스러운 평화를 누리는 거래.† (…)

B.에게 가는 엽서

* 뮌헨 협정을 가리킨다. 1938년 9월 30일 영국, 프랑스, 독일, 이탈리아 정상들이 뮌헨에 모여 체코슬로바키아의 영토 일부를 나치 독일에 양도하는 뮌헨 협정을 체결했다. 또다시 전쟁을 치르고 싶지 않은 유럽의 강대국들이 평화를 지키고자 한 선택이었지만 히틀러가 약속을 어기고 1년 뒤 폴란드를 침략함으로써 2차 세계 대전이 발발했다.

† 뮌헨 협정은 거짓 평화에 속아 2차 세계 대전의 발발을 고작 1년 늦춘 데 불과한 어리석고 불명예스러운 협정으로 평가받는다.

바네사 벨에게

서섹스, 로드멜, 몽크스 하우스
1938년 10월 3일 월요일

다소 냉소적이 됐고 불명예스러운 평화를 확신했어

(…) 지난 목요일 시싱허스트에 머물렀어. 우리는 해럴드가 에덴, 처칠과 더불어 체임벌린 수상에 대해 강력한 반발을 준비하기 위해 런던에 갇혀 있었다는 걸 알았어. 그는 비타에게 전화를 걸어서 우리에게 자신의 일기를 보여 주라고 말했대. 정말 흥미로운 내용이었어. 그들은 모두 전쟁이 불가피하다고 확신하고 있었어. 내각이 총리를 통제하려고 했어. 젊

은 위원들이 말이야. 그들은 총리가 우리를 팔아넘길 거라고 확신했대. 하지만 그는 독일 고데스베르크로 날아갔지. 9월 28일 수요일, 의회가 모였을 때 그들은 모두 전쟁을 선포하게 될 거라고 믿었어. 체임벌린 총리는 성명을 발표하면서 마치 사업가처럼 무척 지쳤지만 정확하게 말했어. 그때 그들은 히틀러가 그에게 건넨 쪽지를 봤지. 그의 얼굴이 환해졌고 열 살은 더 젊어 보이는 얼굴로 공식 발표를 했어. 이에 그들은 모두 미친 듯이 공중에 모자들을 던지고 환호성을 지르며 로비를 뛰어다녔지. 이게 해럴드가 일기를 쓸 당시 아는 전부였어. 그런 다음 비타는 우리에게 커다란 헛간을 보여 줬어. 창문들은 잘 맞지 않는 창틀로 덮여 있고 문은 반쯤 봉해져 있었지. 30명의 사람들이 거기서 잘 예정이었어. 얼마나 많은 어린이들이 건초용 솥 안에서 묵게 될지는 잊어버렸어. 농부 오지 빌이 도착해 이제 어떻게 해야 할지 물었지.

그리고 루이스에서 그웬 세인트 오빈이 도착했어. 그녀는 자기 딸들 학교의 전교생을 런던에서부터 브라이트 인근의 스탠머 파크까지 데려왔지. 치체스터 부인이 이곳을 넘겨줬어. 60명의 소녀들이 이미 미술 전시관의 매트리스 위에 누워 있고 다음 날 수업을 위해 칠판이 준비돼 있었어. 모두에 의해 조직력의 기적이 이뤄진 거야. 그녀는 탈출하는 학생들을 가득 실은 트럭들로 도로가 붐빈다고 말했어. 비타는 런던이 24시간 동안 20분 간격으로 가스와 폭탄으로 공격당할 게 확실시된다고 말했고. 또 무솔리니는 왕위에서 물러나겠다고 말한 이탈리아 왕에 의해 마지막 순간 강경해졌다고 했지. 그래서 히틀러에 대한 그의 압박이 마지막 순간에 조류를 바꿨다고 해. 우리는 몽크스 하우스에서 우리의 난민들이 우릴 기다리고 있을 거라고 반쯤 예상하면서 돌아왔어. 다행히 아무도 없었어.

그다음 날 우리는 모두 다소 냉소적이 됐고 불명예스러운 평화를 확신했어. 그런데 BBC는 아무것도 안전하지 않으며 우리 모두 전쟁을 예상해야만 한다고 계속해서 말하고 있었어. 마침내 체임벌린이 도착할 때까지 말이야. 그리고 우리는 그가 헤스톤 공항에서 협정을 읽는 걸 들었지.* 미친 듯한 환호성. 나

* 영국 총리 네빌 체임벌린은 뮌헨에서 자신과 히틀러가 서명한 선언문을 갖고 9월 30일에 런던 공항에 도착했다. 이 선언문에 의해 영국과 독일은 '결코 다시는 서로 전쟁을 벌이지 않는다'고 맹세했다. 그는 환호하는 군중을 향해 자신이 '명예로운 평화'를 가지고 돌아왔다고 장담했다.

이 많은 여성들의 히스테리컬한 울음. 그리고 기도하는 대주교. 울리는 종소리. 여기 로드멜에서 예배가 급히 준비되는 동안 벨소리는 지긋지긋한 소음이 됐지. 엡스 부인이 주민들을 좀 흥분시키려고 헛되이 북돋웠지만 그들 모두 이게 더러운 일이고 우리가 저항할 수 없을 때 또 다른 전쟁이 일어날 수 있음을 의미한다는 사실을 완전히 확신하고 있었어. 물론 시골은 런던보다 훨씬 차분했지. 레너드는 시골 노인들의 현명함에 감탄했어. 집배원이 반시간 정도 머물며 좋은 말을 했어. 하지만 BBC는 여전히 동물원에서 모든 파충류가 총살당하고 탈출한 어떤 호랑이도 보이자마자 사살될 거라고 방송했어. 내 생각에 그들은 자신들의 조직력이 너무 자랑스러워서 그걸 방송하길 원했던 것 같아. 비록 방공 시스템에 구멍이 가득하다는 사실이 새어 나가기 시작했지만 말이야. 그들은 런던에서 그 대학살이 엄청났을 거라고 했어.

어제 케인스가 차를 마시러 왔어. 메이너드는 이미 상황을 매우 훌륭한 기사로 요약해 우리에게 읽어 줬지. 그 기사가 실린 금요일자 《뉴 스테이츠먼》을 보내 줄게. 그의 견해는 이런 거야. 모든 게 체임벌린의 연출이었다. 전쟁의 공포는 전혀 없었고 그는 러시아와 상의하지도 않았다. 그건 그와 히틀러 사이에 꾸며 낸 일이었다. 그는 이제 총선을 치르려 하고 우리의 일은 체임벌린과 싸우는 것이다. 우리는 우리 생전의 평화를 확신하지만 히틀러는 우크라이나를 원하고 갖게 될 것이다. 이탈리아는 완전히 파괴될 거고 우리는 그 식민지들과 거래하게 될 거다. 체임벌린은 그저 버밍엄 정치인일 뿐이다. 등등. 우리는 모두 우리의 수치심과 공포의 복잡성을 분석했어. 리디아는 메이너드가 정말 크게 당황하고 흥분해 있다고 말했어. 물론 진실은 체임벌린이 뭔가 숨겨 둔 게 있다고 내내 느꼈지만 얼마나 많이 숨겼는지는 말할 수 없다는 거지. 또한 런던에서 절망과 다가오는 죽음의 느낌은 비이성적일지라도 매우 진실했어. 출판사를 떠날 때 내 마지막 말이 "전쟁은 없을 거예요."였지만 비웃음만 당했다는 사실을 나는 자랑스럽게 얘기할게. 킹슬리 마틴을 제외한 모든 사람이 흔들리고 변했던 것 같아. 예컨대, 메이너드의 친구들인 고든 스퀘어 전문가들 중 일부는 광장에 참호를 파는 것에 동의하길 거부했고 전쟁은 불가능하다고 주장했어. 반면에 영국 학술원 전부가 시골로 도망갔지. 케임브리지는 너무 무질서해져서 며칠 동안 학기를 미뤄야만 했어. 모든 대학이 병원으로 꾸며졌거든. 만약 그게 모두 체임벌린 측 무대 연출의 일부였다면, 그는 아주 많은 권위자들을 끌어들였을 거야. 하지만 언니도 이 정도면 충분히 느꼈을 거야. 그래서 나는 버밍엄에 석탄을 보낼 예정이야. 더프 구퍼가 사임해서 메이너드는 무척 놀라고 존경심을 느껴.* 이제 그 협약에 대해 거대한 반발이 있을 거야. 그리고 나는 레너드가 말려들까 걱정돼. 벌써 존 리먼은 우리가 내일 런던으로 가서 출판사를 위한 계획을 논의하길 원해. 하지만 우리는 이번 주엔 무슨 수를 써서라도 여기에 머물려고 해. 런던에서는 소란스러운 상황이 끊이지 않고 있으니.

B.

* 해군 장관 더프 쿠퍼는 체임벌린이 체코슬로바키아를 희생시킨 것에 대한 강렬한 항의의 표시로 공직에서 사임했다.

바네사 벨에게

W.C.1, 타비스톡 스퀘어 52
1938년 10월 24일

나는 그 간소함을, 불순물이 없는 발가벗음을 숭배해

런던은 그 계량화된 방식으로 끔찍하면서도 매혹적이라는 사실을 인정해. 꽃들과 싸구려 유리잔들 가운데 한 마리 말의 검은 시신이 있는 엑스머스 스트리트 마켓도 호소력을 지니지. 어제 우리가 완벽한 여름 낮의 아득함 속에 갔었던 햄프턴 코드 역시 검은 얼굴로 장관을 이루는 언니의 남쪽 전부만큼이나 가치가 있었어. 우리는 공원을 어슬렁거렸고 꽃 냄

새를 맡았고 미술관을 따라 멍하니 돌아다녔어. 로저 덕분에 미술관에서 우리는 지금 의자 그림 태피스트리 안에서 설명할 수 없는 의미의 머나먼 세계를 보고 있어. 회화 예술은 나이 든 사람들을 위한 예술 같아. 나는 회화 예술을 점점 더 존경하게 돼. 나는 그 간소함을, 불순물이 없는 발가벗음을 숭배해. 지금 모든 책에 정치라는 끈적끈적한 해초가 무성하고 곰팡이투성이야. 나는 마음을 잡고 순수한 소설을 쓸 수 있길 소망해. 실제로 나는 소설 한 편(〈포인츠 홀〉*)에 저돌적으로 뛰어들어야 했어. 일종의 완화로서. 하지만 지금 다시 로저 프라이와 그 전기의 절충물로 돌아와 있어. (…)

B.

* 〈포인츠 홀〉은 버지니아가 죽은 직후인 1941년에 출간된 그녀의 마지막 소설 《막간》의 초창기 버전 제목이다.

레이디 시몬, 셰나에게

서섹스, 로드멜, 몽크스 하우스
1939년 12월 16일

내 작가적 허영심이 으쓱해졌다고 감히 이야기할 수 있어요

나의 친애하는 셰나,

더 일찍 답장했어야만 했어요. 당신에게 어떤 짐도 더 지우고 싶진 않지만, 만약 당신이 언젠가 여성과 전쟁에 대해 갖게 된 어떤 견해라도 기록한다면 내게 큰 도움이 될 거라고 확신합니다. 미국 서평지에 무언가 쓰기로 약속했는데, 당신처럼 움직이고 행동하는 누군가의 견해는 내가 시골에서 사는 것을, 내 말은 모가 나고 괴짜가 되는 걸 방지해 줄 겁니다. 이런 게 지금 내게 커다란 위험이거든요. 어쨌든 끔찍이 어려운 직업입니다. 나는 오늘 두 통의 편지로 인해 고무돼 있습니다. (더 솔직히 말하면, 내 작가적 허영심이 으쓱해졌다고 감히 이야기할 수 있어요.) 한 통은 참호에서 한 군인이 보낸 편지인데, 그는 《3기니》를 읽고 '이 책이 진실이라고 느낀다'고 말합니다. 그는 너무 '말할 수 없이 지루해서' 같은 맥락의 다른 견해들도 읽어 볼 거라고 합니다. 다른 한 통은 지방의 젊은 중산층 여성이 보낸 편지인데, 그녀는 산만하게 도움을 요청하면서 요빌(서머셋)의 여성들 사이에서 아웃사이더 협회를 시작하길 원한다고 합니다. 그녀는 이 여성들이 모두 제복을 입은 채 명예와 지위에 대해 탐내는 걸 알고는 충격을 받았다네요.

영원한 당신의 V.W.

베네딕트 니콜슨*에게

서섹스, 로드멜, 몽크스 하우스
1940년 8월 13일

전투기들이 머리 위로 찾아왔어

친애하는 벤,

방금 네 편지를 읽기 시작했을 때, 공습경보가 울렸어. 채텀에서 공습경보가 울리는 동안 네가 로저 프라이의 생애에 대한 내 글을 읽고 네 생각을 적었듯이, 나도 할 수 있다면 정직하게 내게 떠오른 생각

* 비타와 해럴드의 장남이다. 영국의 미술사가이자 작가다.

을 적을 거야. (…)†

여기는 전투기들이 머리 위로 찾아왔어. 나는 밖으로 나가 그것들을 보았지. 그런 다음 네 편지로 돌아왔어. '저는 그와 그의 친구들이 살았던 바보들의 행진에 너무 놀랐습니다. 그는 모든 유쾌하지 않은 현실들로부터 자신을 단절시키고 나치즘을 저지하는 어떤 조치도 취하지 않은 채 나치즘의 정신이 자라도록 허용했습니다……' 주여, 나는 생각했지, 로저가 모든 유쾌하지 않은 현실들로부터 자신을 단절시켰다고? 자기 아내의 정신 이상과 죽음, 그리고 온갖 종류의 불쾌한 일들과 맞섰던 로저인데, 벤은 무슨 뜻일까? 벤과 나는 다른 사람들에게 폭탄이 떨어지는 소리를 듣고 있기 때문에 현실들과 맞서는 중인 걸까? 우리는 현실들과 맞서고 있는 걸까? 그리고 이어서 나는 벤 니콜슨의 전기를 생각해 봤지. 벤은 이튼과 옥스퍼드에서 받은 값비싼 교육 덕분에 이탈리아에서 즐거운 여행을 마치고 돌아온 뒤, 왕실 그림 보관 업무를 맡았어. 글쎄, 벤은 로저보다 훨씬 운

† 이때 베네딕트 니콜슨은 켄트 주 채텀에 있는 대공포병중대에서 일등병으로 복무하고 있었다. 1940년 7월 25일 버지니아가 쓴 로저 프라이의 전기가 드디어 출간된 직후 두 사람 사이에 편지가 오갔다.

이 좋았다고 생각해. 로저 주변의 사람들은 그야말로 처참했어. 그는 벤의 나이였을 때, 공개 강의를 하고 서평을 쓰는 이상한 일들을 해서 생활비를 벌고 있었어. 그는 예순 살이 넘을 때까지 기다려서야 슬레이드 교수직을 얻게 됐지. (…)

전투기들이 긴 연기 자국을 내뿜기 시작했어. 폭탄이 내 위로 떨어질지 궁금했어. 내가 유쾌하지 못한 현실들을 직시하고 있는지 궁금했어. 폭탄과 불쾌한 현실들을 멈추기 위해 내가 무엇을 할 수 있을지 궁금했어. …… 그러고는 너의 편지에 다시 몰입했지. '이 모두가 마치 내가 현대 사회에서 예술가와 지성인의 자리가 없다고 말하는 듯 들리겠죠. 정반대로 지금 그의 임무는 그 어느 때보다 더욱 중요합니다. 그는 어리석음과 거짓에 충격을 받겠지만 그걸 무시하는 대신 그것과 싸우기 시작할 겁니다. 어떤 윤리적 기준을 유지하기 위해 자신의 탑으로 후퇴하는 대신에 그의 과제는 가능한 한 많은 사람이 같은 방식으로 생각하고 행동하도록 설득하는 일일 것입니다. 따라서 세계의 미래는 그의 성공과 실패에 달려 있습니다.'

난 생각했지, 이 세상에 그 누가 로저 프라이보다

더 그 과제를 끊임없이 그리고 성공적으로 했을까? 그는 탑이 아니라 영국 여기저기를 여행하면서 결코 그림 한 점 쳐다보지 않을 많은 사람을 대상으로 강연해서 그들도 그가 보는 걸 보게 만드는 데 반평생을 보내지 않았나? 그리고 그게 나치즘을 저지하는 최고의 방법이 아니었나? (…)

그런 뒤 전투기들이 지나갔어. 그리고 내가 벤에게 로저가 어떤 사람이었는지 최소한의 개념도 전해주지 못 했다고 생각했어. 그건 내 잘못이었다고 생각해. 아니면, 부분적으로 그리고 자연스럽게 벤이 희생양을 찾아야 하기 때문일까? 나는 내가 희생양을 원한다는 걸 인정해. 나는 여기 앉아서 폭탄이 떨어지길 기다리고 있는 게 지긋지긋해. 내가 글을 쓰고 있길 원하는 때에 말이야. 만약 폭탄이 나를 죽이지 않는다면 다른 누군가를 죽이고 있겠지. 나는 어디에 탓을 돌릴 수 있을까? 색빌 가문에? 더퍼린 가문에? 이튼과 옥스퍼드에? 내가 보기에 이들은 나치즘을 저지하기 위해 한 게 정말 거의 없어. 내가 보기에 로저와 골디 디킨슨 같은 사람들은 어마어마하게 많은 걸 했고. 글쎄, 희생양을 선택하는 데 있어 우리는 차이가 나네.

하지만 내가 알고 싶은 건, 우리 둘 다 이 전쟁에서 살아남는다면, 또 다른 전쟁을 방지하기 위해 우리가 무엇을 해야만 하는가야. 나는 너무 늙어서 글을 쓰는 것 외에는 다른 어떤 것도 못할 거야. 하지만 너는 미술 평론가로서의 네 직업을 집어치우고 정치에 전력하겠어? 그리고 만약 네가 미술 비평을 고수한다면 너는 어떻게 그걸 로저가 했던 것보다 더욱 공적이고 덜 사적이게 만들 수 있을까? 네가 제기한 특별한 점들에 대해 말하자면, 만약 네가 《변형 Transformations》(1926)에 실린 마지막 글 중 몇 편을 읽는다면, 로저가 고전적이고 지성적인 화가들을 넘어서서 렘브란트와 티치아노 등등까지 포함했다는 사실을 알게 될 거라고 생각해. 그가 일종의 미술사가 버나드 베런슨의 감정업을 하려 했던 게 개탄스럽다고 말한 점은 분명 네가 옳다고 확신해. 나는 베런슨의 글을 전혀 읽어 본 적 없어서 말할 수가 없어. 하지만 로저의 마지막 슬레이드 강연들은 읽었고 거기에 나타난 역사적 지식에 깊은 인상을 받았어. 물론 나는 미술 비평가가 아니라 어떤 의견을 표현할 권리도 없어.

이런, 적국의 비행기들이 지금 내 머리 위로 지나

갔어. 그것들은 뉴헤이븐과 시포드 위로 폭탄을 떨어뜨리고 있을 것 같아.

나는 이 편지가 불친절하게 들리지 않길 바라. 그건 단지 너의 솔직한 모습이 정말 좋아서 나도 그렇게 되려고 노력했을 뿐이야. 그리고 물론 이 순간 네가 나보다 더 나쁜 시간을 보내고 있다는 사실도 알고 있어. …… 또 다른 사이렌이 방금 들렸어.

영원한 당신의 버지니아 울프

에델 스미스에게

서섹스, 로드멜, 몽크스 하우스
1940년 9월 11일

내 인생의 열정인 도시 런던이 완전히 파괴된 걸 보았어요

(…) 어제 우리는 런던에 올라갔어요. 메클런버그 스퀘어에 군중이 모여 있고 경찰이 우리를 멈춰 세웠죠. 우린 차에서 내려 길 건너에 우리 집과 바로 마주보고 있는 집이 그날 밤 완전히 부서져 버린 걸 봤어요. 지붕 위로 직격탄을 맞은 거죠.* 여전히 연기가 피

* 1940년 9월부터 1941년 5월까지 독일 공군이 영국에 가한 영국 대공습으로 런던은 267일간 71회나 폭격을 겪었다.

어오르는 벽돌 더미밖에 없었어요. 폭탄 하나가 아직도 광장에 폭발하지 않은 채로 있었기 때문에 우리는 37번가 집까지 가는 게 허락되지 않았어요. 우리 집은 무사했지만 창문들이 깨졌어요. 그래서 떠나오는 수밖에 없었죠. (길가의 그 아름다운 집 중 한 채였던) 그 집 안의 모든 사람이 지하실로 대피했던 걸로 보여요. 모두 죽은 것 같아요. 우리는 출판사를 옮기는 문제를 조율하고 우리 귀중품 중 일부를 가져오기 위해 금요일에 올라가요. 만약 허락된다면요. 하지만 모두 대피한 상태고 출판사는 운영할 수 없죠. 홀번 구역에 가 봤는데, 아이고, 악몽 같았어요. 온통 유리 더미들이었고 물이 흘러넘치고 챈서리 레인 역 꼭대기에는 거대한 구멍이 났어요. 내 타이피스트 사무실은 허물어졌고요.

나는 방금 비행기 한 대가 루이스 옆 언덕 위에서 격추되는 걸 봤어요. 우리는 발포하는 소리를 들었고 밖으로 뛰어나가 그 비행기가 갑자기 방향을 바꿔 추락하는 걸 봤죠. 그런 다음 검은 연기가 폭발했어요. 그러자 영국 비행기가 공중에서 빙 돌다가 급히 떠났어요. 모든 게 선명했어요.

그런 게 일관성 있는 편지를 쓰기가 그토록 어려

운 이유예요. 나는 어느 아침에 대해 써 보려고 해요. 내가 텅 빈 진공 속에서 글을 쓴다고 느끼자 이상했어요. 아무도 내 글을 읽지 않을 거라는 느낌이에요. 나는 청중이 사라져 버렸다고 느껴요. 하지만 정말 기이하게도 한 가지 생각이 드는데, 진공 상태에서도 내 두뇌를 회전시켜야만 한다는 사실이에요.

그건 그렇고 당신에 대해 알고 싶어요. 비타는 오고 있었는데 마지막 순간에 그녀에게서 전화가 왔죠. 폭탄들이 시싱허스트 여기저기에 떨어지고 있어서 좀 더 머물러야 한다고 했어요. 그녀는 구급차를 운전하니까요. 로즈 매콜리도 런던에서 같은 일을 하고 있죠. 그 점을 정말 많이 존경합니다. 여기서 우리는 일관성 없이 기복이 심한 생활을 하고 있어요. 조카 한 명이 여기 머물고 있고 다른 한 명은 오두막에 있어요. 그들은 공군에 친구들을 모았죠. 축제가 열렸어요. 마을 연극도 상연됐고요. 도중에 사이렌 소리가 들렸죠. (…)

V.

추신. 9월 12일 목요일

(…) 메클런버그 스퀘어의 폭탄은 여전히 터지지 않았고 모두 대피했지만 우리는 출입할 수 있길 기대하면서 내일 런던으로 올라가요. 창문 위에 뭔가 못을 박아야만 하거든요. 우리의 모든 편지와 출판사에서 중단된 모든 작품이 거기에 있어요. 존 리먼은 우리가 모든 걸 시골로 대피시켜야만 한다고 말해요. 하지만 종업원들은 가죽처럼 굳건해 보였죠. 그리고 나는 콜리지에 관한 글을 쓰고 있었는데 사이렌을 전혀 알아차리지 못 해서 언덕에 올라 저녁 식사를 위한 블랙베리를 따다가 겨울 동안 계속 껴야만 하는 장갑 한쪽을 잃어버렸어요. 그런데 갑자기 새로운 책에 대한 아이디어가 떠올랐어요.* 그래서 정말 나는 히틀러가 내 기계에 포탄 파편을 떨어뜨리지 않는다면 내가 앞으로 10년은 더 무사히 헤쳐 나갈 수 있다고 생각해요. 내 두뇌 회전 말이에요. 처칠 총리가 내 기운을 북돋았어요.†

* 한동안 버지니아는 사회사와 문학에 끼친 그 영향을 다루는 '공통 역사책'을 쓰려는 착상을 만지작거렸다. 그녀는 생을 마칠 때까지 이를 간헐적으로 작업했지만 미완성으로 남기게 됐다. 버지니아는 이 책의 제목을 처음엔 '무작위로 읽기Reading at Random', 또는 '페이지 넘기기Turning the Page'라고 불렀다.

† 체임벌린이 외교 문제에 책임지고 사임한 뒤 1940년 5월 윈스턴 처칠이 총리에 임명됐다.

예전에 강풍이 스페인 무적함대를 날려 버렸듯이, 이 위대한 강풍이 불어오고 있는 거죠.* 런던에서 내 마음을 뭉클하게 만들고 정말 후벼 판 건 뒤편의 임시 숙소에 있는 지저분한 할머니였어요. 그녀는 공습 후에 온통 더러워진 채로 또 다른 공습이 끝나기를 기다릴 준비를 하고 있었어요. 어쨌든 우리는 최소한 이탈리아도 갔었고 셰익스피어도 읽었죠. 그들은 그런 적이 없고요. 아, 이런, 내가 민주주의자로 변하고 있어요. 그다음, 내 인생의 열정인 도시 런던, 런던이 완전히 파괴된 걸 본 것도 내 마음을 후벼 팠어요. 당신은 챈서리 레인 역과 런던 사이에 있는, 어떤 좁은 길들과 작은 골목들에 그런 감정이 있나요? 그 모든 것에 대한 내 사랑을 어루만질 양으로 며칠 전에는 런던탑까지 걸어갔어요. (…)

* 처칠 총리는 방송에서 독일의 공격을 스페인 무적함대가 영국 해협을 향해 오던 것에 비유했다.

에델 스미스에게

서섹스, 로드멜, 몽크스 하우스
1940년 11월 14일

비가 오고 또 오고,
나는 걷고 또 걸었어요

(…) 멕 스퀘어에 폭탄이 하나 더 있다고 얘기했었죠? 모든 책을 다시 내려놓았어요. 출판사의 비품을 여기로 옮길 생각을 반쯤 한다고 얘기했었죠? 지난주 우리는 차에 짐을 실었어요. 그런데 무한히 기쁘게도 그들이 우리 강을 폭파시켰어요. 폭포 같은 물이 습지 위로 요란하게 질주하고 모든 갈매기가 찾아와 들판 끝에서 파도를 타고 있어요. 그건 내륙의

바다였고 여전히 그래요. 밤낮으로 해가 비치거나 비가 오거나 거의 항상 변하고 있는, 너무도 묘사할 수 없이 아름다워서 거기서 눈을 뗄 수가 없어요. 어제는 탐험할 생각으로, 2미터 정도 크기의 구멍에 곤두박질쳤고 마치 스패니얼이나 워터 러그 한 마리처럼(이건 셰익스피어의 문구죠) 물을 뚝뚝 떨어뜨리며 집으로 돌아왔어요. 들판에서 수영하고 있자니 얼마나 이상한지요! 다행히 나는 레너드의 낡은 갈색 바지를 입고 있었어요. 내일은 내가 입을 코르덴 바지 한 벌을 사려고요. 비가 오고 또 오고 있었어요. (…) 그리고 나는 걷고 또 걸었어요. 다리로 가는 도로는 1미터 정도 물에 잠겨 있었고 이는 3킬로미터를 돌아가야 한다는 걸 의미했죠. 하지만 세상에! 나는 이 야만적이고 중세적인 요동치는 물, 온통 떠다니는 나무 몸통들과 새 떼들, 낡은 너벅선을 탄 한 남자, 그리고 인간적 특징이 너무 제거돼 버려서 당신이 걸어 다니는 막대기로 여길지도 모를 나 자신을 얼마나 사랑하는지요. (…)

이제 저녁을 차려야 해요. 이걸 하기 위해 나는 레너드가 홀에서 열고 있는 농장 노동자들의 회의를 뚫고 지나가야만 하죠. 그들은 협동경제 감자를 기르려고 해요. 각자 자신의 좁고 긴 땅에서요. 왜 나는 신사 계급보다 노동자를 훨씬 더 꺼릴까요? 거의 이런 것과 비슷해요. 당신은 거대한 블루치즈를 갉아먹고 들어가며 먹는 데 취해 있는 탐욕스러운 치즈 진드기를 뭐라고 부르나요? 나는 역사를 읽고 소설을 쓰며, 그리고 아, 영국 문학에 대한 그토록 놀라운 책을 계획하고 있기 때문이에요.* 오직 권면의 여지만 있습니다. 편지 주세요.

V.

* 당시 버지니아는 그녀의 마지막 소설을 쓰고 있었다. 이 소설이 그녀 사후에 출판된 《막간》이다.

에델 스미스에게

서섹스, 로드멜, 몽크스 하우스
1941년 1월 12일

왜 그때 내가 수치심을 느껴야 했을까요?

(…) 당신이 자위 행위에 관해서는 글을 쓸 수 없다고 하니 흥미롭네요. 이해할 수 있어요. 나를 어리둥절하게 만드는 건 어떻게 이런 과묵함이, 말하자면 헨리 브루스터에 관해 솔직하게, 당당하게, 자유롭게 말하는 당신의 능력과 공존하는가예요. 나라면 이쪽도 저쪽도 할 수 없겠지만요. 인생의 많은 부분이 성적이므로, 또는 사람들이 그렇다고 말하므로, 만

약 이런 게 검게 지워진다면 자서전이 오히려 제한되겠죠. 분명 여러 세대 동안, 여성들한테 그랬다고 의심합니다. 왜냐하면 그건 마치 처녀막을 찢는 것과 같이(이런 게 그 막의 이름이라면요) 고통스러운 작업이고 모든 종류의 숨은 본능들과 연결돼 있다고 여겨지기 때문이에요. 나는 여전히 내 이부 오빠에 관한 기억에 수치심으로 몸서리칩니다.* 그는 여섯 살 정도인 나를 선반 위에 세워 놓고 내 은밀한 부위들을 그렇게 더듬었어요. 왜 그때 내가 수치심을 느껴야 했을까요?

하지만 왜 지금 나는 이런 성적인 사색에 관해 글을 쓰고 있어야만 할까요? 나는 2초마다 종이에서 눈을 떼 바깥의 느릅나무들을, 짙은 파랑을 배경으로 불타오르는 오렌지색을 바라봐요. 그럼 거기에 쌓인 눈을 배경으로 교회의 작은 십자가가 있어요. 다만 눈은 사라지고 있죠. 어제는 선명한 보라색이었어요. 맙소사! 해가 얼마나 빨리 지는지! 이제 케이번 산 위에 붉은 경사지 한 곳만 남아 있어요. 하지만 애시엄 시멘트 공장으로부터 소용돌이 모양으로 나오는 연기는 묘사가 절대로 불가능한 주름진 분홍색

* 조지 더크워스가 아니라 그의 남동생인 제럴드 더크워스를 가리킨다.

이라는 사실을 덧붙여야겠어요. 당신이 들으면 좋아할 거예요.

오랜 세월 런던내기로 살아온 뒤 시골 여성이 되다니 얼마나 이상한지요! 내 인생에서 거의 처음으로 런던에 침대가 없어요. 내일은 내가 뭘 하고 있을지 아세요? 런던 브리지에 갈 거예요. 그런 다음 템스강을 쭉 따라서 내가 자주 가곤 했던 곳 안팎으로 산책할 거예요. 그렇게 템플 지역을 통과해 스트랜드로 올라가고 옥스퍼드 스트리트로 들어가 거기서 마카로니를 사고 점심을 먹을 거예요. 아뇨, 당신과는 그 위대한 도시에 대한 내 열정을 전혀 공유한 적이 없죠. 하지만 그게 내가 꿈꾸는 정신의 어떤 구석진 곳에서 초서와 셰익스피어, 그리고 디킨스를 대표하는 거예요. 이게 내 유일한 애국심입니다. (…)

V.

존 리먼에게

서섹스, 로드멜, 몽크스 하우스
1941년 3월 20일

당신이 결정권을 행사해 주길 바라요

친애하는 존,

방금 내가 쓴, 이른바 소설(《막간》)을 다시 읽어 봤어요. 그런데 나는 정말 이게 쓸 만한 것 같지 않아요. 너무 하찮고 대충이에요. 레너드는 동의하지 않아요. 그래서 우리는 당신이 읽어 보고 결정권을 행사해 주길 부탁하기로 했어요. 그동안 어떤 절차도 밟지 말아 주세요.

귀찮게 해 드려서 미안하지만 나는 이걸 출판한다면 모든 면에서 실수가 될 거라고 정말 확신해요. 하지만 우리 둘이 이에 대해 의견이 다르니 당신의 의견이 큰 도움이 될 겁니다.

진심을 담아, 버지니아

바네사 벨에게

서섹스, 로드멜, 몽크스 하우스
1941년 3월 23일 일요일

다시 돌아오기엔 내가 너무 멀리 가 버렸다고 느껴

사랑하는 언니,

내가 언니의 편지를 얼마나 사랑했는지 언니는 생각할 수도 없을 거야. 하지만 이번에는 다시 돌아오기엔 내가 너무 멀리 가 버렸다고 느껴. 나는 지금 내가 다시 미치고 있다고 확신해. 맨 처음 그랬던 것과 똑같이 나는 늘 목소리들이 들려. 그리고 이젠 그걸 극복할 수 없으리란 걸 알아.

내가 말하고 싶은 건 레너드가 매일, 항상, 정말 놀라울 정도로 잘해 줬다는 게 전부야. 다른 누구도 나를 위해 그가 한 것보다 더 할 수 있었다고는 상상할 수 없어. 이 공포가 시작된 지난 몇 주 전까지 우리는 완벽하게 행복했어. 언니가 그에게 이걸 확신시켜 줄래? 나는 그가 해야 할 일들이 정말 많고 내가 없다면 그가 더 잘 그 일들을 해 나갈 거라고 느껴. 그러니 언니가 그를 도와줘.

더 이상 나는 거의 선명하게 생각할 수 없어. 할 수만 있다면 언니와 언니의 아이들이 내게 어떤 의미였는지 언니한테 말하고 싶어. 나는 언니가 알고 있다고 생각해.

나는 이 질병과 싸워 왔지만 더 이상은 못 하겠어.

버지니아

존 리먼에게

서섹스, 로드멜, 몽크스 하우스
1941년 3월 27일

너무 어리석고 하찮아서요

친애하는 존,

당신의 편지가 도착하기 전에, 나는 그 소설(《막간》)을 현재 상태 그대로는 출판할 수 없다고 결정했어요.* 너무 어리석고 하찮아서요.

내가 할 일은 그걸 수정하는 겁니다. 그리고 내가

* 리먼은 이 책을 읽어 보고 열정적으로 칭찬하는 편지를 보냈다. 버지니아의 답장은 이 편지에 대한 것이다.

그걸 하나로 통합할 수 있는지 보고 가을에 출판하는 거예요. 만약 지금 상태로 출판한다면, 그건 분명 재정적 손실을 의미할 거예요. 이건 우리가 원하지 않죠. 이에 대해서는 내가 옳다고 확신해요.

당신을 성가시게 해서 내가 얼마나 미안한지는 말할 것도 없어요. 이 소설은 내가 로저의 전기를 쓰는 동안 가끔 쉴 때마다 내 두뇌가 반쯤 잠든 상태로 쓴 게 사실이에요. 그래서 난 다시 읽어 볼 때까지 그게 얼마나 형편없는지 깨닫지 못했죠.

부디 날 용서하고 내가 단지 가장 좋은 걸 하고 있을뿐이란 걸 믿어 주세요. (…)

진심을 담아, 버지니아 울프

레너드 울프에게

서섹스, 로드멜, 몽크스 하우스
1941년 3월 28일

내가 당신의 삶을 낭비하고 있죠

사랑하는 레너드,

당신이 내게 완전한 행복을 줬다고 말하고 싶어요. 아무도 당신이 한 것보다 더 할 수는 없었을 거예요. 제발 그걸 믿어 줘요.

하지만 내가 결코 이걸 극복할 수 없을 거란 걸 알아요. 그리고 내가 당신의 삶을 낭비하고 있죠. 이 광기 때문에요. 그 누가 어떤 말을 해도 나를 설득할 수 없어요. 당신은 일할 수 있고, 내가 없으면 훨씬 더 잘 할 거예요. 내가 이 편지조차 쓰지 못하는 걸 당신은 알죠. 이런 게 내가 옳다는 걸 보여 줘요. 내가 말하고 싶은 건 이 질병이 찾아오기 전까지는 우리가 완벽하게 행복했었다는 게 전부예요. 모두 당신 덕분이었어요. 바로 첫날부터 지금까지, 그 누구도 당신이 그랬던 것만큼 그렇게 친절할 수는 없었을 거예요. 모든 사람이 그걸 알아요.

V.

Tuesday. 2

Dearest,

I feel certain that I am going mad again: I feel we cant go through another of those terrible times. And I shant recover this time. I begin to hear voices, & cant concentrate. So I am doing what seems the best thing to do. You have given me the greatest possible happiness. You have been in every way all that anyone could be. I dont think two people could have been happier till this terrible disease came. I cant fight it any longer, I know that I am spoiling your life, that without me you could work. And you will I know. You see I cant even write this properly. I cant read. What I want to say is that I owe all the happiness of my life to you. You have been entirely patient with me & incredibly good. I want to say ~~that~~ — everybody knows it. If anybody could

버지니아 울프가 남편에게 남긴 유서

부록

에세이

몽테뉴: 영혼의 자유

여성의 직업

평화에 관한 생각들

몽테뉴[*]: 영혼의 자유

언젠가 바르르뒤크[†]에서 몽테뉴는 시칠리아의 왕 르네가 손수 그린 자화상을 보고는 “그가 크레용으로 했던 것과 비슷한 방식으로 모든 사람이 펜으로 자기 자신을 그리는 게 타당하지 않을까?”라고 물었다. 누군가 무심코 그건 타당할 뿐만 아니라 그보다 더 쉬운 일은 아무것도 없다고 대답할지 모른다. 다른 사람들은 우리를 교묘히 피할 수도 있지만 우리 자신의 특성들은 우리에게 아주 익숙하기 때문이다. 시작해 보자. 그런데 우리가 그 작업을 시도하자 펜이 우리 손가락에서 떨어져 버린다. 그 작업은 심오하고 신비하며 압도적인 어려움을 지닌 일이다.

어쨌든, 문학 전반을 통틀어서 얼마나 많은 사람

* 미셸 에켐 드 몽테뉴는 프랑스의 르네상스기를 대표하는 사상가이자 수필가이며 《수상록》의 저자다. 그는 있는 그대로의 인간, 변화하는 모습의 인간을 그려 버지니아에게 영향을 줬다. 버지니아는 찰스 코튼이 번역한 《몽테뉴의 수상록》에 기초해 이 산문을 썼다. 원문은 〈Montaign(1925)〉, 《The Essays of Virginia Woolf》, Vol. 4, 1925–1928(Ed. Andrew McNeillie, Harcourt Brace Jovanovich, 2008), pp.71–81.

† 바르르뒤크는 프랑스 북동부의 그랑테스트 지방에 속한 뫼즈 주의 주도로서 로렌 지방의 대표적 예술과 역사의 도시다.

들이 펜으로 자기 자신을 그리는 데 성공했을까? 아마도 몽테뉴와 피프스[‡], 그리고 루소뿐일 것이다. 토머스 브라운의 《의사의 종교Religio Medici》는 채색된 유리이다. 이를 통해 우리는 질주하는 별들과 기이하고 요동치는 영혼을 어렴풋이 보게 된다. 그 유명한 전기에서는 환하게 닦인 거울이 다른 사람들의 어깨들 사이로 조금씩 드러나는 제임스 보스웰[§]의 얼굴을 비춘다. 하지만 이렇게 자기 자신에 관해 말하는 것, 자기 기분의 변화를 추적하는 것, 혼란스럽고 다채롭고 불완전한 영혼의 전체적인 지도와 무게, 색깔, 그리고 주변을 제시하는 것, 이런 기술은 오직 단 한 사람에게만 있었다. 바로 몽테뉴였다. 수세기가 흐르는 동안, 그 그림 앞에는 언제나 그 깊이를 들여다보고, 그 안에 비치는 그들 자신의 얼굴을 보는 군중이 있다. 그들이 더 오래 바라볼수록 더 많은 걸 볼 수 있지만, 자신이 보는 게 무엇인지는 결코 말하지 못 한다. 새로운 판본들이 그렇게 오랫동안 지

‡ 새뮤얼 피프스는 17세기 영국의 저작가, 행정가다. 그는 당시 궁정 분위기뿐만 아니라 자기 여성 관계를 솔직히 담은 《일기Diary》를 남겼다.

§ 스코틀랜드 출신의 전기 작가다. 그가 1791년에 발표한 《새뮤얼 존슨의 삶Life of Samuel Johnson》은 당시 다른 전기 작품들과 달리 공적인 사실보다 더 개인적이고 인간적인 세부 사항을 그리는 독특한 스타일을 취했다.

속되는 매력을 증언한다. 영국의 나바르 협회에서 코튼이 번역한 몽테뉴의 《수상록》을 다섯 권 전집으로 재인쇄하고 있다. 프랑스에서는 루이 코나르 출판사가 몽테뉴의 전집을 아르맹고 박사가 평생을 바쳐 연구한 다양한 읽을거리들과 함께 묶은 판본으로 출간하고 있다.

자기 자신에 대해 진실을 말하는 것, 바로 가까이에 있는 자기 자신을 발견하는 일은 쉬운 게 아니다.

(몽테뉴가 말했다.) 이 길을 닦아 놓은 고대인 두서너 명에 관해 듣는다. 그 이후론 아무도 그 경로를 따라가지 않았다; 마치 영혼의 걸음걸이가 그렇듯 그토록 구불구불하고 불확실한 걸음을 따라가는 것, 그 뒤얽힌 내면적 굽이침의 어두운 심연에 침투하는 것, 그토록 많고 작은 민첩한 움직임을 선택하고 붙잡는 것은 보기보다 훨씬 더 울퉁불퉁한 길이다. 이것은 새롭고 특별한 과업이며 세상의 평범하고 가장 권장되는 일들로부터 우리를 물러나게 한다.

우선, 표현의 어려움이 있다. 우리는 모두 생각이라고 불리는 이상하고 즐거운 과정을 탐닉한다. 하지만 우리가 생각하는 걸 말하려고 하면 심지어 바로 맞은편에 있는 사람에게조차 우리가 전달할 수 있는 게 얼마나 적은가! 그 유령은 우리가 그 꼬리에 소금을 뿌릴 수 있기도 전에 우리 정신을 통과해 지나가서는 창문을 통해 나가 버리거나 그게 어슬렁거리는 불빛으로 잠시 밝혀 줬던 깊은 어둠 속으로 천천히 가라앉으며 되돌아간다. 얼굴과 목소리, 그리고 억양은 우리의 말을 보충해 주고 말투에 담긴 개성으로 언어의 미약함을 좋은 인상으로 바꾼다. 하지만 펜은 경직된 도구다. 말할 수 있는 게 아주 적다. 펜은 자기만이 가진 모든 종류의 습관과 예법이 있다. 그것은 독재적이기도 하다. 언제나 평범한 사람을 예언자로 만들고 인간 말하기의 자연스러운 비틀대는 실수를 펜들의 엄숙하고 위엄 있는 행진으로 변화시키곤 한다. 수많은 죽은 사람 중에 몽테뉴가 그토록 억누를 수 없는 쾌활함으로 두드러지는 것은 이런 이유 때문이다. 우리는 그의 책이 바로 그 자신이란 사실을 결코 한순간도 의심할 수 없다. 그는 가르치길 거부했다. 그는 설교하길 거부했다. 그는 자신이 그저 다른 사람들과 같다는 걸 계속 말하고 있었다. 그의 모든 노력은 자기 자신을 기록하고 소통하고 진실을 말하려는 것이었으며 그 일은 '보기보다 더 울퉁불퉁한 길'이다.

왜냐하면 '자기 자신을 전달하기'의 어려움을 넘어서 '자기 자신이 되기'라는 최고의 어려움이 있기 때문이다. 이 영혼 또는 우리 내부의 삶은 우리 바깥의 삶과 전혀 일치하지 않는다. 만약 용기 내 영혼에게 무엇을 생각하는지 물으면 영혼은 항상 다른 사람들이 말하는 것의 정반대로 말한다. 예를 들면, 다른 사람들은 늙고 허약한 신사들은 집에 머물면서 부부의 충실한 모습을 보여 줌으로써 우리를 교화해야만 한다고 오래전에 결론지어 버렸다. 반대로, 몽테뉴의 영혼은 나이가 들면 우리는 여행해야만 하며 정확히, 사랑에 기초하는 경우가 매우 드문 결혼 생활은 인생의 종말로 가면서 끊어지는 게 더 나은 형식적인 구속이 되는 경향이 있다고 말했다. 또한 정치에 관해서도 정치인들은 항상 제국의 위대성을 찬양하고 미개인들을 문명화하는 도덕적 의무를 설파한다. 하지만 몽테뉴는 분노를 터뜨리며 멕시코 속 스페인 사람들을 보라고 외쳤다. "너무 많은 도시가 파괴됐고 너무 많은 민족이 몰살됐으며…… 세계의 가장 풍요롭고 가장 아름다운 지역이 진주와 후추를 운송하기 위해 다 뒤집어엎어졌다! 무정한 승리들!" 그러고는 농부들이 찾아와 상처로 죽어 가는 한 사람을 발견했는데 재판관이 그들에게 죄를 묻는 건 아닐까 두려워서 그를 버려 두었다고 말했을 때, 몽테뉴는 이렇게 물었다.

내가 이 사람들에게 무슨 말을 할 수 있었겠는가? 이러한 인류애적인 임무는 그들을 곤란에 빠뜨렸을 게 분명하다.…… 법률처럼 그토록 많이, 그토록 심하게, 그토록 일상적으로 결함 있는 건 아무것도 없다.

여기서 몽테뉴의 영혼은 침착성을 잃고 그에게 더욱 감각할 수 있는 형태의 큰 걱정거리들, 즉 인습과 예법을 맹렬히 공격하고 있다. 하지만 주된 건물로부터 떨어져 있지만 사유지 전체가 보이는 넓은 전망을 지닌 탑의 안쪽 방에서 영혼이 불을 지키며 생각에 잠겨 있을 때 그 영혼을 주의해서 보라. 실제로 영혼은 세상에서 가장 기이한 생명체다. 그것은 영웅적이기는커녕 풍향계처럼 변덕스럽고 "수줍어하면서 무례하고, 정숙하면서 욕정이 가득하고, 재잘재잘 지껄이면서 말이 없고, 근면하면서 섬세하고, 기발하면서 진지하고, 우울하면서 유쾌하고, 거짓말하면서 진실하고, 아는 게 많으면서 무지하고, 자유로우면서 탐욕스럽고, 방탕하다." 한마디로, 너무 복잡하고 너무 불명확하며 사람들 있는 데서 그녀를 대신해 의무를 다하는 버전과 거의 일치하지 않으므로 어떤 사람은 그녀를 찾아내려고 애쓰는 데만 그의 평생을 보낼 수도 있다. 그 추적이 주는 즐거움은 세속적인 전망에 끼칠 수 있는 어떤 피해보다 더 많이 보상해 준다. 자기 자신을 아는 사람은 이후로는 독립적이다. 그래서 그는 결코 지루할 틈 없이 삶이 그저 너무 짧을 뿐이며 깊지만 온화한 행복에 푹 젖어 있다. 다른 사람들은 예법의 노예로서 일종의 꿈속에서 삶이 그들을 슬쩍 빠져나가 버리도록 놔두는 동안에 그는 혼자 살아 있다. 일단 순응하면, 다른 사람들이 그걸 한다는 이유로 그들이 하는 걸 하면 혼수상태가 영혼의 모든 예민한 신경과 기능에 몰래 스며든다. 영혼은 순전히 외면적인 쇼가 되고 내부는 텅 비어 있게 된다. 둔하고 무감각하며 무관심해지는 것이다.

그러니 만약 우리가 이 삶의 예술에 있어서 위대한 장인에게 그의 비밀을 말해 달라고 부탁한다면 그는 우리에게 우리 탑의 안쪽 방으로 물러나서 거기서 책들의 페이지를 넘기면서 공상들이 꼬리에 꼬리를 물고 굴뚝 위로 올라가듯이 공상들을 계속 좇으며 세상의 통치는 다른 사람들에게 맡기라고 조언할 게 분명하다. 물러나기와 명상하기, 이런 게 그의 처방을 구성하는 주요 요소들인 게 틀림없다. 하지만 아니다. 몽테뉴는 결코 명시적으로 말하지 않는다. 무거운 눈꺼풀이 덮인 두 눈에 꿈꾸는 듯 야릇한 표정을 한 그 미묘하며 반쯤 웃고 반쯤 우울한 남자로부터 명백한 대답을 끄집어내는 건 불가능하다. 책과 채소와 꽃과 함께하는 전원에서의 삶은 지극히 따분한 게 사실이다. 그는 자신의 녹색 완두콩이 다른 사람들의 완두콩보다 훨씬 더 낫다는 사실을 알 수 없었다. 파리는 그가 온 세상에서 가장 사랑했던 장소였다. "그 결점과 흠까지도." 독서에 관해 말하자면, 그는 어떤 책도 한 번에 한 시간 이상 읽을 수 있는 경우가 드물었고 기억력이 너무 나빠서 이 방에서 저 방으로 걸어가는 동안 그의 마음속에 무엇이 있었는지 잊어버렸다. 책으로 학습하는 일은 전혀 자랑할 만한 게 아니다. 학문적 성취의 경우, 어느 정도에 달할까? 그는 항상 똑똑한 사람들과 어울렸고 그의 아버지는 그들에게 긍정적인 존경심을 품었다. 하지만 그는 비록 그들에게 그들의 뛰어난 순간들과 열정적인 표현, 그리고 그들의 비전이 있을지라도 가장 똑똑한 사람들도 어리석음의 가장자리에서 흔들린다는 사실을 관찰해 왔다. 당신 자신을 관찰해 보라. 한순간 당신은 높이 상승한다. 다음 순간 깨진 유리가 당신의 신경을 곤두세우게 한다. 극단적인 건 모두 위험하다. 아무리 진흙투성이더라도 바퀴 자국이 흔한, 길의 가운데에 있는 게 최상이다. 글을 쓸 때 평범한 단어들을 선택하고 열광적 문장과 웅변은 피해야 한다. 하지만 시는 감미로우며 최고의 산문은 주로 시로 가득 찬 게 사실이다.

따라서 우리는 민주적인 단순성을 목표로 하려는 듯 보인다. 우리는 채색된 벽과 널찍한 책장이 있는, 탑 안의 우리 방을 즐길 수 있지만 아래 정원에서는 오늘 아침 자기 아버지를 묻은 한 남자가 땅을 파고 있다. 그리고 진정한 삶을 살고 진정한 언어를 말하는 이는 바로 그 남자나 그와 동류인 사람들이다. 확실히, 그 안에는 진실의 요소가 있다. 테이블 아래쪽에서는 사건들이 아주 세세하게 말해진다. 어쩌면 많이 배운 사람들보다 무지한 사람들 사이에 중요한 자질들이 더 많이 있는 것 같다. 하지만 또, 하층민은 얼마나 비열한가! "무지와 부정, 그리고 변덕의 어머니. 현명한 사람의 삶이 바보들의 판단에 의존해야만 한다는 게 타당한가?" 그들의 정신은 약하고 안이하며 저항의 능력이 없다. 그들이 무엇을 알아야 편리한지 말해 줘야만 한다. 그들은 사실들을 있는 그대로 직시하지 않는다. 진리는 오직 "고귀하게 태어난 영혼"만 알 수 있다. 그런데 몽테뉴가 좀 더 정확하게 우릴 깨우치려고 한다면 우리가 본받아야 하는, 이 고귀하게 태어난 영혼들은 누구인가?

하지만 아니다. 그는 "나는 가르치지는 않고 이야기할 뿐이다."라고 한다. 사실, 그가 자기 영혼에 대해 "혼동도 혼합도 없이 완전히 단순하고 확실하게 한마디로는" 아무것도 말할 수 없을 때, 실제로 자기 영혼이 자신에게 매일 점점 더 어둠 속에 있게 될 때 그가 다른 사람들의 영혼을 어떻게 설명할 수 있겠는가? 어쩌면 한 가지 특성 또는 원칙은 있을지 모른다. 그것은 바로 규칙을 정하면 안 된다는 것이다. 예컨대, 16세기 프랑스 수필가 에티엔 드 라 보에티처럼, 우리가 닮고 싶어 하는 영혼들은 언제나 가장 유연한 영혼들이다. "단 하나의 방식에 구속되고 필요로 인해 강요받는 건 존재하는 것이지 살아 있는 건 아니다." 법률은 인습일 뿐이지 인간 충동의 광범위한 다양성과 혼란을 따라갈 능력은 전혀 없다. 습관과 관습도 자기 영혼에게 자유로운 놀이를 허락해 줄 용기가 없는 소심한 기질의 사람들을 지지해 주기 위해 고안된 편의일 뿐이다. 하지만 사적인 삶을 살면서 그런 삶을 우리 소유물 중 가장 사랑하는 것으로 한없이 여기는 우리에게는 점잔 빼는 태도만큼 의심스러운 게 없다. 우리가 확언하고 점잔 빼고 법률을 정하자마자 우리는 사라져 버린다. 우리는 남들을 위해 살고 있지 우리 자신을 위해 살고 있지 않다. 우리는 공적인 업무에서 자신을 희생하는 사람들을 존경하고 명예롭게 여기고 그들이 어쩔 수 없이 불가피한 타협을 허용한 걸 가엾게 여겨야만 한다. 하지만 우리 자신의 경우엔, 명성과 명예, 남들에 대한 의무 아래 놓인 모든 임무를 날려 버리자. 우리의 헤아릴 수 없는 가마솥 위에 우리의 매혹적인 혼란, 충동의 잡동사니, 끊임없는 기적을 부글부글 끓이자. 영혼은 매초 경이로움을 만들어 내기 때문이다. 움직임과 변화는 우리 존재의 핵심이다. 경직성은 죽음이다. 순응성은 죽음이다. 우리 머릿속에 떠오르는 것을 말해 보자, 우리 자신을 그대로 말해 보자, 우리 자신을 반박해 보자, 가장 무모하고 터무니없는 생각을 뱉어 보자, 그리고 세상이 행동하거나 생각하거나 말하는 걸 신경 쓰지 말고 가장 환상적인 공상들을 쫓아가 보자. 삶을 제외하고는 아무것도 중요하지 않기 때문이다. 그리고 물론 질서가 있다.

이 자유는 우리 존재의 본질이지만 통제돼야만 한다. 그런데 우리를 돕도록 어떤 권위에 호소해야 할지는 알기 어렵다. 개인적 의견이나 공적 법률의 모든 규제가 조롱받아 왔고 몽테뉴는 인간 본성의 비참함과 나약함, 그리고 그 허영심에 대해 경멸을 퍼붓길 그친 적이 없기 때문이다. 그렇다면 어쩌면 우리를 안내하도록 종교에 의지하는 게 좋지 않을까? '어쩌면'은 몽테뉴가 매우 좋아하는 표현 중 하나다. '어쩌면'과 '내 생각에는', 그리고 인간적 무지의 경솔한 가정들을 제한하는 그 모든 단어가 그런 표현들이다. 그런 단어들은 대놓고 말하기에는 매우 무분별할 수 있는 의견을 감추는 데 도움이 된다. 우리는 모든 걸 말하지는 않기 때문이다. 현재로서는 암시만 하는 게 적당한 일들이 있다. 우리는 이해할 수 있는 아주 소수의 사람을 위해 글을 쓴다. 분명히,

무슨 수를 써서라도 신적인 인도를 구해야만 한다. 하지만 한편으로는 개인적인 삶을 사는 이들에게는 또 다른 감시자, 내면의 보이지 않는 검열관, 즉 '마음속의 주인'이 있다. 그는 진실을 알고 있으므로 그의 비난은 다른 어떤 비난보다 훨씬 더 두렵다. 그가 인정해 주는 소리는 그 무엇보다 더 감미롭다. 이게 우리가 복종해야만 하는 재판관이다. 이게 우리가 고귀하게 태어난 영혼의 은총인 그 질서를 달성하도록 도울 검열관이다. "이게 절묘한 삶, 개인적인 생활 속에서도 질서가 유지되는 삶"이기 때문이다. 하지만 이 마음속 검열관은 자기만의 빛에 따라 행동할 것이고 어떤 내적 균형에 의해 위태롭고 변화무쌍한 평형을 달성할 것이다. 이 평형 상태는 통제하는 반면 영혼이 탐색하고 실험하는 자유는 전혀 방해하지 않는다. 다른 안내도 없고 선례도 없어 확실히 공적인 삶보다 사적인 삶을 사는 게 훨씬 더 어렵다. 그것은 각 사람이 따로따로 배워야만 하는 예술이다. 어쩌면 고대인 중에 호머와 알렉산더 대왕, 에파미논다스*, 그리고 근대인 중에 보에티 같은 두세 사람의 사례가 우릴 도울 수도 있다. 그것은 하나의 예술이

* 고대 그리스 테베의 장군이자 정치가다.

다. 그리고 그 예술이 효과를 발휘하는 재료 자체가 변화무쌍하고 복잡하며 한없이 신비롭다. 바로 인간 본성이다. 우리는 인간 본성과 가깝게 지내야만 한다. "…… 살아 있는 사람들 사이에서 살아야만 한다." 우리를 동료 인간들과 끊어 놓는 어떤 기이한 행동이나 고상한 태도를 두려워해야만 한다. 이웃 사람들과 자신의 운동이나 건물, 또는 다툼에 관해 편하게 담소를 나누고 목수와 정원사의 이야기를 정말로 즐기는 사람은 축복받았다. 소통하는 것이야말로 우리의 주된 본분이다. 교제와 우정이 우리의 주된 기쁨이다. 독서는 지식을 획득하거나 생활비를 벌기 위해서가 아니라 우리 자신의 시대와 지역 너머까지 우리의 교제를 확장하려는 것이다. 그런 기적들이 세상에 있다. 어쩌면 평화를 불러오는 신화 속 새들과 미지의 땅들, 가슴에 개의 머리와 눈을 가진 남자들, 그리고 법률과 관습이 우리 자신보다 훨씬 우월할지도 모른다. 어쩌면 우리는 이 세상에서 잠들어 있는 것 같다. 어쩌면 지금 우리에게는 결핍된 어떤 감각을 지닌 존재들에게는 명백하게 보이는 다른 뭔가가 있는 것 같다.

그런데 여기에, 모든 모순과 모든 제한에도 불구

하고 확실한 무언가가 있다. 이런 산문들은 한 영혼을 소통하려고 시도한다. 최소한 이 점에 있어서 그는 분명히 말한다. 그가 원하는 건 명성이 아니다. 앞으로 오랜 세월 동안 사람들이 그를 인용하게 되는 것 역시 아니다. 그는 시장 한가운데 동상을 세우고 있는 게 아니다. 그는 단지 자신의 영혼을 소통하길 바랄 뿐이다. 소통은 건강이고 소통은 진리며 소통은 행복이다. 나누는 것이야말로 우리의 의무다. 가장 병들어 있는 감춰진 생각들로 대담하게 내려가 거기에 불을 밝히는 것, 아무것도 숨기지 않는 것, 아무것도 가장하지 않는 게 우리 의무다. 만약 우리가 그렇게 말할 수 있도록 무지하다면, 만약 우리의 친구들에게 그걸 알게 할 정도로 그들을 사랑한다면 말이다.

…… 왜냐하면 내가 아주 확실한 경험을 통해 알고 있듯이, 우리의 친구들을 잃었을 때 가장 다정한 위안이 되는 건 우리가 그들에게 해야 할 어떤 말도 잊지 않았고 그들과 완벽하고 완전하게 소통했었다는 사실을 아는 것이다.

여행할 때 "알지 못 하는 공기의 전염으로부터 자신을 방어하면서" 침묵과 의심으로 자신을 감싸는 사람들이 있다. 그들은 저녁 식사할 때 집에서 먹는 것과 똑같은 음식을 먹어야만 한다. 모든 풍경과 관습도 자기 마을의 그것과 비슷하지 않다면 나쁘다. 그들은 오직 되돌아오기 위해 여행한다. 그것은 여행을 출발하는 완전히 잘못된 방식이다. 우리는 밤을 어디에서 보낼 건지, 또는 언제 돌아오자고 제안할지 아무런 고정된 생각 없이 출발해야만 한다. 그 여행만이 전부다. 무엇보다 가장 필요하지만 가장 드문 행운으로서, 출발하기 전에 우리는 우리와 함께 가고 우리 머릿속에 처음 떠오르는 대로 말할 수 있는 우리와 같은 종류인 어떤 사람을 찾으려고 노력해야만 한다. 즐거움은, 우리가 그것을 나누지 않는다면, 제 맛이 나지 않기 때문이다. 감기에 걸리거나 두통이 생길 수 있는 위험 요소들이 있긴 하지만 즐거움을 위해서 약간의 질병에 대한 위험을 무릅쓰는 건 언제나 가치 있다. "즐거움은 수익의 주요 종류 중 하나다." 게다가 우리가 좋아하는 걸 한다면 우리는 항상 우리에게 좋은 걸 하는 것이다. 의사들과 현명한 사람들이 반박할 수도 있지만 그들은 그들만의 음울한 철학에 내버려두자. 평범한 남자와 여자인 우리는 자연이 우리에게 선사한 감각 중 하나를 사용해서 자연에게 그 너그러움에 대해 감사를 되돌려주자. 가능한 한 많이 우리의 상태를 바꿔 주고 지금은 이쪽을, 지금은 저쪽을 번갈아 따뜻하게 해 주며 해가 지기 전에 젊은이의 키스와 로마 서정시인 카탈루스를 노래하는 아름다운 목소리의 메아리를 충분히 만끽하자. 모든 계절이 좋아할 만하다. 비가 오든 맑든, 적포도주든 백포도주든, 함께든 혼자든. 삶의 기쁨을 한탄스럽게 단축하는 잠조차도 꿈들로 가득 차 있을 수 있다. 그리고 산책, 담소, 자기 과수원에서의 고독처럼 가장 흔한 행동들도 정신과의 결합으로 고양되고 빛나게 될 수 있다. 아름다움은 어디에나 있으며, 아름다움은 선함에서 고작 손가락 두 개 너비만큼 떨어져 있다. 그러므로 육체적 정신적 건강의 이름으로 여행을 끝내는 걸 숙고하지 말자. 양배추를 심고 있든 말 잔등에 타고 있든 우리에게 죽음이 찾아오게 하자. 또는 어떤 오두막으로 몰래 들어가 거기서 낯선 사람들이 우리 눈을 감게 하자. 하인 하나가 흐느끼거나 손길 하나가 닿아서 우리는 감정을 주체 못 하게 될 것이다. 그중에서 가장 좋은 것으로, 우리가 전혀 항의하지 않고 애통해하지도 않는 소녀들이나 좋은 친구들과 함께 있고 우리가 평소 업무를 보고 있을 때 죽음이 우리를 발견하게 하자. "게임과 축제, 농담, 흔하고 인기 있는 대화, 음악, 그리고 사랑의 시를 즐기고" 있는 우리를 발견하게 하자. 하지만 죽음 얘기는 이 정도면 충분하다. 중요한 건 삶이다.

이 산문들이 그 끝에 도달하지 않고 전속력으로 질주하다가 중단되면서 점점 더 명확히 드러나는 것은 삶이다. 죽음이 다가오면서 우리의 자아, 우리의 영혼, 존재의 모든 사실을 점점 더 열중시키는 게 삶이다. 여름과 겨울에 실크 스타킹을 신는 것, 포도주에 물을 타는 것, 저녁 식사 뒤 머리카락을 자르는 것, 정해 놓은 유리잔으로 마셔야 하는 것, 안경을 써 본 적 없는 것, 목소리가 큰 것, 한 손에 잘 휘는 나뭇가지를 들고 있는 것, 혀를 깨무는 것, 발을 안절부절못하는 것, 귀를 긁는 습관이 있는 것, 맛이 변하기 시작한 고기를 좋아하는 것, 냅킨으로 치아를 문지르는 것(감사하게도 치아들에는 좋다!), 침대에 커튼을 달아야만 하는 것, 그리고 좀 별나게도 처음엔 무를 좋아했다가 싫어하게 됐고 이제 다시 좋아하는 것 등 모든 사실을.

어떤 사실도 손가락들 사이로 빠져나가게 할 만큼 지나치게 작지 않으며, 사실 자체의 흥미 외에도 우리는 상상력의 힘으로 사실을 바꿀 수 있는 이상한 권능이 있다. 어떻게 영혼이 항상 자신의 빛과 그림자를 드리우는지, 실체적인 것을 텅 비게 만들고 약한 것을 견실하게 만드는지, 드넓은 대낮을 꿈들로 채우는지, 현실만큼 환영들로도 잔뜩 흥분하는지, 그리고 죽음의 순간에도 사소한 것으로 장난치는지 관찰해 보라. 영혼의 이중성과 복잡성도 관찰해 보라. 영혼은 어떤 친구의 상실에 대한 소식을 듣고 동정하지만, 다른 사람들의 슬픔 속에서 달콤씁쓸하고 심술궂은 즐거움도 느낀다. 영혼은 믿음을 지니면서 동시에 믿지 않는다. 특히 젊은 시절에 영혼은 기분에 대단히 영향을 받기 쉽다는 걸 관찰하라. 부유한 사람도 소년일 때 그의 아버지가 돈을 부족하게 주었기 때문에 도둑질한다. 이 벽은 그 자신을 위해서가 아니라 그의 아버지가 건축하길 좋아했기 때문에 세운다. 한마디로 영혼은 자신의 모든 행동에 영향을 미치는 신경과 동정심으로 온통 꾸며져 있다. 하지만 1580년 당시에도 영혼이 어떻게 작동하는지 또는 영혼이 무엇인지에 관해 어떤 분명한 지식을 가진 사람은 아무도 없었다. 그 무엇보다 영혼이 가장 신비롭고 우리의 자아가 세상에서 가장 거대한 괴물이며 기적이라는 점을 제외하고는. 우리는 그렇게 겁쟁이고 평탄하고 인습적 방식들을 좋아한다. "나 자신을 더 추적하고 알수록 내 결함이 나를 더욱 놀라게 하고 나 자신을 더 이해하지 못 하게 된다." 관찰하라, 끊임없이 관찰해 보라, 그러면 잉크와 종이가 존재하는 한 몽테뉴는 "그침 없이 애쓰지도 않고" 글을 쓸 것이다.

하지만 이 삶의 예술에 대한 위대한 장인에게 우리가 던지고 싶은 마지막 질문이 하나 남아 있다. 짧고 끊어진, 길고 박식한, 논리적이고 모순된 진술들로 된 이 빼어난 전집 안에서 우리는 시간이 흐르면서 거의 투명해지는 베일을 통해, 매일 매년 계속 울리는 영혼의 맥박과 리듬 소리를 들었다. 여기에 삶이라는 모험적인 일에 성공했던 어떤 사람이 있다. 그는 자기 조국에 봉사한 뒤 은퇴해 살았으며 지주이자 남편, 그리고 아버지였다. 왕들을 즐겁게 했고 여성들을 사랑했으며 옛 책들을 읽으며 홀로 몇 시간 동안 명상에 잠겼다. 가장 미묘한 것들에 대한 끊임없는 실험과 관찰로써 그는 마침내 인간 영혼을 구성하는 이 모든 변덕스러운 부분들에 대한 기적적인 조정을 해냈다. 그는 자신의 모든 손가락으로 세상의 아름다움을 붙잡았다. 그는 행복을 성취했다. 그가 말하길, 만약 자신이 다시 살아야만 했다면, 또 똑같은 삶을 살았을 것이라고 했다. 하지만 우리의 두 눈 아래 공공연히 살아 있는 영혼의 매혹적인 장관을 지켜보면서 질문이 저절로 만들어진다. 즐거움이 모든 것들의 목적인가? 영혼의 본성에 대한 이 압도적인 관심은 어디에서 오는가? 남들과 소통하고 싶은 이 지배적인 욕구는 왜 생기는가? 이 세상의 아름다움으로 충분한가, 아니면 저기 다른 어딘가에 이 신비에 대한 어떤 설명이 있는가? 이에 대해 어떤 대답이 있을 수 있을까? 없다. 오로지 "나는 무엇을 아는가?"라는 질문이 하나 더 있을 뿐이다.

여성의 직업*

여러분의 간사님이 나더러 이곳에 와 달라고 초대할 때, 이 협회는 여성 고용에 관심이 있다고 하면서 내가 여러분께 나 자신의 직업적 경험에 관해 뭔가를 말해 주길 제안했습니다. 내가 여자인 건 사실입니다. 내가 일하고 있는 것도 사실이죠. 하지만 내가 어떤 전문적인 직업상의 경험을 해 왔을까요? 말하기 어렵습니다. 내 직업은 문학입니다. 그리고 이 직업에서는 어느 다른 직업에서보다 여성을 위한 경험이 더 드뭅니다. 무대예술을 제외하고는요. 내 말은 여성만의 특유한 경험이 더욱 드물다는 겁니다. 그 길은 여러 해 전에 만들어졌습니다. 패니 버니, 애프라 벤, 해리엇 바티노, 제인 오스틴, 조지 엘리엇에 의해서요. 많은 유명한 여성들이, 그리고 알려지지 않은 채 잊힌 더 많은 여성들이 나보다 앞서서 그 길을 평탄하게 만들어 주고 내 발걸음을 안내해 줬습

* 버지니아가 1931년 1월 21일 전국 여성 직업 협회 런던 지부에서 연설한 글을 수정한 산문이다. 원문은 〈Professions for Women〉, 《The Essays of Virginia Woolf》, Vol. 6, 1933-1941(Ed. Stuart N. Clarke, London: Hogarth Press, 2011), pp.479-484.

니다. 그래서 내가 글을 쓰게 됐을 때, 내가 가는 길에는 물질적 장애물들이 아주 적었습니다. 글쓰기는 존경받고 해가 없는 직업이었죠. 펜을 긁적인다고 가족의 평화가 깨지지 않았고 가족의 돈주머니에 부담이 되지도 않았어요. 10실링 6펜스면 셰익스피어의 모든 희곡을 쓸 수 있을 만큼 충분한 종이를 살 수 있으니까요. 만약 그럴 마음이 있다면 말이죠. 피아노와 모델도, 파리, 빈, 베를린으로의 유학도, 거장인 남자 스승과 여자 스승도 작가에게는 필요하지 않습니다. 물론, 글쓰기 종이의 값이 싸다는 점은 여성들이 다른 직업에서보다 작가로서 성공해 온 이유입니다.

하지만 여러분께 내 이야기를 하자면, 그건 단순한 거예요. 침실에서 손에 펜을 들고 있는 한 젊은 여성을 여러분 마음속에 그려 보기만 하면 됩니다. 그녀는 열 시에서 한 시까지 펜을 왼쪽에서 오른쪽으로 움직여야만 했을 뿐입니다. 그러다가 무척 간단하고 비용이 별로 들지 않는 일을 해 보자는 생각이 그녀에게 들었습니다. 그렇게 쓴 글 몇 쪽을 봉투 안으로 미끄러뜨린 후 한구석에 1페니 우표를 붙여서 그 봉투를 길모퉁이 빨간 우체통 속으로 떨어뜨려 보자고 말입니다. 그렇게 나는 저널리스트가 됐습니다. 그리고 내 노력은 그다음 달 첫날에 1파운드 10실링 6펜스짜리 수표 한 장을 담은 채 편집자로부터 온 편지로 보상받았습니다. 내게는 매우 영광스러운 날이었어요. 하지만 내가 얼마나 전문직업에 종사하는 여성으로 불릴 자격이 없는지, 내가 얼마나 그런 생활의 분투와 고충에 관해 잘 모르는지 보여주기 위해, 나는 그 돈 전부를 빵과 버터, 집세, 신발과 스타킹 또는 정육점 계산서에 쓰는 대신 밖으로 나가 고양이 한 마리를 샀다는 사실을 인정해야만 합니다. 아름다운 고양이, 페르시안 고양이 한 마리인데, 이 때문에 나는 금방 내 이웃들과 지독한 말다툼에 말려들게 됐어요.

신문이나 잡지에 글을 써서 그 수익으로 페르시안 고양이들을 사는 것보다 더 쉬운 일이 있을까요? 하지만 잠깐 기다려 보세요. 글은 뭔가에 관한 것이어야만 합니다. 내가 기억하기로, 내 글은 어느 유명한 남자가 쓴 소설에 관한 것이었습니다. 그리고 그 서평을 쓰는 동안 나는 내가 앞으로 책들을 논평한다면 어떤 환영과 싸워야 할 필요가 있다는 사실을 발견했습니다. 그런데 그 환영은 여성이었고 내가 그녀를 더 잘 알게 됐을 때 나는 그녀를 어느 유명한 시의 여주인공을 따라서 '집 안의 천사'라고 불렀습니다.[*] 내가 서평을 쓰고 있었을 때 나 자신과 내 종이 사이에 찾아오곤 했던 게 그녀였습니다. 그녀는 나를 귀찮게 하고 내 시간을 낭비했으며 나를 너무 괴롭혀서 결국 나는 그녀를 죽였습니다. 나보다 더 젊고 더 행복한 세대인 여러분은 그녀에 관해 들어 보지 못했을 수 있습니다. 여러분은 '집 안의 천사'라는 말이 무엇을 의미하는지 모를 수 있습니다. 가능한 한 간략하게 그녀를 묘사할게요. 그녀는 동정심이 아주 강했습니다. 그녀는 굉장히 매력적이었어요. 그녀는 전적으로 이타적이며 가정생활이라는 어려운 예술에 탁월했습니다. 그녀는 매일 자신을 헌신했어요. 닭고기가 있다면 그녀는 다리를 택했고, 외풍이 분다면 그녀가 그 안에 앉아 있었습니다. 한마디로 그녀는 그렇게 만들어졌으므로 자기 자신만의 마음이나 소원은 결코 가져 본 적이 없고 언제나 다른 사람들의 마음과 소원에 공감하기를 더 좋아했습니다. 무엇보다, 그녀는 순결했어요. 말할 것도 없이 순결함이 그녀의 주요한 아름다움으로 여겨졌죠. 얼굴이 빨개지거나 굉장히 우아한 그런 모습 말이

* 코번트리 패트모어의 서사시《집 안의 천사the Angel in the House》.

죠. 그 시절, 즉 빅토리아 여왕 말년에는 모든 집마다 그런 천사가 있었습니다. 그래서 나는 글을 쓰게 됐을 때, 바로 첫마디부터 그녀와 마주쳤습니다. 그녀 날개의 그림자가 내 종이 위로 드리웠습니다. 나는 방 안에서 그녀의 치마가 스치는 소리를 들었습니다. 다시 말해, 내가 어느 유명한 남자가 쓴 소설을 논평하기 위해 손으로 펜을 들자마자 바로 그녀가 내 뒤에 슬그머니 나타나 이렇게 속삭였어요. "여기 보세요, 당신은 젊은 여성입니다. 당신은 어떤 남자에 의해 쓰인 책에 관해 글을 쓰고 있군요. 동정심 많고 상냥해지세요. 아첨하고 기만하세요. 우리 성별의 모든 기교와 술책을 사용하세요. 당신에게 당신만의 마음이 있다는 사실을 그 누구도 짐작하게 해서는 안 됩니다. 무엇보다도, 순결하세요." 그러면서 그녀는 내 펜을 안내하려는 듯했어요. 이제 나는 나 자신의 공로로 돌릴 한 가지 행위를 기록합니다. 비록 그 공로는 나에게 일정한 액수의 돈(연간 500파운드라고 할까요?)을 남겨 준 내 훌륭한 조상들 몇 분에게 돌아가는 게 맞지만요. 그래서 나는 내 생계를 위해 매력에만 의존할 필요가 없었으니까요. 나는 그녀에게 달려들어 그녀의 멱살을 잡았습니다. 나는 최선을 다해 그녀를 죽였어요. 만약 내가 기소돼 법정에 선다면, 정당방위였다고 변명할 겁니다. 내가 그녀를 죽이지 않았다면 그녀가 나를 죽였을 거라고요. 그녀가 내 글에서 심장을 뽑아 버렸을 거라고요. 왜냐하면 내가 종이에 펜을 대자마자 당신 자신의 마음이 없이는, 인간관계와 도덕성과 성에 관해 당신이 진실이라고 생각하는 것을 표현하지 않고는 심지어 소설 한 편도 논평할 수 없다는 사실을 깨달았기 때문입니다. 그런데 집 안의 천사에 따르면, 이 모든 질문이 여성에 의해선 자유롭고 공공연하게 다뤄질 수 없습니다. 여성들은 매혹해야만 하고 환심을 사야만 합니다. 여성들은, 솔직히 말해서, 성공하려면 거짓말을 해야만 합니다. 그래서 내 종이 위에서 그녀 날개의 그림자나 그녀 후광의 광채가 느껴질 때마다 잉크병을 들어 그녀를 향해 휙 던졌어요. 그녀는 여간해서 죽지 않았습니다. 그녀의 허구적인 본성이 그녀에게 크게 도움이 됐죠. 현실보다 환영을 죽이는 게 훨씬 더 어렵습니다. 그녀를 멀리 보내 버렸다고 생각했을 때, 그녀는 항상 살금살금 되돌아오고 있었습니다. 내가 마침내 그녀를 죽였다고 우쭐대긴 하지만 그 싸움은 치열했어요. 그리스 문법을 배우든지 모험을 찾아서 세계를 돌아다녔다면 더 잘 보냈을 만한 많은 시간이 걸렸습니다. 그러나 그건 현실적인 경험이었습니다. 그건 그 당시 모든 여성 작가에게 반드시 일어나게 돼 있는 경험이었습니다. 집 안의 천사를 죽이는 일은 여성 작가가 해야 할 업무의 일부였습니다.

하지만 내 이야기를 이어가겠습니다. 천사가 죽었습니다. 그러면 무엇이 남았을까요? 여러분은 남아 있는 건 단순하고 평범한 대상, 즉 잉크병을 갖고 침실에 있는 한 젊은 여성이라고 말할 것 같습니다. 다시 말해서, 이제 그녀가 자신에게서 거짓을 없애 버렸으므로 그 젊은 여성은 그녀 자신이 되기만 하면 됐다고요. 아, 하지만 '그녀 자신'은 무엇일까요? 내 말은, 여성은 무엇일까요? 장담하는데, 나는 모릅니다. 여러분도 모를 거라고 생각합니다. 그녀가 인간 기술에 열려 있는 모든 예술과 직업 안에서 그녀 자신을 표현할 때까지는 그 누구도 알 수 없다고 생각합니다. 그것이 정말 내가 여러분에 대한 존경심으로 여기에 온 이유 중 하나입니다. 여러분은 여러분의 실험으로 여성이 무엇인지 우리에게 보여주는 과정, 여러분의 실패와 성공으로 그 지극히 중요한 정보를 우리에게 제공해 주는 과정에 있기 때문입니다.

하지만 내 직업적 경험에 관해 계속 이야기해 보겠습니다. 나는 내 첫 서평으로 1파운드 10실링 6펜스를 벌었습니다. 그리고 그 수입으로 페르시안 고양이 한 마리를 샀습니다. 그러자 나는 야심이 생겼습니다. 페르시안 고양이면 정말 좋아,라고 나는 말했습니다. 하지만 페르시안 고양이는 충분하지 않아. 나는 자동차가 있어야만 해. 그래서 나는 소설가가 됐습니다. 매우 이상하게도, 여러분이 사람들에게 이야기를 준다면 그들은 여러분에게 자동차 한 대를 주기 때문이죠. 더욱 이상한 일은, 이야기를 들려주는 것만큼 즐거운 건 이 세상에 아무것도 없다는 사실입니다. 그건 유명한 소설가의 서평을 쓰는 것보다 훨씬 더 즐겁습니다. 하지만 내가 여러분의 간사님 뜻에 따라서 소설가로서 내 직업적 경험을 여러분에게 말하려고 한다면 소설가로서 내게 일어났던 아주 이상한 경험에 대해 여러분에게 말해야만 합니다. 그러니 그걸 이해하려면 여러분은 먼저 소설가의 마음 상태를 상상해야만 합니다. 만약 내가 소설가의 주된 욕망은 가능한 한 무의식적으로 되는 거라고 말하더라도 내가 직업상의 비밀을 누설하고 있는 게 아니길 희망합니다. 그는 자신 안에 영속적인 혼수상태를 유발해야만 합니다. 그는 삶이 극도로 조용하고 규칙적으로 진행되길 원합니다. 그는 글을 쓰는 동안, 날이면 날마다 똑같은 얼굴들을 보고 똑같은 책들을 읽고 똑같은 일들을 해서 무엇도 그가 살고 있는 환상을 깨지 않기를 원합니다. 무엇도 그 수줍고 환상적인 영혼, 즉 상상력의 신비로운 탐색과 돌진, 그리고 갑작스러운 발견을 방해하거나 불안하게 만들지 않도록 말입니다. 이런 상태는 남성과 여성 모두에게 같다고 생각해요. 그렇다고 할지라도, 나는 여러분이 무아지경 상태에서 소설을 쓰고 있는 나를 상상해 주길 바랍니다. 여러분이 손에 펜을 쥔 채 앉아 있는 한 젊은 여성을 마음속에 그려 보길 바랍니다. 그녀는 몇 분 동안, 사실은 몇 시간 동안 잉크병에 펜을 담근 적도 없습니다. 내가 이 여성을 생각할 때 내 마음에 떠오르는 이미지는 깊은 호수 가장자리에서 물속에 낚싯대를 드리우고 꿈속에 빠져 누워 있는 낚시꾼의 이미지입니다. 그녀는 자기 상상력이 우리의 무의식적 존재 안에 가라앉아 있는 세계의 모든 바위와 갈라진 틈 곳곳을 아무 저지를 받지 않은 채 휩쓸고 다니도록 놔두고 있었습니다. 이제 그 경험이 찾아왔습니다. 내 생각에 남성 작가보다는 여성 작가에게 훨씬 더 흔한 그 경험이요. 낚싯줄이 그 젊은 여성의 손가락들 사이로 빠르게 풀려 나갔습니다. 그녀의 상상력이 멀리까지 달아난 것입니다. 상상력은 가장 커다란 물고기가 졸고 있는 물웅덩이, 깊은 곳, 그 어두운 장소를 발견해 냈습니다. 그런 다음 충돌이 일어났습니다. 폭발이 일어났습니다. 거품과 혼란이 있었죠. 상상력이 단단한 무언가에 부딪쳤던 것입니다. 그 여성은 자기 꿈에서 깨어났습니다. 그녀는 사실 가장 민감하고 어려운 고충의 상태에 있었습니다. 비유 없이 말하자면, 그녀는 몸에 대한 뭔가를, 그녀가 여성으로서 말하기 적합하지 않은 열정에 대한 뭔가를 생각했던 것입니다. 남자들이 충격받을 거야, 그녀의 이성이 그녀에게 말했죠. 자신의 열정에 관해 진실을 말하는 여성에 대해 남자들이 뭐라고 얘기할지 의식하자 그녀는 예술가의 무의식 상태에서 깨어났던 것입니다. 그녀는 더 이상 글을 쓸 수 없었죠. 황홀경은 끝났습니다. 그녀의 상상력은 더 이상 작동할 수 없었습니다. 나는 이것이 여성 작가들에게 아주 흔한 경험이라고 생각합니다. 여성 작가들은 다른 성별의 극단적인 인습성에 방해받습니다. 남성들이 자신들에게는 큰 자유를 허용하면서도 여성 안에 있는 그런 자유는 비난하는 그 극도의 엄격함을 스스로 깨닫거나 자제할 수 있는지 의심스러우니까요.

이 두 가지가 나 자신이 겪은 매우 진정한 경험이었습니다. 이 일들이 내 직업 생활에서 겪었던 두 가지 모험이었습니다. 첫 번째, 집 안의 천사 죽이기, 내가 이건 해결한 것 같습니다. 그녀는 죽었습니다. 하지만 두 번째, 육체로서의 나만의 경험에 관해 진실을 말하기, 내가 이건 해결하지 못한 것 같습니다. 아직 이 문제를 해결한 여성은 없는 것 같습니다. 그녀를 가로막는 장애물들은 여전히 엄청나게 강력합니다. 하지만 그것들을 규정하기는 매우 어렵습니다. 겉보기에는, 책을 쓰는 일보다 더 단순한 게 있을까요? 겉보기에는, 남성보다 여성에게 어떤 장애물들이 더 있겠습니까? 안을 들여다보면, 상황이 매우 다르다고 생각합니다. 그녀에게는 여전히 싸워야 할 여러 유령과 극복해야 할 많은 편견이 있습니다. 실제로, 여성이 살해해야 할 환영도 부딪쳐야 할 바위도 발견하는 일 없이 자리 잡고 앉아 책을 쓸 수 있기까지는 앞으로도 오랜 시간이 걸릴 거라고 여겨집니다. 만약 여성의 모든 직업 중 가장 자유로운 직업인 문학에서 이렇다면, 여러분이 지금 최초로 진출하고 있는 새로운 직업들에서는 어떻겠습니까?

그것들이 내게 시간이 있다면 여러분에게 묻고 싶은 질문들입니다. 그리고 사실, 만약 내가 나의 직업적 경험에 중점을 뒀다면, 그 이유는 그 경험들이, 비록 다른 형식들일지라도 여러분의 경험이기도 하다고 믿기 때문입니다. 그 길이 명목상으로는 열려 있을 때조차, 즉 여성이 의사, 변호사, 공무원이 되지 못 하도록 방해하는 게 아무것도 없을 때조차도, 내가 생각하듯이, 그녀가 가는 길에 어렴풋이 나타나는 여러 환영과 여러 장애물이 있습니다. 그것들을 논의하고 규정짓는 일은 매우 가치 있고 중요하다고 생각합니다. 왜냐하면 그렇게 해야만 그 노고를 함께 나눌 수 있고 그 어려움들을 해결할 수 있기 때문입니다. 하지만 이외에도, 우리가 싸우고 있는 그 목적과 목표, 우리가 이 강력한 장애물들과 전투를 벌이고 있는 그 목적과 목표에 관해서도 논의할 필요가 있습니다. 그 목표들은 당연하게 여겨질 수 없으며 끝없이 의문을 제기하고 검토돼야만 합니다. 내가 이 회관에서 역사상 처음으로, 나로서는 알 수도 없을 만큼 수없이 다양한 직종을 실천하는 여성들에 둘러싸인 채 이걸 보고 있듯이, 전체적인 지위는 특히 흥미롭고 중요합니다. 지금까지 남성들이 독점적으로 소유하던 집에서 여러분은 자기만의 방들을 획득했습니다. 비록 엄청난 노동과 수고가 들지라도 여러분은 집세를 낼 수 있습니다. 여러분은 해마다 500파운드를 벌고 있습니다. 하지만 이러한 자유는 단지 시작일 뿐입니다. 그 방은 여러분만의 방이지만 여전히 텅 비어 있습니다. 이 방에 가구도 들여야 합니다. 장식도 해야 하고요. 함께 살 사람도 있어야 합니다. 여러분은 어떻게 방에 가구를 채우고 어떻게 장식할 건가요? 여러분은 누구와 함께, 그리고 어떤 조건으로 방을 공유할 건가요? 나는 이런 것들이 가장 중요하고 흥미로운 질문들이라고 생각합니다. 역사상 처음으로 여러분은 이 질문들을 할 수 있습니다. 처음으로 여러분은 그 답변이 무엇이 돼야 할지 스스로 결정할 수 있습니다. 나는 기꺼이 머물면서 그 질문과 답변 들을 토론하려고 하지만 오늘 밤은 아닙니다. 내 시간이 다 됐습니다. 그래서 이만 마쳐야겠습니다.

평화에 관한 생각들*

독일인들이 지난밤에도 그 전날 밤에도 이 집 위 하늘에 있었다. 지금 그들이 또다시 왔다. 어둠 속에 누워서 어느 순간 당신을 찔러서 죽음에 이르게 할지 모르는 말벌의 붕붕거림을 듣는 일은 기이한 경험이다. 그건 평화에 관해 차분하게 이어지는 생각을 방해하는 소리다. 하지만 그건 기도와 성가보다 훨씬 더 내가 평화에 관해 생각할 수밖에 없게 만드는 소리다. 만약 우리가 평화가 존재할 수 있는 길을 생각해 낼 수 없다면 우리는, 한 침대에 누운 이 한 육체가 아니라 아직 태어나지 않은 수백만 명의 육체들이, 같은 어둠 속에 누워 같은 죽음이 머리 위에서 우르르 울리는 소리를 듣게 될 것이다. 언덕 위의 총들이 탕탕탕 발사되고 탐조등들이 구름을 비추며, 그리고 가끔 때로는 가까운 곳에 때로는 멀리 떨어진 곳에 폭탄이 떨어지는 동안에 우리가 유일하게

* 1940년 10월 21일에 미국의 진보적인 잡지 《뉴 리퍼블릭》에 실린 글이다. 원문은 〈Thoughts on Peace in an Air Raid〉, 《The Essays of Virginia Woolf》, Vol. 6, 1933–1941(Ed. Stuart N. Clarke, London: Hogarth Press, 2011), pp.242–248.

효과적인 공습 피난처를 만들어 내기 위해 무엇을 할 수 있는지 생각해 보자.

저기 하늘 위에서 젊은 영국인 남성들과 젊은 독일인 남성들이 서로 싸우고 있다. 방어하는 사람도 남성들이고 공격하는 사람도 남성들이다. 적과 싸우기 위해서든 자신을 보호하기 위해서든 영국 여성들에게는 무기가 주어지지 않기 때문이다. 오늘 밤 영국 여성은 무기 없이 누워 있어야만 한다. 하지만 만약 그녀가 저 하늘 위에서 벌어지고 있는 싸움이 자유를 수호하려는 영국인들, 그리고 자유를 파괴하려는 독일인들에 의한 싸움이라고 믿는다면, 그녀는 할 수 있는 한 영국인 편에서 싸워야만 한다. 총기 없이 그녀는 자유를 위해 어디까지 싸울 수 있을까? 무기나 옷 또는 식량을 만들 수 있다. 하지만 무기 없이 자유를 위해 싸울 수 있는 또 다른 길이 있다. 우리는 정신으로 싸울 수 있다. 우리는 저 위 하늘에서 적을 물리치기 위해 싸우고 있는 젊은 영국인 남성을 도울 아이디어들을 생각해 낼 수 있다.

그러나 아이디어들이 효력을 발휘하게 하려면 우리는 그것들을 발사할 수 있어야만 한다. 그것들을 행동으로 옮겨야만 한다. 하늘 위의 말벌은 머릿속에 또 다른 말벌을 불러일으킨다. 오늘 아침《더 타임스》에 붕붕거림이 하나 있었다. 한 여성의 목소리가 '여성들은 정치에서 말 한마디 못 한다'고 얘기하고 있다. 여성이 내각에 한 명도 없고 어느 책임 있는 직책에도 없다. 아이디어가 효력을 발휘하게 만드는 지위에 있는 모든 아이디어 제작자는 남성들이다. 그런 생각은 사유를 좌절시키고 무책임을 조장한다. 왜 머리를 베갯속에 묻고 귀를 막은 채 이 아이디어 만들기라는 헛된 활동을 중단하지 않는가? 임원진 테이블과 회담장 테이블 곁에는 다른 테이블도 있기 때문이다. 만약 우리가 쓸모없어 보인다는 이유로 개인들의 생각, 티 테이블에서 하는 생각을 포기한다면 젊은 영국인에게 가치 있을 수 있는 무기 하나를 주지 않고 내버려두는 건 아닐까? 우리의 능력이 어쩌면 학대나 경멸에 노출될 수 있다는 이유로 우리의 무능력을 강조하고 있지는 않나? 시인 윌리엄 블레이크는 '나는 정신적 싸움을 멈추지 않을 것이다'라고 썼다. 정신적 싸움이란 물살을 따라가지 않고 물살을 거슬러서 생각하는 걸 의미한다.

물살은 빠르고 사납게 흘러간다. 물살은 쏟아지는 말들로 확성기와 정치가들로부터 흘러나온다.

날마다 그들은 우리가 자유로운 국민이고 자유를 지키기 위해 싸우고 있다고 말한다. 그것이 젊은 공군 조종사를 하늘 높이 날려 버리고 그가 구름 사이에서 계속 돌아다니도록 만드는 물살이다. 우리를 덮어 주는 지붕과 곁에 방독면이 있는 여기 아래에서는, 말만 많은 자들의 허풍 주머니에 구멍을 내 주어 진실의 씨앗을 발견하는 게 우리 임무다. 우리가 자유롭다는 건 진실이 아니다. 오늘 밤 우리는 모두 죄수들이다. 그는 총을 곁에 둔 채 자기 기계 안에 갇혔고 우리는 방독면을 곁에 둔 채 어둠 속에 누워 있다. 만약 우리가 자유롭다면 우리는 야외로 나가서 춤추고 놀거나 창가에 앉아 함께 얘기할 것이다. 우리를 방해하는 게 무엇인가? 확성기들이 "히틀러!"라고 한목소리로 외친다. 히틀러는 누구인가? 그는 무엇인가? 공격성, 독재, 권력에 대한 광기 어린 사랑의 화신이라고 그들은 대답한다. 그것을 파괴하라, 그러면 여러분은 자유로워질 거라고.

비행기들의 윙윙거림이 이제는 머리 위에서 나뭇가지를 톱질하는 소리처럼 들린다. 그 소리는 집 바로 위에서 빙빙 돌며 나뭇가지를 톱질하고 또 톱질한다. 또 다른 소리가 머릿속에서 톱질하기 시작한다. 그건 오늘 아침《더 타임스》에서 레이디 애스터가 '능력 있는 여성들이 남성들의 마음속 잠재의식적인 히틀러주의 때문에 억압받는다'고 말하는 소리였다.* 분명 우리는 억압받고 있다. 오늘 밤 비행기 안에 있는 영국 남성이나 침대에 있는 영국 여성이나, 우리는 똑같이 죄수다. 하지만 만약 그가 생각하길 멈춘다면 그는 죽임당할지도 모른다. 그리고 우리도 마찬가지다. 그러니 그를 위해서 생각하자. 우리를 억압하는 잠재의식적인 히틀러주의를 의식 수준으로 끌어올리자. 그건 침략에 대한 욕망, 지배하고 노예로 만들려는 욕망이다. 어둠 속에서조차 우리는 그게 뚜렷해지는 걸 볼 수 있다. 우리는 가게 창문들이 불타듯이 빛나는 걸 볼 수 있다. 그리고 응시하는 여성들, 화장한 여성들, 잘 차려입은 여성들, 그리고 진홍색 입술에 진홍색 손톱을 한 여성들을 볼 수 있다. 그녀들은 남자들을 노예로 만들려고 하는 노예들이다. 만약 우리가 노예 상태로부터 우리 자신을 해방할 수 있다면 우리는 자유로운 남성들을 독재로부터 해방시킬 것이다. 히틀러들은 노예들이

* 영국 최초의 여성 하원의원 낸시 애스터는 1919년에서 1945년까지 재임했다.

길러 낸다.

폭탄이 떨어진다. 모든 창문이 덜거덕거린다. 고사포들이 작동하기 시작한다. 저기 언덕 위에는 가을 낙엽의 색깔을 모방해 녹색과 갈색 헝겊 조각들이 달린 그물망 아래에 고사포들이 감춰져 있다. 지금 그것들이 모두 동시에 발포된다. 아홉 시 정각 라디오에서 우리는 '밤사이 마흔네 대의 적기가 격추됐으며 그중 열 대는 고사포에 의한 것입니다'라는 소식을 듣게 될 것이다. 그리고 확성기들이 평화의 조건 중 하나는 무장해제라고 말한다. 미래에는 더 이상 총도, 군대도, 해군도 공군도 없을 거라고. 더 이상 젊은 남성들이 무장한 채 싸우도록 훈련받지 않을 거라고. 그건 머릿속의 방들 안에 또 다른 정신적 말벌을, 또 다른 인용문을 깨운다. "진짜 적과 맞서 싸우는 것, 완전히 낯선 이들을 쏘아 죽임으로써 불멸의 명예와 영광을 얻는 것, 내 가슴에 메달과 훈장을 가득 단 채 집으로 오는 것, 그것이 내 희망의 정점이었다. …… 지금까지 내 삶 전체는 이를 위해 바쳐졌다. 내 교육과 훈련, 그리고 모든 것이……."

그게 지난 전쟁에서 싸웠던 어느 젊은 영국 남성의 말이었다. 그런 말 앞에서 현재의 사상가들은 회담 테이블에서 종이 한 장 위에 '무장해제'라고 씀으로써 필요한 모든 일을 다 했다고 정직하게 믿을 수 있을까? 오셀로의 업무가 사라져 버린다고 해도 그는 여전히 오셀로일 것이다. 하늘 위에 있는 젊은 공군 조종사는 확성기들의 목소리에 이끌릴 뿐만 아니라 자신 안에 있는 목소리들, 즉 오래된 본능들, 교육과 전통에 의해 조성되고 간직된 본능들에도 이끌린다. 그가 그 본능들에 대해 비난받아야만 할까? 우리는 정치가들로 가득 찬 테이블의 명령에 따라 모성적 본능의 스위치를 끌 수 있을까? 평화 조약 가운데 "출산은 특별히 선택된 아주 소수의 여성에게만 국한될 것이다."라는 명령이 있다고 가정한다면, 우리는 승복할까? 우리는 "모성 본능은 여성의 영광이다. 내 삶 전체는 이를 위해 바쳐졌다. 내 교육과 훈련, 그리고 모든 것이…….”라고 말하지 않을까? 하지만 만약 인류를 위해서, 세계 평화를 위해서 출산이 제한되고 모성 본능이 억제되는 게 필요하다면 여성들은 이걸 시도할 것이다. 남성들은 여성들을 도울 것이다. 그들은 여성들이 아이 낳기를 거절하는 것에 대해 경의를 표할 것이다. 남성들은 여성들의 창조적인 능력을 위한 다른 기회들을 그들에게 선사할 것이다. 그것 역시 자유를 위한 우리의 싸움의 일부가 돼야만 한다. 우리는 그 젊은 영국 남성이 자신으로부터 메달과 훈장에 대한 사랑을 뽑아 버릴 수 있도록 도와야만 한다. 우리는 그들 자신 안에서 자신의 싸움 본능, 자신의 잠재의식적인 히틀러주의를 정복하려고 노력하는 그들을 위해서 더욱 영예로운 활동들을 창조해야만 한다. 우리는 남성이 총을 상실한 것에 대해 그에게 보상해 줘야만 한다.

머리 위에서 톱질하는 소리가 커졌다. 모든 탐조등이 위쪽을 향한다. 정확히 이 지붕 위 어느 지점을 가리킨다. 어느 순간이든 폭탄이 바로 이 방 위로 떨어질지도 모른다. 하나, 둘, 셋, 넷, 다섯, 여섯…… 몇 초가 지나간다. 폭탄은 떨어지지 않았다. 하지만 그 긴장된 몇 초 동안 모든 생각이 멈췄다. 모든 느낌이 그쳤다. 무딘 두려움 하나만 제외하고는. 못 한 개가 존재 전체를 딱딱한 판자 하나에다 고정시켜 버렸다. 그러므로 두려움과 미움의 감정은 불모이고 열매 맺지 못 한다. 그 두려움이 지나가자마자 정신이 창조하려고 함으로써 뻗어 나가고 본능적으로 자신을 소생시킨다. 방이 어둡기 때문에 오직 기억으로부터 창조할 수 있다. 정신은 다른 8월에 대한 기억에 다다른다. 독일 바이로이트에서 바그너 음악을 들은 일, 로마에서 캄파냐를 걸은 일, 그리고 런던에서의 기억들. 친구들의 음성이 되돌아온다. 시 구절들이 돌아온다. 그런 생각들은 모두 기억에서조차 두려움과 미움으로 만들어진 무딘 공포보다는 훨씬 더 긍정적이고 회복시키며 치유하고 창조적이다. 그러므로 만약 우리가 젊은 남성이 자신의 영광과 총을 상실한 것에 대해 보상해 주려 한다면 우리는 그가 창조적인 감정에 접근할 수 있게 해 줘야만 한다. 우리는 행복을 만들어야만 한다. 우리는 기계로부터 그를 해방시켜야 한다. 그를 자신의 감옥에서 끌어내 탁 트인 야외로 데려와야만 한다. 하지만 만약 젊은 독일 남성과 젊은 이탈리아 남성이 여전히 노예로 남아 있다면 젊은 영국 남성을 해방시켜 봐야 무슨 소용이 있겠는가?

평원 위로 너울거리던 탐조등들이 지금 적기를 포착했다. 창문으로 작은 은색 곤충 한 마리가 불빛 속에서 빙빙 돌고 뒤틀리는 모습을 볼 수 있다. 고사포가 탕탕탕 발사된다. 그러다가 그친다. 아마도 그 침입자는 언덕 뒤편으로 추락한 것 같았다. 며칠 전에 조종사 중 한 명이 여기 인근 들판에 안전하게 착륙했다. 그는 자신의 체포자들에게 아주 훌륭한 영어로 "싸움이 끝나서 얼마나 기쁜지 모릅니다!"라고 말했다. 그러자 한 영국 남성이 그에게 담배 한 대를 건넸고 한 영국 여성이 그에게 차 한 잔을 대접했다. 이 일화는 만약 당신이 남성을 기계로부터 해방시킬 수 있다면 씨앗이 완전히 돌바닥에 떨어지지는 않는다는 사실을 보여 주는 듯하다. 그 씨앗이 풍부한 열매를 맺을 수도 있다.

마침내 고사포들이 발포를 멈췄다. 모든 탐조등이 꺼졌다. 여름밤의 자연스러운 어둠이 되돌아온다. 전원의 순수한 소리가 다시 들려온다. 사과 한 알이 바닥에 툭 떨어진다. 올빼미가 나무에서 나무로 날아다니면서 부엉부엉 운다. 어느 옛 영국 작가가 한, 반쯤 잊힌 구절이 떠오른다. "미국에서는 사냥꾼들이 잠에서 깨어났다……."* 미국에서 잠에서 깨어난 사냥꾼들에게, 아직 기관총 발포 소리에 그 잠을 방해받지 않은 남성들과 여성들에게 이 단편적인 글을 보내도록 하자. 그들이 이 글을 관대하고 자비롭

* 토머스 브라운의 《사이러스의 정원The Garden of Cyrus》 끝부분에 나오는 구절. 시인은 잠자리에 들 시간이라면서 "미국에서는 사냥꾼들이 잠에서 깨어났다. 페르시아에서는 이미 잠이 들었다. 하지만 우리를 영원한 잠으로부터 해방시켰던 그 시간에 누가 졸고 있을 수 있는가?"라고 썼다.

게 다시 생각해 보고 어쩌면 그것을 쓸모 있는 뭔가로 만들어 낼 수 있을 거라고 믿으면서. 그리고 이제 세계의 그늘진 반쪽에서 잠을 청하려고 한다.

옮긴이의 말

자유, 우리 존재의 본질

버지니아 울프는 편지 쓰는 걸 좋아했다. 20세기 초 모더니즘 문학을 대표하는 영국 여성 작가 버지니아 울프는 많게는 하루에 여섯 통까지 편지를 보낼 정도로 편지 쓰기를 즐겼고 편지가 없다면 살 수 없을 거라고 고백했다. 그녀가 남긴 편지는 발견된 것들만 해도 4,000통 정도에 달한다. 편지에 대한 버지니아의 사랑은 이 섬세한 천재 작가의 영혼이 우리가 상상하는 것보다 훨씬 더 사람들을 향해 열려 있었음을 뜻한다. 그녀로 하여금 편지를 쓰게 만드는 주요한 동기는 '사람'에 대한 관심이었다. 버지니아는 우정을 유지하고 회복하고 확장하기 위해서, 스쳐 지나가는 아이디어를 붙잡기 위해서, 그리고 뉴스와 가십을 주고받기 위해서 끊임없이 편지를 썼다.

이 책은 사회적 억압에 도전하며 '자유'의 삶을 살아 낸 버지니아의 편지들을 엄선하여 번역한 것이다. 버지니아는 '자유가 우리 존재의 본질'이라고 했다. 이 책에는 민감하고 솔직한 영혼, 혁신적인 예술

창작, 그리고 시대를 앞선 페미니즘적 통찰을 통해 20세기 초 가부장제와 제국주의, 파시즘에 저항한 버지니아의 내면을 들여다볼 수 있는 편지들이 담겼다. 특히 여성으로서, 작가로서, 출판인으로서 버지니아가 삶에서 겪은 중요한 사건들, 그리고 소설 창작과 출판의 생생한 과정들이 잘 드러난 편지를 집중적으로 선별해 독자가 그녀의 생애 전반과 주요 문학 작품 탄생 과정을 이해할 수 있도록 구성했다. 또한 버지니아가 자신의 심오한 예술론과 소설창작론을 들려주거나 가부장제와 전체주의에 대해 비판하는 페미니즘적인 목소리를 직접적으로 드러낸 편지들은 놓치지 않고 반드시 포함했다. 따라서 이 책에 담긴 편지들은 각각 단편처럼 보여도 서로 연결돼 상호 작용한다.

이 책은 버지니아의 생애 순서대로 1부(1882~1922년), 2부(1923~1931년), 3부(1932~1941년)로 전개되며 각 부의 도입부에는 이 기간에 그녀에게 일어난 중요한 사건들과 발표된 주요 작품들에 관한 간략한 소개를 요약해 넣음으로써 독자들이 편지의 내용을 쉽게 이해할 수 있도록 도왔다. 버지니아의 삶에서 자유의 추구는 여러 측면에서 접근될 수 있다. 무엇보다 그녀에게 자유는 '문학 작품의 구체성'으로 발현된다. 버지니아에게 존재의 자유는 추상적인 이념과 맞서는 아름다움의 개별성과 예술 작품의 타당성으로서 긍정된다. 여성이 글을 쓰려면 다양한 물리적 · 정신적 제약이 따랐던 시대에 그녀는 작가가 돼 자신의 문학적 창조성을 온전히 펼쳐 내고자 했다. 버지니아의 편지에는 그녀가 소설을 구상하고 집필하고 거듭 다듬는 고된 과정, 언니 바네사가 디자인한 책 표지의 수정을 고심하는 과정, 출판된 책의 판매 부수를 신경 쓰고 책에 관한 다양한 비평들로 인해 혼란스러워하는 마음이 고스란히 기록돼 있다.

버지니아의 편지는 그녀가 캐서린 맨스필스와 T. S. 엘리엇, 시도니-가브리엘 콜레트 같은 동시대 작가뿐만 아니라 자크 라베라트와 로저 프라이 같은 화가나 미술 비평가, 그리고 여성 음악가 에델 스미스 등 다양한 장르의 예술가들과 활발히 교류함으로써 자신의 소설 창작에 얼마나 폭넓고 다채로운 예술적 감각을 부여할 수 있었는지 보여 준다.

또 한 가지 중요한 사실은 버지니아가 소설을 창작하는 작가였을 뿐만 아니라 남편 레너드와 함께 직접 호가스 출판사를 세워 운영함으로써 훌륭한 문학 작품들을 생산해 낸 출판인로서 뛰어난 면모를 발휘했다는 점이다. 버지니아의 편지는 호가스 출판사가 대기업의 인수 제안을 거부하고 버지니아의 작품을 비롯해 그들이 원하는 작가들의 작품을 선택해서 출판할 수 있는 자유와 독립성을 지켜 낸 모습을 보여 준다. 이를 통해 버지니아는 현실 세계에서 예술적 자립을 확보하고 모더니즘 문학의 흐름에 크게 기여할 수 있었다.

자유로운 영혼의 버지니아는 사랑과 성적 정체성에 있어 최대한 대담하고 솔직해지고자 했다. 그녀는 평생에 걸쳐 여러 남성과 사랑했고 또 여러 여성과 사랑했다. 물론 레너드와 맺은 부부로서의 결속과 사랑이 그녀의 삶에 매우 귀중했고, 비타 색빌웨스트와 나눈 육체적 경험이 세간에 잘 알려져 있긴 하지만 사실 버지니아는 항상 누군가와 '연애 중'이었다. 그녀는 편지에 요즘 자신이 어느 남성과 또는 어느 여성과 '플러팅Flirting'을 주고받았는지 기록한다. 이런 성적인 자극은 버지니아가 창작을 하는 데 있어 필요했다. 그녀는 1930년 8월 에델 스미스에게 보낸 편지에서 자신이 함께 춤을 추는 상대의 손을 잡은 채 '남성의 몸 또는 여성의 몸과 접촉하면서 절묘한 쾌락을 느끼며' 이렇게 끊임없이 자극받지 않는다면 자신이 《등대로》 같은 작품을 쓰고 싶게 만드는 뭔가를 얻을 수 없다고 고백한다. 그래서 그녀는 일부러 자극을 찾아서 런던 거리를 돌아다니곤 했다.

중요한 점은 버지니아가 '나는 비타와 에델과 레너드와 바네사 그리고 아, 어떤 다른 사람들도 원할 만큼 충분히 다양하다'는 사실을 인정하고 털어놓는 솔직함에 있다. 그녀는 한 사람의 정체성이 얼마나 복잡하고 유동적인지 예리하게 직시하고 '나는 정말 다양하고 정말 많은 것을 원한다'고 지인에게 말할 수 있을 만큼 거침이 없었다. 그러면서 그녀는 '이 엄청나게 복합적이고 넓게 펼쳐진 열정들을 끊임없이 좁히고 이름을 붙이는 것'이야말로 사람들이 실수하는 것이라고 단언한다. 즉, 버지니아는 성적인 취향을 포함해 정체성은 다채롭고 변화하는 것인데 사회가 한 사람의 정체성을 함부로 규정하고 분류하고 재단하는 건 존재의 자유를 억압한다고 봤다.

버지니아의 편지 중에는 지적 능력에 있어서 여성이 남성보다 열등하며 교육과 자유도 그것을 바꾸지 못 할 거라고 주장하는 남성 문인들의 글에 피가 끓어올라 1920년 10월 《뉴 스테이츠먼》 편집자에게 보낸 편지처럼 페미니즘 사상이 직설적으로 드러나는 것도 많다. 버지니아가 《3기니》를 출간할 당시 편지들은 가부장제가 전체주의 그리고 전쟁과 맺은 은밀한 공모 관계를 간파한 이 책이 몰고 올 파장과 비난을 걱정하면서도 반드시 자신이 해야 할 일을 한다는 그녀의 강한 신념을 엿보게 한다.

생애 동안 두 차례나 세계 대전을 겪어야 했던 버지니아의 자유에 대한 열망은 '파시즘에 대한 저항'으로 선명하게 드러난다. 1939년에 일어난 2차 세계 대전을 전후해 쓰인 버지니아의 편지는 2차 세계 대전의 상처를 생생히 기록한 전쟁 문학으로서 빼어난 가치를 지닌다. 그녀가 바네사 벨에게 1938년 10월에 쓴 편지는 나치가 강성해지고 히틀러의 광기가 거세지면서 영국이 임박한 전쟁과 공습을 예상하며 불안에 떠는 상황을 상세한 증언과 치열한 고찰을 통해 기록한다. 마침내 전쟁이 터지고 런던이 폭격당했을 때도 버지니아는 도시의 참상과 상처받은 마음을 담담하게 기술하며 영혼의 자유만은 수호하고자 하는 의지를 드러낸다.

버지니아는 공습을 알리는 사이렌 소리와 전투

기가 지붕 위로 날아다니는 소리, 그리고 어딘가에 폭탄이 떨어지는 소리를 들으면서도 계속 편지를 썼다. 이러한 상황 속에서 섬세한 그녀의 영혼에 신경쇠약이 도지지 않았다면 오히려 이상한 일이었을 것이다. 따라서 비록 버지니아가 스스로 우즈 강물에 몸을 던져 생을 마감했다고는 하지만 그녀는 일종의 전쟁 사상자였다. 버지니아가 바네사와 레너드에게 각각 한 통씩 남긴 마지막 편지를 옮길 때는 역자의 가슴이 먹먹해지고 눈물이 고일 수밖에 없었다. 어쩌면 버지니아의 죽음은 한 개인의 죽음이 아니라 2차 세계 대전이 유럽 문명과 인류에게 가한 파괴적 본성을 그 온몸과 영혼으로 짊어진 희생양으로서의 죽음이었다고 할 수 있다. 그녀는 2차 세계 대전이라는 인류의 극악한 죄를 그 민감한 몸과 예술가의 영혼으로 오롯이 받아들이고 기억하는 하나의 제물로서 강에 던져졌다. 그렇다면 남아 있는 우리는 버지니아의 희생과 고통을 통해 뉘우치고 사랑하며 구원을 향해 가야 할 것이다.

버지니아의 편지에는 그녀의 소설과 에세이, 그리고 일기에 비해 의외로 심각한 주제나 진지한 내용보다는 오히려 지인들과의 사소한 약속이나 주변에 들려오는 소문으로 가득하다. 버지니아는 정감 어린 농담과 재치 있는 어조로 편지의 수신인에 따라 적절하게 주제와 말투를 바꿨다. 다양한 사람과 끊임없는 교제의 과정을 보여 주는 버지니아의 편지는 그야말로 편지 본연의 임무에 충실한 것이었다. 때로는 지인에 대한 신랄한 묘사처럼 부정적이거나 수치스러운 감정도 있는 그대로 담아냈다. 그래서 아마도 버지니아는 생전에 자신의 편지들이 세상에 출간되는 것을 원하지 않는다고 밝혔던 것 같다.

하지만 덕분에 독자들은 진짜 '인간' 버지니아 울프를 만날 수 있다. 버지니아는 작가로서 다양한 비평과 맞닥뜨리면서 곤혹스러워했고 창작을 계속해 나갈 수 있을지 염려했다. 《댈러웨이 부인》과 《등대로》처럼 현대의 독자들이 더 없이 사랑하는 명작에 대해서도 당시로서는 실험적이었던 이 소설들을 비난하는 서평이 꽤 많았기 때문이다. 그래서 버지니아가 1925년 9월 재닛 케이스에게 보낸 편지에서 '비난은 불쾌하고 찬사는 유쾌하지만' 어느 쪽도 자신이 정말 하고 있는 것과는 관련이 없으며 '스스로가 느끼는 즐거움만이 유일한 길잡이'라는 깨달음의 경지에 이르기까지는 내적 고심이 많았다. 버지니아의 편지는 그녀가 작품에 대해 칭찬받으면 기뻐했고 비난받으면 걱정하고 반발했으며 허영심을 솔직히 인정하고 시대의 유명 인사로서 명성이 올라가는 것을 자랑스러워했음을 보여 준다. 캐서린 맨스필스에 대해 그랬듯이 그녀가 동시대 재능 있는 작가들에 대해 경쟁심과 질투심을 느낀 면모도 보여 준다.

버지니아는 완전한 인간이 아니라 위선이 없는 인간이었다. 그녀는 여성 참정권 운동에도 참여했고 협동 경제 여성 협회를 도왔고 좌파 노동 운동에 앞장선 남편 레너드와 함께 계급 평등과 노동자들의 현실에 관심을 가졌다. 하지만 〈나는 속물인가?〉라는 글을 썼을 만큼 버지니아는 중상류층 여성으로서 자신의 내면화된 계급 의식을 늘 의식하고 성찰했다. 이러한 인간적 면모는 그녀의 편지에서도 적나라하게 드러난다. 버지니아는 한국의 기혼 여성들과 달리 두 하녀, 넬리와 로티가 함께 살며 가사 노동을 해 주는 가운데 자신의 사회 활동을 할 수 있었다. 그러면서 18년 동안 고용했던 요리사 넬리 박솔을 해고하게 된 힘든 과정을 생생히 기록하기도 한다. 버지니아는 언니에게 비타를 묘사하면서 여유롭고 자연스럽게 행동하는 귀족의 모습이 자신에게 얼마나 멋지고 매력적으로 느껴지는지 설명하고 에델에게는 '왜 나는 신사 계급보다 노동자를 훨씬 더 꺼릴까요?'라고 묻는다. 하지만 1936년 5월 줄리언에게 보낸 편지에서 보듯이, 버지니아는 블룸즈버리의 자유분방한 매력을 훨씬 더 좋아하지만 세상이 제대로 돌아가려면 가난한 사람들을 위해 헌신하는 공적인 정신을 지닌 종류의 사람들이 얼마나 가치 있고 필요한지 알고 있었다.

따라서 버지니아의 편지는 그녀가 완전한 인간이나 완전한 여성이라기보다는 우리와 같은 피와 살을 갖고 흠이 있으며 실수도 하고 성공을 위해 전전긍긍하던 한 인간이었음을 보여 준다. 이로써 여성에 대한 겹겹의 억압이 존재하던 시대에 그녀가 이룩해 낸 빛나는 성취들이 지닌 현실적 의미를 새롭게 음미해 볼 수 있는 계기를 선사한다. 이 책은 이렇게 생생히 살아 있는 버지니아 울프를 독자들에게 선보인다는 취지를 지닌다.

1부에서는 아직 결혼도 하지 않고 작가가 되기 전에 언젠가 훌륭한 책을 쓸 수 있을지 고뇌하던 시절의 버지니아를 볼 수 있다. 그녀는 '맹세코, 나는 결혼을 직업으로 여기지는 않을 거야'라고 다짐하며 레너드와 결혼한 뒤 첫 장편소설《출항》을 출간한다. 이어서 버지니아는 남편과 함께 호가스 출판사를 설립하고 소설《밤과 낮》과《제이콥의 방》도 발표한다. 이 시기에 버지니아가 여성의 지적 능력을 폄하하는 아널드 베넷의 글과 이를 옹호하는 '상냥한 매'의 칼럼에 분개해 그리스 시인 사포의 예를 들며 여성들의 정신은 교육과 경험의 자유에 의해 향상돼 왔으며 앞으로도 여전히 향상될 수 있다고 조목조목 반박한 편지는 주목할 만하다. 또한 버지니아가 제럴드 브레넌이라는 문학청년에게 들려주는 진지한 소설창작론은 빼어난 가치를 지닌다. 그녀는 자신도 서른 살 때까지는 서평을 제외하고는 책 한 권 출판하지 못 했었으니 소설 쓰기를 포기해서는 안 된다고 격려하며 자신이 때때로 성취하는 '아름다움은 오직 그것을 얻는 데 실패하는 것에 의해서 얻어진다'고 설명한다.

2부에서는 비타와의 만남, 그리고《보통 독자》,《댈러웨이 부인》,《등대로》,《올랜도》,《자기만의 방》,《파도》 같은 주옥같은 그녀의 걸작들이 세상에 나오는 과정이 펼쳐진다. 이 시기 자신만의 기법에 자신감이 생긴 버지니아는 훌륭한 작품에서는 형식과 내용이 분리될 수 없으며 스타일은 리듬이고 리듬과 파동은 단어들보다도 앞서는 것이라는 창작론을 들려준다. 1927년 4월 이탈리아 여행을 간 버지니아는 바네사에게 보낸 편지에 자신이 가톨릭 의례 안에서 예술에 대한 시도와 창조의 욕망을 발견하고 감동했다면서 '나는 로마 가톨릭 종교가 좋아'라고 적는다. 그녀는 로마와 그 주변 시골이 이 세상에서 가장 아름다운 곳이라며 이 도시와 종교 의례에 심미적으로 매료된 모습을 보인다.

《등대로》가 나오자 버지니아는 다른 많은 사람의 의견보다 바네사의 의견이 중요하다며 언니의 비평을 간절히 요청하는 편지를 띄운다. 이에 대해 바네사는 부활한 어머니를 다시 만나는 것만 같다며 '그런 방식으로 어머니를 볼 수 있게 된 건 창조의 가장 놀라운 위업'이라고 극찬한다. 바네사의 뭉클한 답장은 함께 번역해 실었다. 이제 버지니아는 자신의 독특한 글쓰기 '방법'이 지니는 힘을 정확히 파악하고 있는 듯하다. 비타에게 보낸 편지에서 그녀는 《등대로》의 저녁 식사 장면이 '지금까지 내가 쓴 것 중에 최고'이며 자신만의 특별한 기법이 작가로서 자신의 결점들을 정당화시키는 유일한 것이라고 말한다.

버지니아가 비타에게 '이 모든 게 정말 재미있어요. 우리는 이 일을 반드시 함께 해야만 해요'라며 《올랜도》에 들어갈 사진을 함께 고르자고 제안하거나 언니 바네사가 디자인한 《자기만의 방》 책 표지에 관해 의논하는 모습은 창작에 편지의 수신자들을 동참시키는 협업을 즐겼던 그녀의 면모를 보여 준다. 버지니아는 젊은 여성들을 격려하고 그들의 두뇌가 작동하게 만들기 위해 썼다고 하는 《자기만의 방》 덕분에 여성 독자들로부터 많은 감사 편지를 받았고 이에 대해 친절하게 답장했다. 이 시기 버지니아는 에델에게 '우정과 성도착의 경계는 무엇일까요?' 또는 '오직 여성들만 내 상상력을 불러일으켜요' 라며 내밀한 사유를 허심탄회하게 꺼내 놓는다. 그리고 그녀의 실험적 소설 《파도》에 대해 궁금해하는 이들에게 자신이 플롯이 아니라 리듬에 따라 글을 썼으며 소설 속 여섯 인물은 한 사람이지 분리된 사람들이 아니라는 설명을 들려준다.

3부에서는 스페인 내전에서 조카 줄리언이 전사하고 소설 《세월》과 에세이 《3기니》가 출간되며 히틀러와 나치의 침략으로 2차 세계 대전이 발발하고 런던이 공습으로 파괴된 상황이 고스란히 담겼다. 또한 마침내 버지니아는 소설 《막간》을 완성하지만 출간을 미루고 바네사와 레너드에게 마지막 편지를 남긴 채 세상을 떠난다. 버지니아의 편지는 《3기니》를 집필하는 과정에서 그녀가 사실적 근거 자료를 수집하기 위해 애썼고 이 책이 많은 반박을 불러올 거라는 예상에 긴장했으나 책을 읽고 많은 여성들이 자신도 '아웃사이더'라며 그녀를 지지하는 편지를 보내 힘을 얻었음을 보여 준다.

2차 세계 대전이 일어나고 버지니아가 1940년 9월과 1941년 1월 에델에게 보낸 편지에는 전쟁의 공습이 휩쓸고 간 도시 런던에 대한 그녀의 애틋한 사랑이 강렬하게 진술된다. 그녀는 '내 인생의 열정인 도시 런던, 런던이 완전히 파괴된 걸 본 것'이 자신의 마음을 할퀴었으며 초서와 셰익스피어, 그리고 디킨스를 대표하는 '그 위대한 도시에 대한 내 열정'만이 자신의 '유일한 애국심'이라고 표현한다.

버지니아가 쓴 4,000통에 이르는 방대한 분량의 편지 중에서 책에 실을 편지를 엄선하고 번역하는 작업은 매우 즐겁고도 고된 여정이었다. 모쪼록 일반 독자와 문학 연구자들 모두 알차다고 느낄 수 있는 반가운 책이 되길 바란다.

이 책에 실린 편지의 원본은 《The Letters of Virginia Woolf》 Vol.1~Vol.6, 그리고 《Congenial Spirits: The Selected Letters of Virginia Woolf》다. 편지는 그것을 쓰는 사람과 받는 사람 사이의 만남이다. 이제 독자들은 100년 전 버지니아가 보낸 편지들의 수신인이 됐다. 아마도 버지니아는 자유롭고 온전한 삶과 평등한 세상을 꿈꾸는 현대의 독자들이 자신의 편지를 읽으며 희망과 용기를 얻는 모습을 보면서 하늘나라에서 기뻐할 것이다.

마지막으로 이 뜻깊은 책을 기획하신 백지선 편집자님과 따뜻한 격려와 정성으로 세심하게 편집해 주신 한지은 편집자님, 그리고 출판해 주신 교보문고에 진심으로 감사드린다. 내 학문과 글쓰기의 든든한 벗인 건국대 몸문화연구소 선생님들, 울프 연구와 번역에 대해 함께 즐겁게 토론해 온 한국버지니아울프학회 선생님들, 그리고 사랑하는 내 가족에게 감사의 마음을 전한다.

2024년 7월 박신현

우리는 언제나 희망하고 있지 않나요

초판 1쇄 발행 2024년 9월 9일

지은이 버지니아 울프
옮긴이 박신현

펴낸이 안병현 김상훈
본부장 이승은 **총괄** 박동옥 **편집장** 임세미
책임편집 한지은
마케팅 신대섭 배태욱 김수연 김하은 **제작** 조화연

펴낸곳 주식회사 교보문고
등록 제406-2008-000090호(2008년 12월 5일)
주소 경기도 파주시 문발로 249
전화 대표전화 1544-1900 **주문** 02)3156-3665 **팩스** 0502)987-5725

ISBN 979-11-7061-181-3 (03840)
책값은 표지에 있습니다.

• '북다'는 기존 질서에 얽매임 없이 다양하게 변주된 책을 만드는 종합 출판 브랜드입니다.